SCIENCE FICTION

Herausgegeben
von Wolfgang Jeschke

Von **Iain Banks** erschien in der Reihe
HEYNE SCIENCE FICTION & FANTASY:

Die Brücke · 0604643; auch → 01010478
Die Wespenfabrik · 0604783; auch → 01010270
Vor einem dunklen Hintergrund · 0605640 (in Vorb.)
Träume vom Kanal · 0605668
Förchtbar Maschien · (in Vorb.)

DER CULTURE-ZYKLUS:

Bedenke Phlebas · 0604609
Das Spiel Azad · 0604693
Einsatz der Waffen · 0604903
Ein Geschenk der Kultur · 0604904
Die Spur der toten Sonne · Hardcover

IAIN BANKS

Träume vom Kanal

Roman

Aus dem Englischen von
LUTZ GRÄFE

Deutsche Erstausgabe

WILHELM HEYNE VERLAG
MÜNCHEN

HEYNE SCIENCE FICTION & FANTASY
Band 0605668

Besuchen Sie uns im Internet:
http://www.heyne.de

Titel der englischen Originalausgabe
CANAL DREAMS
Deutsche Übersetzung von Lutz Gräfe
Das Umschlagbild ist eine Collage von
JAN HEINECKE

Umwelthinweis:
Dieses Buch wurde auf chlor- und säurefreiem Papier gedruckt

Redaktion: Wolfgang Jeschke

Englische Erstausgabe 1990
An Abacus Book, published by Macmillan London Limited
Mit freundlicher Genehmigung des Autors
und Thomas Schlück, Literarische Agentur, Garbsen
(# T 15394)

Printed in Germany 1997
Umschlaggestaltung: Atelier Ingrid Schütz, München
Technische Betreuung: M. Spinola
Satz: Schaber Datentechnik, Wels
Druck und Bindung: Presse-Druck, Augsburg

ISBN 3-453-12647-5

Für Ken MacLeod

INHALT

DEMURRAGE

demurrage n.: Überliegegeld = Summe oder Strafgebühr, die der Charterer an den Schiffseigner zahlen muß, wenn das Schiff während der zugelassenen Zeit nicht be- oder entladen werden kann; gleichartige Gebühr bei Verzögerung oder Verspätung auf Eisenbahnwaggons oder Fracht [franz. OF *demo(u)rage* (*demorer*, wie DEMUR siehe -AGE)]

1

Fantasia del Mer

Tic tic tic tic ... Leise Kompressionsgeräusche, die in ihren Schädel klangen.

Sie war beunruhigt, beim ersten Mal, als sie sie hörte, über dem Geräusch ihres Atmens und dem blechernen Keuchen des Tauchgeräts, das auf ihrem Rücken saß, seine Plastikglieder um sie wickelte und ihr Gummi und Metall in den Mund stopfte. Jetzt lauschte sie einfach dem tickenden Geräusch, stellte sich vor, es sei die Signatur eines launischen internen Metronoms, die unregelmäßigen Schläge eines winzigen knöchernen Herzens.

Das Geräusch war die Reaktion ihres Schädels auf das steigende Gewicht des Wassers über ihr, während sie tauchte, vom unregelmäßigen Spiegel der Oberfläche abstieg, durch das warme Wasser des Sees zum schlammigen Grund und den Stümpfen längst abgestorbener Bäume.

Sie hatte einmal einen Schädel zwischen den Händen gehalten und die winzigen Risse gesehen, die seine Oberfläche durchzogen, ganz kleine Haarrisse, die sich von einer Seite zur anderen und von vorne nach hinten zogen, zerklüftete Täler auf einem Elfenbeinplaneten. Sie hießen Fissuren. Knochenplatten wuchsen und stießen aufeinander, während das Baby noch im Mutterleib war. Die Knochen drängten gegeneinander und schlossen sich, ließen aber ein Stück frei, damit der Kopf des Kindes durch das Becken der Mutter paßte, erzeugten die Stelle auf dem Kopf des Babys, die weich und verwundbar blieb, bis sich die Knochen auch da schlossen, und das Gehirn sicher war, eingeschlossen unter seiner Decke.

Als sie zum ersten Mal das Geräusch in ihrem Kopf gehört hatte, hatte sie geglaubt, daß es von den Knochenplatten verursacht würde, die sich fester gegeneinander drückten, und der Lärm durch diese Knochen in ihre Ohren wanderte... aber dann hatte Philippe ihr die Illusionen genommen; die Nebenhöhlen produzierten dieses leise, unregelmäßig klickende Geräusch.

Es kam wieder, wie auf einem langsamen Rechenbrett. *Tic tic tic ...*

Sie kniff sich in die Nase und blies, glich den Druck auf beiden Seiten ihrer Trommelfelle aus.

Tiefer, sie folgte Philippe nach unten, hielt seine langsam schlagenden Schwimmflossen ein paar Meter vor sich, stimmte ihren Rhythmus bewußt mit seinem ab, bewegte ihre Beine im Takt mit Philippes. Seine weißen Beine sahen wie stämmige, anmutige Würmer aus; sie lachte ins Mundstück. Die Maske preßte sich fester in ihr Gesicht, als sie immer tiefer gingen. *Tic tic ...*

Philippe begann sich auszupendeln. Jetzt konnte sie den Grund des Sees klar sehen, eine krumpelige graue Landschaft, die langsam in der Dunkelheit verschwamm. Die alten Baumstümpfe stießen durch den Schlamm, flache Ausbrüche untergegangenen Lebens. Philippe sah sich kurz nach ihr um, sie winkte, pendelte sich ebenfalls aus, um ihm über die wasserbedeckte Oberfläche des Grundes zu folgen, über die abgeschnittenen Stämme und die langsamen Schlammeruptionen, die von seinen Schwimmflossen hervorgerufen wurden. *tic.*

Der Druck glich sich aus, die Wassersäule über ihr und die Flüssigkeiten und Gase in ihrem Körper erreichten ein zeitweiliges Gleichgewicht. Das warme Wasser bewegte sich in seidigen Falten, und ihre Haare kräuselten sich im Strömungsschatten ihres Körpers, streichelten ihren Nacken.

Gewöhnt an den Rhythmus des Schwimmens, ausbalanciert und eingelullt, bedächtig fliegend über die langsame Sedimentierung fast eines Jahrhunderts und folgend den fast greifbaren Turbulenzen im Kielwasser des Mannes, ließ sie ihre Gedanken wandern.

Sie fühlte sich – wie immer hier unten – losgelöst von der Gewöhnlichkeit des Atems, die oben an der frischen Luft herrschte. Hier, für wie kurz auch immer, war sie frei. Es war eine Freiheit mit ihren eigenen, vielen und genauen Regeln – von Zeiten und Tiefen, Atmosphären und Erfahrung, gewarteter Ausrüstung und Luftgewichten – und es war eine Freiheit, erkauft durch die Unterwerfung unter die Technik, die an ihrem Rücken festgeschnallt war (klickend und zischend und gurgelnd) aber es war Freiheit. Die Luft im Mundstück schmeckte danach.

Unter Wasser mit ausgerichtetem Schädel. Mit dem Kopf voran durch das warme Wasser, wie eine einfache ständige Geburt. Schwimmen wie Fliegen; das eine heitere Abbild ihrer Angst, das sie akzeptieren konnte.

Dies war Regenwald gewesen, die Bäume waren in Wind und Sonnenlicht gewachsen und hatten in der Luft mit dem Schleppnetz nach Wolken und Nebel gefischt. Nun waren sie verschwunden, lange verwandelt in Planken und Dachsparren und Speichen und Sitze. Vielleicht wurden einige der großen Bäume zu Brei verarbeitet und wurden Papier; vielleicht wurden einige zu Schwellen für die Eisenbahn verarbeitet, die der Erbauung des Kanals diente; vielleicht bildeten einige die Gebäude in der Zone; und vielleicht wurden aus einigen kleine Schiffe, Boote, die die Seen befuhren. Untergegangen würden ihre mit Wasser vollgesogenen Balken in diese verschatteten Tiefen eingebettet, wieder vereint.

Vielleicht wurden einige zu Musikinstrumenten; sogar zu einem Cello. Wieder lachte sie in sich hinein.

Sie horchte nach weiteren *tics*, hörte aber keine.

Sie folgte dem Mann. Mit wenigen Schlägen und Tritten konnte sie ihn überholen und abhängen; wußte sie. Sie war stärker als er wußte, vielleicht war sie sogar stärker als er ... aber er war jünger; er war ein Mann und stolz. So ließ sie ihn führen.

Nach wenigen Minuten, hypnotisch über dem versunkenen Wald kamen sie zu dem, was einst eine Straße gewesen war. Philippe hielt kurz an, während er über der verschlammten Fahrspur Wasser trat, löste unter sich weichen Schmutz, während er die in Plastik gehüllte Karte studierte. Sie trieb näher und beobachtete, wie seine Luftblasen sich ihren Weg zur Oberfläche zitterten. Sein Atem.

Er steckte die Karte zurück unter sein T-Shirt, deutete mit einem Nicken runter zur Straße und machte sich auf den Weg. Sie kannte die Geste, die er gerade gemacht hatte und sie kannte die Art von Grunzen, das sie begleitete; sie bildete sich ein, sie hätte gehört, wie es sich durch das Wasser übertrug. Sie folgte ihm, dachte dabei verträumt an Walgesänge.

Bevor sie das Dorf fanden, hörten sie das Geräusch eines Motors. Sie hörte es zuerst und dachte kaum darüber nach, auch wenn ein Teil von ihr versuchte, das Geräusch zu analysieren, ihm einen Namen und eine Erklärung zu geben. Sie erkannte, daß es das Geräusch eines Motors war, gerade als Philippe vor ihr anhielt, umhersah und aufblickte und den Atem anhielt. Er deutete auf seine Ohren, sah zu ihr her; sie nickte. Sie starrten hinauf.

Der Schatten der Bootshülle zog vorbei, nicht genau über ihnen aber einige zig Meter zu ihrer Rechten; eine lange dunkle Form, die einen zusammengedrehten Blasenstrang hinter sich her zog. Das Geräusch seines Vorbeiziehens wuchs an, erreichte seinen Höchststand, fiel dann ab. Sie sah zu Philippe, nachdem das Boot vorbei war, und er zuckte die Achseln; er zeigte wieder runter zur Straße. Sie zögerte, dann nickte sie.

Sie folgte Philippe, aber die Stimmung war nun anders. Etwas in ihr wollte zum Schlauchboot zurück. Das Schlauchboot, von dem sie losgeschwommen waren, lag hundert Meter entfernt, ungefähr in der Richtung, auf die das Boot zuhielt. Sie hatte sich gefragt, ob das Geräusch des Bootes sich verändern würde, nachdem es sie passiert hatte, was ihr verraten hätte, daß es verlangsamt und am Schlauchboot angehalten hätte – immerhin mochte es verlassen aussehen –, aber das Boot schien darüber hinaus weitergefahren zu sein, in Richtung auf die Mitte des Sees und die Schiffe, die dort ankerten.

Sie wollte umkehren, zum Schlauchboot zurückschwimmen und dann zu den Schiffen zurückfahren, um herauszufinden, was das Boot machte und wer drin war.

Sie wußte nicht, warum sie sich so nervös fühlte, so plötzlich voll von einer tiefen, quälenden Furcht. Aber das Gefühl war da. Der Krieg könnte kommen, sie zuletzt doch erreichen.

Die versunkene Straße senkte sich, und sie folgten ihr. *Tic tic* hörte sie, als sie tiefer tauchte. *Tic tic* während sie auf die Ruinen zuschwammen.

Als Hisako Onoda sechs Jahre alt war, nahm ihre Mutter sie zu einem Konzert in Sapporo mit; das NHK-Orchester spielte Werke von Haydn und Händel. Hisako Onoda war ein ruheloses, zuweilen aufsässiges Kind und ihre müde Mutter vermutete, daß sie das hin und her rutschende, wackelnde und leise aber eindringlich klagende Kind vor dem Ende des ersten Stückes würde entfernen müssen, aber das mußte sie nicht. Hisako Onoda saß ruhig da, sah geradeaus auf die Bühne, raschelte nicht mit ihrer Tasche *taka rakuburo*, und hörte – statt dessen unglaublicherweise – zu.

Als das Konzert vorbei war, klatschte sie nicht mit allen anderen, sondern begann das tiefgefrorene Tofu in ihrer Tasche zu essen. Währenddessen stand ihre Mutter mit allen anderen auf, klatschte fröhlich und glücklich mit kleinen, schnellen Bewegungen ihrer Hände, blinzelte dabei wütend und bedeutete Hisako ebenfalls aufzustehen und zu applaudieren. Das Kind stand nicht auf, sondern saß und sah den höflich enthusiastischen Erwachsenen zu, die sich überall um sie herum auftürmten, und das mit einem Gesichtsausdruck irgendwo zwischen Verzauberung und Ärger. Als der Applaus schließlich nachließ, zeigte Hisako Onoda auf die Bühne und erzählte ihrer Mutter: »Ich möchte eins, bitte.«

Ihre Mutter glaubte – für einen verwirrten Moment –, daß ihre anscheinend begabte, aber unleugbar schwierige und ungehorsame Tochter ein westliches Symphonie-Orchester ganz für sich allein wollte. Es verging einige Zeit, bevor sie in der Lage war durch geduldiges Fragen herauszufinden, daß das Kind ein Cello wollte.

* * *

Das versunkene Dorf war in Pflanzen und Schlamm gehüllt, wie Ranken eines festen, sirupartigen Nebels. Alle Dächer waren eingestürzt, begraben in ihren eigenen Dachsparren, Ziegel lagen verstreut und krumpelig aussehend unter der Verpackung aus grauem Schlamm. Sie fand die Häuser klein und erbärmlich. Als sie über eine zerborstene Straße trieb, wurde sie an eine Reihe verrotteter Zähne erinnert.

Die Kirche war das größte Gebäude. Es schien, als sei das Dach entfernt worden, innerhalb der Mauern waren keine Trümmer. Philippe schwamm zu ihr hinunter und trat Wasser über dem flachen Stein, der der Altar gewesen war, löste um ihn herum träge Schlammwolken wie langsamen Rauch. Sie schwamm durch ein schmales Fenster, rieb an einer der Wände und überlegte ob unter dem Schlamm irgendwelche

Gemälde waren. Die Wand war trüb weiß, also unberührt.

Sie beobachtete, wie Philippe die Nischen in der Wand hinter dem Alter durchforschte, und versuchte sich die Kirche voller Menschen vorzustellen. Das Sonnenlicht mußte auf ihr Dach und durch die Fenster geschienen haben und die Menschen in Sonntagskleidung mußten hineingeströmt sein, sie sangen und hörten dem Priester zu, gingen dann wieder hinaus, und der Ort mußte in der Sommerhitze kühl gewesen sein, weiß und sauber. Aber es war schwer vorstellbar. Das schlechte Licht unter Wasser, die monotone Allgegenwärtigkeit des grauen Schlamms, die einhüllende Stille des Ortes leugneten irgendwie die Vergangenheit, die das Dorf und die Kirche geschaffen hatte; es war, als wäre es immer so gewesen, als hätte es immer so sein müssen, und das Schwatzen und das Licht des Dorfes – als nur der Wind durch diese Straßen und um diese Wände geflossen war – war nur ein Traum gewesen, ein kurzes, heiteres, unreifes kleines Leben, bevor die begrabende Dauerhaftigkeit des Wassers es auslöschte.

Motorengeräusch bohrte sich durch ihre Gedanken. Das Geräusch war weit entfernt, gerade noch hörbar und verschwand bald ganz. Sie stellte sich das schwache Grollen vor, wie es von den schlammigen Wänden des versunkenen Kirchenschiffs zurückgeworfen wurde, die einzige Spur von Musik, die diesem Ort verblieben war.

Philippe schwamm zu ihr her und zeigte auf seine Armbanduhr; beide machten sich zur Oberfläche auf, die Schwimmflossen winkten der zerstörten Kirche unter ihnen, als sagten sie Adieu.

Das Schlauchboot hüpfte unter einem hellen, bewölkten Himmel über den Gatún-See, in Richtung der ankernden Schiffe. Sie saß im Bug, trocknete langsam ihre Haare und sah die drei Schiffe näher kommen.

»Vielleicht war es die Nationalgarde.« Sie wandte den Kopf, um Philippe anzusehen. »Aber es klang größer als ein Schlauchboot.«

»Vielleicht.« Philippe nickte bedächtig. »Aber es kam nicht aus Richtung Gatún. Vielleicht aus Frijoles.«

»Die *Fantasia?*« Sie lächelte ihn an, betrachtete sein braun-gegerbtes Gesicht, sah auf die schmalen Linien um seine Augen, die ihn älter erscheinen ließen als er war.

Ein Stirnrunzeln ging über das Gesicht des Mannes. »Ich glaube, die kommt nicht vor morgen.« Er zuckte die Achseln.

Sie lächelte erneut. »Wir werden es bald wissen, wenn wir bei den Schiffen ankommen.«

Er nickte, aber das Stirnrunzeln kam kurz zum Vorschein. Er starrte hinter sie, überwachte ihren Kurs. Da schwammen alte Baumstämme im See, fast vollgesogen mit Wasser, die ein Schlauchboot zum Kentern bringen oder seinen Außenborder zerstören konnten. Hisako Onoda studierte eine Zeitlang das Gesicht des Mannes und sagte sich dabei, daß sie wieder mal ihrer Mutter schreiben müßte; vielleicht heute abend. Vielleicht würde sie Philippe diesmal erwähnen, vielleicht auch nicht. Sie fühlte ein wenig Wärme in ihr Gesicht steigen und kam sich dann blöd vor.

Ich bin 44 Jahre alt, sagte sie sich, *und es ist mir immer noch peinlich, meiner Mutter zu sagen, daß ich einen Liebhaber habe. Liebe Mutter, ich bin hier in Panama mitten im Krieg. Ich tauche, wir gehen auf Parties, wir sehen Artilleriegefechte und Spuren von Raketen und manchmal heulen Flugzeuge über uns weg. Essen gut, Wetter meistens warm. In Liebe, Hisako. PS: ich habe einen Freund.*

Einen französischen Freund. Einen verheirateten französischen Freund, der jünger war als sie. Na gut.

Sie betrachtete ihre Fingerspitzen, vom Wasser gewellt wie nach einem langen Bad. Vielleicht hätte ich fliegen sollen, dachte sie und rieb das krumpelige Fleisch.

»Hisako, Hisako, es sind nur ein paar Stunden!«

»Nach Europa?«

Herr Moriya wirkte verzweifelt. Er wedelte mit seinen Wurstfingern. »Genug davon. Was bin ich? Eine Flughafenauskunft?« Er hievte sich aus dem Sessel und ging zum Fenster, wo ein Mechaniker kniete, der die Klimaanlage des Büros reparierte. Moriya wischte seine Stirn mit einem weißen Taschentuch und sah dem jungen Techniker zu, der die kaputte Anlage zerlegte und die Einzelteile auf ein weißes Tuch legte, das auf dem beigen Teppich ausgebreitet war.

Hisako faltete ihre Hände in ihrem Schoß und sagte nichts.

»Das bedeutet Wochen auf See.«

»Ja«, sagte sie. Sie verwendete das Wort ›*Hai*‹, was soviel wie »Jawohl Sir!« bedeutete.

Herr Moriya schüttelte den Kopf, stopfte das schweißnasse Taschentuch in die Brusttasche seines kurzärmeligen Jacketts. »Ihr Cello!« Plötzlich machte er einen selbstzufriedenen Eindruck.

»Ja?«

»Wird es ... sich nicht verziehen, oder so was? Die ganze Seeluft; das Salz.«

»Moriya-*san*, ich wollte nicht das ... ›Zwischendeck‹.«

»Was?«

»Ich nehme an, das Schiff verfügt über Belüftung, über eine Klimaanlage.«

»Eine Klimaanlage versagt!« sagte Herr Moriya siegesgewiß und zeigte auf die ausgebaute Anlage, die auf dem weißen Tuch ausgebreitet war wie eine tote Maschine, die zum Begräbnis vorbereitet wurde. Der junge Techniker sah für einen Moment auf.

Hisako schaute pflichtschuldig auf die kaputte Anlage. Durch das Loch unter dem Fenster, wo sonst die Anlage war, konnte sie die glitzernden Türme der Tokyoter Innenstadt sehen. Sie zuckte die Achseln.

»Oder etwa nicht?« Herr Moriya sprach nun mit

dem Techniker. Er mußte die Frage wiederholen, bevor der junge Mann erkannte, daß er gemeint war. Als er das begriff, sprang er auf.

»*Hai?*«

»Klimaanlagen versagen, oder?« fragte Herr Moriya. Hisako fand, daß die Frage schwierig mit Nein zu beantworten wäre, wenn man bedachte, daß der junge Mann umgeben von Teilen einer Anlage dastand, die gerade genau das getan hatte.

»Ja, mein Herr, manchmal.« Der Techniker stand praktisch in Hab-Acht-Stellung, den Blick auf einen Punkt über Herrn Moriyas Kopf fixiert.

»Danke«, sagte Herr Moriya und nickte. »Was kann ich tun?« fragte er laut, gestikulierte weit mit den Armen und ging am Techniker vorbei, um aus dem Fenster zu sehen. Der Blick des jungen Mannes folgte ihm; er schien unsicher, ob das nun eine rhetorische Frage war oder nicht. »Eh?« sagte Herr Moriya. Er tippte dem jungen Mann auf die Schulter, zeigte dann auf Hisako. »Was würden Sie tun? Diese Dame ist eine der großartigsten Cellistinnen der Welt. – Der Welt! Endlich nach Jahren … Jahrzehnten von Einladungen entschließt sie sich nach Europa zu gehen; Konzerte zu geben, zu unterrichten … aber sie will nicht fliegen.«

Der junge Techniker wirkte verlegen, er lächelte.

»Flugzeuge stürzen ab«, sagte Hisako

»Schiffe sinken«, erwiderte Herr Moriya scharf.

»Sie haben Rettungsboote.«

»Na und, Flugzeuge haben Fallschirme!« zischte Moriya.

»Ich glaube nicht, Moriya-*san*.«

Herr Moriya wandte sich an den Techniker. »Ich bitte vielmals um Entschuldigung, gehen Sie wieder an ihre Arbeit.«

Der junge Mann wirkte dankbar und kniete sich wieder auf den Boden.

»Vielleicht ändert sich die Lage in Rußland.« sagte

Herr Moriya und schüttelte den Kopf. »Sie könnten sogar die Eisenbahn wieder freigeben.« Er wischte seinen Nacken mit dem Taschentuch.

»Vielleicht.«

»Sowjets, ha!« sagte Herr Moriya verärgert und schüttelte vor Tokyos Silhouette den Kopf.

Hisako hob die Hand zur Stirn, verfolgte die Linie eines Schweißtropfens. Sie legte die Hände wieder in den Schoß.

»Um das Kap herum wird es Stürme geben!« sagte Herr Moriya und versuchte kenntnisreich zu klingen.

»Ich glaube, es gibt einen Kanal durch Panama«, sagte Hisako, die des Streits müde wurde.

»Ist der noch in Betrieb?«

»Er ist.«

»Da herrscht Krieg!«

»Nicht offiziell.«

»Was? *Offiziell?* Was muß an einem Krieg offiziell sein?« fragte Herr Moriya ungläubig.

»Er wurde nicht erklärt«, erwiderte sie. »Es ist eine lokale Auseinandersetzung; Banditen in den Bergen. Eine Polizeioperation.«

»Und die ganzen amerikanischen Marinesoldaten im ... im ... letzten Jahr, in ...«

»Limón.«

Herr Moriya sah verwirrt drein. »Ich dachte, es war Cosa ... Costal ...«

»Costa Rica«, korrigierte Hisako ihn. Sie sprach das ›R‹ so aus wie die *gaijin*, übertrieb sogar ein wenig dabei.

»Das war Polizei?«

»Nein, eine Rettungsmission.« Hisako lächelte schwach. Der Klimaanlagentechniker kratzte sich am Hinterkopf. Er zog die Luft durch seine zusammengepreßten Zähne ein und sah zu Herrn Moriya auf, der keine Notiz von ihm nahm.

»Hisako, wenn es wie Krieg aussieht, sich wie Krieg anhört ...«

»Die Amerikaner werden den Kanal sichern.«

»Wie dieses Rimón?«

»Moriya-*san*«, sagte Hisako und sah zu ihm auf. »Ich würde gerne fliegen, aber ich kann nicht. Ich fahre mit dem Schiff oder ich fahre gar nicht. Ich könnte nach Kalifornien fahren und dann per Zug nach New York und auf ein anderes Schiff, oder über Suez, was ich auch gerne sehen würde, aber auf diesem Weg würde ich lieber zurückreisen.«

Herr Moriya seufzte und setzte sich schwer in seinen Sessel hinter dem Schreibtisch. »Könnten Sie nicht tun, was ich tue?« schlug er vor. »Sich am Abend vor dem Flug betrinken – Bier, Sake, Whisky und junger australischer Rotwein wirken immer, finde ich –, damit Sie einen solchen Kater haben, daß Sie den Tod als willkommene Erleichterung empfänden.«

»Nein.«

»Ja?« sagte Herr Moriya zu dem jungen Techniker.

»Darf ich mal Ihr Telefon benutzen? Ich werde eine Ersatzanlage bestellen.«

»Ja, ja natürlich.« Herr Moriya winkte den Mann zum Telefon. »Hisako ...« Er lehnte seine weichen, massigen Unterarme auf den Schreibtisch. Der Techniker schwatzte am Telefon mit seinem Büro. »Könnten Sie es nicht versuchen? Ein paar Beruhigungsmittel nehmen ...?«

»Das habe ich getan, Moriya-*san*. Ich fuhr letzte Woche raus nach Narita mit einem Freund, dessen Bruder Chefpilot der JAL ist, aber ich konnte noch nicht mal bei geschlossenen Türen im Flugzeug sitzen.« Sie schüttelte den Kopf. »Es muß ein Schiff sein.« Sie versuchte beruhigend zu wirken.

Herr Moriya setzte sich niedergeschlagen in seinem Sessel zurück und schlug sich leicht mit der Handfläche auf die Stirn. »Ich geb's auf«, seufzte er.

»Es wird nur ein paar Wochen dauern«, erklärte sie, »dann werde ich in Europa sein, in London, Paris, Berlin, Rom, Madrid, Stockholm; all die Orte, die wir vereinbart haben.«

»Und Prag, und Edinburgh«, sagte Herr Moriya, wobei er traurig klang, aber ein wenig hoffnungsvoller aussah.

»Die Zeit wird sich lohnen. Ich werde während der Reise üben.«

»Und Florenz und Venedig.«

»Ich brauche sowieso eine Erholung von all den Konzerten und dem vielen Unterricht.«

»Nicht zu vergessen Barcelona; und ich glaube, Bern wollte Sie auch.«

Herr Moriya beobachtete den jungen Techniker, der immer noch mit seinem Büro sprach. »Und Athen und Amsterdam.«

»Ich werde erholt ankommen. So viel Seeluft; das wird mir guttun.«

»Das müssen Sie entscheiden«, sagte Herr Moriya und warf einen kurzen Blick auf seine Uhr. »Ich bin nur Ihr Agent; ich will nur erleben, daß Sie Ihr Talent optimal nutzen. Sie müssen nicht auf mich hören.«

»Das tue ich immer, Moriya-*san*. Aber ich kann nicht fliegen. Ein paar Wochen, länger dauert's nicht.«

Herr Moriya wirkte erneut bedrückt. Der junge Techniker legte auf und sagte, die neue Anlage sei unterwegs. Er packte sein Werkzeug ein und begann dann, die Teile der kaputten Klimaanlage in das große weiße Tuch einzuwickeln.

Jetzt war es zwei Monate später, und die Hälfte der Termine war abgesagt oder verschoben worden, ihre Besuche in diesen Städten mit magischen Namen – Städte, die sie nie zuvor gesehen hatte, von denen sie aber immer geträumt hatte – waren Opfer eines unerklärten Krieges geworden, die Liste ihrer Namen wuchs alle paar Tage an, wie eine langsame Ablagerung von Toten.

»Là«, sagte Philippe. »Die *Fantasia.*«

Sie folgte seinem Blick, und genau hinter dem Heck des Schiffes, auf das sie zuhielten – Philippes Schiff, der Tanker *Le Cercle* –, konnte sie den schmalen weißen Umriß der *Fantasia del Mer* erkennen, die auf den Hafen von Gatún zuhielt, sich dabei von den drei in der Mitte des Sees ankernden Schiffen entfernte.

»Also war sie es«, sagte sie. »Muß wohl zuerst nach Frijoles gefahren sein.« Sie sah wieder zu ihm. »Vielleicht bekommen wir jetzt Post.«

»Und echtes Bier.« Philippe grinste.

»Du haben Grück«, sagte sie lachend und nahm einen breiten japanischen Akzent an. Auch er lachte, und sie empfand, wie immer in solchen Momenten, nur ein Drittel ihres wirklichen Alters.

Um sie herum blies die warme, feuchte Luft, als sie sich wieder zum Bug umdrehte und erneut versuchte ihre Haare zu trocknen.

Die Linie der Hügel auf der anderen Seite des breiten Sees, hinter den eingeschlossenen Schiffen, sah aus wie eine sich türmende dunkle Welle, irgendwie gefroren vor dem stahlgrauen Himmel.

* * *

»Calvados! Rémy Martin! Frische Bananen! Und zwei Seiten Fleisch! Und Metaxa mit sieben Sternen!« Lekkas, der Koch auf der *Le Cercle,* schrie runter zu Hisako und Philippe, als sie das Schlauchboot an dem kleinen Ponton am Fuße der Gangway vertäuten und die Treppe raufstiegen, die Tauchausrüstung über die Schulter gehievt. Die *Fantasia del Mer* hatte den ersten Nachschub in zwei Wochen geliefert. »Ich habe Oliven!« rief Lekkas und ruderte mit den Armen. »Mehl für Pita. Bulgur! Feta! Ich mache Meze für Sie! Wir werden griechisch essen! Viel Knoblauch!« Er langte herunter und nahm Hisako die Flaschen ab, als sie Deckshöhe erreichte. »Klingt gut oder, Frau Onoda?«

»Ja«, sagte sie. »Irgendwelche Post?«

»Keine Post«, sagte Lekkas.

»Und Nachrichten, George?« fragte Philippe.

»Nichts im Radio, Sir. Mit dem Nachschub kamen zwei Ausgaben der *Colón News*, Kanal 8 ... nun ja, der ist wie immer.«

Philippe sah auf die Uhr. »Sowieso Nachrichten in ein paar Minuten.« Er klopfte dem Koch auf die Schulter »Griechisch heute abend, na?«

Die drei gingen übers Deck, Hisako wollte ihre Sachen selbst tragen, aber Lekkas hob sie auf, während er Philippe zunickte. »Und ich habe eine Flasche Ouzo und ein paar Flaschen Retsina, die ich aufgehoben habe. Wir werden richtig gut essen.«

Sie verstauten die Tauchausrüstung im Lagerraum auf dem Hauptdeck; Lekkas ging in die Kombüse, während Hisako und Philippe zu den Offiziersquartieren hochgingen, von der Brücke achtern. Philippes Kajüte war eine kleinere Version der des Kapitäns, auf der anderen Seite des Flurs; eine bescheidene Doppelbett-Kabine mit drei Bullaugen achteraus, einem Wandschrank und einer Duschkabine. Sobald sie hereinkamen schaltete Philippe den Fernseher an. Hisako entschied sich für eine Dusche. Über dem Geräusch des Wassers hörte sie, wie im Fernsehen irgend eine Gameshow lief.

Als sie herauskam, lag Philippe nackt auf einem Handtuch auf dem Bett und sah die Nachrichten auf Kanal 8. Eine uniformierte Frau des US-Südkommandos verlas die neuesten Verlautbarungen aus dem Pentagon, aus Kuba, Panama Stadt, San José, Bogotá und Managua, führte dann detailliert Verluste von Guerilla und Regierungen in Costa Rica, West- und Ostpanama und Kolumbien auf.

Hisako legte sich neben ihn auf das Bett, streichelte

mit einer Hand die schwarzen Haare auf seiner Brust. Philippe nahm ihre Hand und hielt sie, sah immer noch auf den Bildschirm.

»... für die Friedenskonferenz in Salinas, Ecuador, nächste Woche. Abgeordneter Buckman, Sprecher der Kongressgruppe, sagte, er hoffe den Gatún-See im Panamakanal zu überfliegen, wo zur Zeit drei Schiffe durch den Konflikt festgehalten werden.

Südafrika; und das zusehends unter Druck stehende weiße Regime in Johannesburg hat erneut gedroht ...« Philippe schaltete das Gerät auf Standby und drehte sich um, um sie in den Arm zu nehmen.

»So können wir den *yanquis* zuwinken, wenn sie uns überfliegen, na? Wir sollten dankbar sein, oder?«

Sie lächelte und sagte gar nichts, legte aber eine Fingerspitze auf seine Nasenspitze, wackelte daran und fühlte den Knorpel unter der Haut. Er hob den Kopf und biß sie sanft in den Finger. Er küßte sie, drängte sich an sie und sah wieder auf die Uhr. Er nahm sie ab.

»Ah, wir haben also genug Zeit«, meinte sie verschwörerisch. Sie wußte, daß er bald über Funk mit dem Agenten der Reederei in Caracas reden mußte.

»In etwa; sie werden warten.«

»Und wenn sie dich ablösen?« flüsterte sie während sie einen Arm unter seinen Körper schob. »Was würde ich dann machen?«

Philippe zuckte die Achseln. »Wenn sie mich ablösen können, können sie auch dich rausholen.«

Es war nicht das, was sie meinte, und sie fragte sich, ob er das wußte. Aber er strich mit der Hand ihr Rückgrat hinunter – was sie erzittern ließ – bis zum Kreuz, und sie hatte keine Lust das Thema weiter zu verfolgen.

Sie ging über den schlammigen Highway. Sie wunderte sich, wo der ganze Verkehr geblieben war. Der Highway wirkte breit genug für enorme LKWs und

Fahrzeuge, wie die Planierraupen, die man beim Straßenbau beobachten konnte, oder die riesigen Kipper im Tagebau. Sie blickte schaudernd zurück, konnte aber nichts sehen. Der Himmel war dunkel, aber die Erde war hell; auf beiden Seiten schwang Getreide vor und zurück, wie Schlingpflanzen im Strom. Das Getreide war grau wie der Himmel und die Erde und die Straße. Ihre Füße hoben langsame Staubwolken von der Straße und die Wolken trieben im Himmel hinter ihr. Die Straße wand sich an den Seiten niedriger grauer Hügel entlang, schlängelte sich durch die stille Landschaft. Weit entfernt, durch die langsam schwingenden Gräser, kämpften Männer, schwangen schimmernde Schwerter gegeneinander. Sie mußte auf- und abhüpfen um die weit entfernten Figuren zu sehen, die Gräser drängten sich um sie herum.

Einmal, als sie hochsprang, um die Krieger zu sehen, konnte sie sie gar nicht erkennen, statt dessen erhaschte sie, über dem Feld schwingenden grauen Getreides, eine vollkommen andere Landschaft, weit unten und weit weg; aber als sie erneut sprang, sah sie wiederum nur die Samurai, Schwerter schlugen Funken, während der Himmel darüber schwarz kochte wie Rauch.

Die Fahrspur führte in einen dunklen Wald, in dem die hellen Blätter vor dem sternenlosen Himmel zitterten. Schließlich wurde der Pfad verwinkelt und eng, und sie mußte sich ihren Weg zur Stadt durch das feuchte Laub bahnen.

Die Stadt war verlassen, und sie war überrascht und verärgert, daß ihre Schritte kein Geräusch machten; sie hätten an den hohen Wänden der großen Gebäude ein Echo erzeugen müssen. Ihre Stiefel waren jetzt sauber, aber wenn sie zurückschaute, sah sie, daß sie eine Linie silbriger Fußstapfen auf der Straße hinterließ, wo sie auf den Steinplatten lagen, funkelten und zitterten sie, als wären sie lebendig. Er wurde dunkel in der Stadt, und in der Allee gab es keine Straßenlampen, sie hatte Angst über etwas zu stolpern. Endlich kam sie zum Tempel.

Der Tempel war lang und schmal und hoch, Pfeiler und Dachbalken bildeten Linien vor dem trüben orange-schwarzen Himmel. Endlich hörte sie etwas; klirrendes Metall und laute Stimmen; so begann sie einen Eingang zum Tempel zu suchen. Sie konnte keinerlei Türen finden und begann gegen die Steinwände zu schlagen, dann bemerkte sie ein großes Fenster, tief eingelassen in der unteren Wand, in dem das Glas fehlte. Sie kletterte hindurch.

Innen war es wie in einer Fabrik, aber die Maschinen standen auf Gras. Am anderen Ende des Gebäudes, auf einer Bühne, die sich ein wenig über das Gras erhob, kämpften die Samurai. Sie ging hin, um ihnen zu sagen, sie sollten aufhören, und sah, daß die zwei Krieger nicht gegeneinander kämpften, sie kämpften gegen Philippe. Sie rief ihm etwas zu, und er lauschte, hörte auf, das Schwert zu schwingen, und ließ es herunter.

Einer der Samurai riß den Schwertarm hoch, holte aus und schlug zu. Die dünne, leicht gebogenen Klinge schnitt am Nacken in Philippes weiße Uniform, teilte ihn in zwei Hälften, kam an der Taille heraus. Philippe blickte überrascht. Sie versuchte zu schreien, aber es kam kein Ton heraus. Der Samurai verbeugte sich förmlich und steckte sein Schwert sorgfältig zurück in die Scheide. Sein linker Arm ragte aus seiner Seite wie ein Dreieck heraus, und sein Daumen glitt an der stumpfen Kante der Klinge entlang, die in ihre Scheide zurückkehrte. Sie sah, wie ein kleiner Blutstropfen von der Kante des Metalls gewischt wurde; es sammelte sich auf des Kriegers Daumen.

Plötzlich schoß das Schwert wieder aus der Scheide und begann wie ein Feuerwerkskörper um den Altar zu tanzen, sprang und streckte sich und erzeugte dabei ein Geräusch wie ein metallenes Meßband, während es über Philippes weißen und roten Körper tanzte und sich ausdehnte und ausbreitete.

Philippe weinte, und auch der Krieger weinte, und auch sie.

Philippe weckte sie, indem er sie auf seine Seite zog. Ihre zuckenden Beine hatten ihn getreten, und er hatte sie eigenartig atmen gehört. Sie weinte nicht, als sie erwachte, aber sie seufzte tief, als sie erkannte, daß nichts davon real gewesen war.

Sie verbarg ihr Gesicht an seiner Schulter und klammerte sich an ihn wie ein ängstlicher Affe an seine Mutter, während er ihr zärtlich übers Haar strich und sie allmählich wieder einschlief, und sich erneut entspannte. Ihr Atem wurde langsamer und lockerer und leichter.

2

Brücke der Welt

Ihr wurde zum Geburtstag ein Cello versprochen, aber sie war ungeduldig, und so baute sie sich selber eines. Von ihrem Taschengeld kaufte sie eine alte Geige aus einem Trödelladen, und auf einer Baustelle entdeckte sie einen langen Nagel. Sie klebte den Nagel als Dorn am unteren Ende der Geige an. »Vergiß nie, daß es keine Geige ist«, sagte ihre Mutter amüsiert zu ihr. »Du wirst dich in den Hals stechen!« Den Bogen machte sie aus einem Stück Holz, das von einem Wandschirm gerettet wurde, den eine Tante in Tomakomai wegwarf, und aus etwas Gummiband, gekauft auf einem Markt in Sapporo.

Das gedehnte Gummiband zerbrach den Bogen, bevor sie auch nur eine Chance hatte auf der Geige/dem Cello zu spielen, so bastelte sie einen neuen aus einem Stecken, den sie im Wald gefunden hatte. Sie glaubte, man müsse Kreide auf den Bogen tun, und so war die Geige/das Cello jedesmal, nachdem sie gespielt hatte, über und über weiß bedeckt, wie ihre Hände, und sie schüttelte den Kreidestaub aus den Löchern des Instruments.

Hisako und ihre Mutter lebten in einer kleinen Wohnung im Distrikt Susukino, und der Lärm, den Hisako machte, war so schrecklich, daß ihre Mutter ihre Ersparnisse plünderte und dem Kind im Oktober ein richtiges Cello kaufte, drei Monate vor Hisakos Geburtstag.

Hisako mußte mit dem unförmigen Instrument ringen (und sehr zu ihrer Verwunderung eine ganze

Menge Kreide wegwerfen, die sie gewissenhaft vom Boden aufgesammelt und in der Schule erbettelt hatte), aber letztlich gelang es ihr, Melodien zu erzeugen, die ihre Mutter erkennen konnte, und zu ihrem Geburtstag im folgenden Januar forderte sie lautstark Unterricht. Frau Onoda entdeckte – nur ein wenig zu ihrer Bestürzung –, daß es in Sapporo einen Herren gab, der willens und fähig war, Cellostunden zu geben; ein Dozent an der Musik-Fakultät der Universität, der sich für westliche Musik im allgemeinen und das Streichquartett im besonderen engagierte. Frau Onoda fuhr resigniert ein weiteres Mal zur Bank und bezahlte einen sechsmonatigen Kurs bei Herrn Kawamitsu.

Panamá – Puente del Monde stand auf dem Nummernschild des Taxis.

»Brücke der Welt!« übersetzte Herr Mandamus, auch wenn Hisako schon erraten hatte was es bedeutete. Das war einer der Namen, die man dem Land gab. Der andere war ›Der Mittelpunkt der Welt‹.

»So«, sagte sie höflich.

Es war acht Uhr abends am Pier 18 in Balboa, an dem Tag, an dem die *Nakado* nach ihrer Pazifiküberquerung im Hafen eingelaufen war. Sie nahmen ein Taxi nach Panama-Stadt, das den bedeckten Himmel über der orange-bekränzten, dunklen Silhouette der Balboa Heights erleuchtete.

»Oh, steigen Sie ein, Mandamus, ich habe Hunger«, sagte Broekman aus dem Fond. Es hatte länger als erwartet gedauert, die Zollformalitäten zu erledigen.

»Puente del Monde!« sagte Mandamus und öffnete Hisako mit ungeschicktem Schwung die Beifahrertür, vermied es gerade noch ihren Knöchel einzuklemmen, als er sie wieder schloß, und setzte sich auf den Rücksitz neben Broekman.

»Panama City, *por favor!*« rief Mandamus dem Fahrer zu, einem jungen Mann im Unterhemd.

»Panama«, sagte der Fahrer und schüttelte den Kopf. »Yeah. OK. Irgendein bestimmtes Ziel?«

»Via Brasil«, erklärte Mandamus.

Hisako lachte, bedeckte dabei den Mund mit der Hand.

»Via Brasil.« Der Fahrer nickte. Er stopfte die Ausgabe von *Newsweek*, in der er gelesen hatte, zwischen Armaturenbrett und Windschutzscheibe und brachte das Auto in Gang. Der Wagen holperte über die Eisenbahnschienen, die in den rauhen Hafenbeton eingelassen waren.

An der Kreuzung Avenida A und Avenida de los Martires war eine hell erleuchtete Kontrollstelle, durch die man die Kanalzone verließ. Der Fahrer fluchte und spuckte aus dem Fenster, als sie sich der kurzen Schlange von PKWs und Lastern näherten, obwohl sie sofort von den US-amerikanischen und panamesischen Soldaten durchgewinkt wurden. Die Autoschlange auf der anderen Seite der Grenze war weitaus länger.

Sie fuhren durch die Stadt, durch den Gestank von Abgasen und plötzlichen Oasen von Blumengeruch. »Frangipani«, sagte Herr Mandamus, atmetet tief durch und nickte.

Hisako drehte das Fenster herunter, ließ dabei die heißfeuchte Luft um sich strömen, während sie beschleunigten und dann auf ihrem Weg durch die überfüllten Boulevards zuckelten. Die Stadt erwachte gerade; sie war hell und belebt und voller Autos mit offenen Fenstern und lauter Musik. Auch die Jeeps voller Soldaten hatten gewöhnlich einen Ghettoblaster auf dem Rücksitz oder mit Klebestreifen am T-Träger neben dem Maschinengewehr festgemacht. Aber die Bewohner hinterließen den stärksten Eindruck. Auf den Straßen wimmelte es von den unterschiedlichsten Menschen; jede Farbe und Rasse, von der sie je gehört zu haben glaubte.

In Honolulu war sie für einen Tag an Land gegangen, während sie von einem Schiff aufs andere umstiegen, und war überrascht gewesen, wie merkwürdig es sich anfühlte, von so vielen *gaijin* umgeben zu sein (auch wenn die hawaiianischen Eingeborenen ihr nicht so ungewöhnlich vorgekommen waren). Dann, auf der *Nakado,* die sie von Honolulu über Panama und New Orleans nach Rotterdam bringen sollte, war sie zumeist von Fremden umgeben; die koreanische Besatzung, der Zweite Offizier Broekman, und Herr Mandamus, der einzige andere Passagier. Nur die drei vorgesetzten Offiziere auf dem Schiff und der Steward waren Japaner. So dachte sie, sie hätte sich daran gewöhnt, aber das bunte rassische Gemisch und die schiere Anzahl von Menschen in Panama versetzten sie in Erstaunen.

Sie überlegte, wie Broekman sich fühlte. Ein Südafrikaner. Er behauptete und schien wirklich den weißen Staat zu verachten, aber er war darin aufgewachsen, und sie glaubte, daß Panama immer noch wie eine Art Kreislaufschock wirken müsse.

Sie fuhren zum Juji, auf der Via Brasil. Es war ein japanisches Restaurant; nach Herr Mandamus' Vorstellung eine Überraschung. Sie hatte einheimische Küche essen wollen, ließ sich aber ihre Enttäuschung nicht anmerken. Das Restaurant hatte einen japanischen Besitzer, ein Skifan aus Niigata, der Sapporo gut kannte, und sie unterhielten sich eine Weile (»Nur Wasser-Ski in Panama!«) Das *shabu-shabu* war gut, ebenso das *tempura*. Broekman murrte was über Steaks, schien danach aber zufrieden genug. Herr Mandamus, nachdem er sich bei Hisako vergewissert hatte, daß Schlürfen durchaus in Ordnung war, fuhr enthusiastisch damit fort, sich den Weg durch jedes servierte Gericht zu schlürfen, auch durch die trockenen, wobei er immer wieder mit Kirin-Bier gurgelte. Auf der anderen Seite des Wandschirms übertraf eine lärmende Gruppe japanischer Bankiers Mandamus mühelos an Lautstärke und verbrachte die meiste Zeit damit, ausgeklügelte Trinksprüche auf einander auszubringen und noch mehr Sake zu bestellen. Sie dachte, sie könnte genauso gut zu Hause sein.

Als sie rausgingen, war die Stadt immer noch am Erwachen, die Nachtclubs und Casinos machten gerade auf. Sie gingen in eine Reihe Bars auf der Avenue Roberto Duran, Herrn Mandamus gefiel die erste nicht, weil die meisten Männer GIs waren. »Ich habe nichts gegen unsere amerikanischen Cousins«, erklärte er Hisako während sie rausgingen. Sie dachte, er würde nichts mehr sagen, aber dann lehnte er sich zu ihr herüber, zischte »Bombengefahr!« und verschwand in der nächsten Bar. Broekman schüttelte den Kopf.

Sie spielten im Marriott-Casino, bummelten um die grünbespannten Tische und die überwältigend gekleideten einheimischen Frauen und die Männer in ihren weißen Smokings. Im Vergleich dazu fühlte sie sich klein und häßlich, wie ein Kind in zerlumpten Kleidern, aber auch mit dem Entzücken eines Kindes am Glitzern und Stimmengewirr des Ortes. Die Roulettes klickten, Würfel klapperten und rollten über das Tuch, Karten schnellten aus manikürten Händen. Wachen wie Sumoringer versuchten vergeblich, sich unauffällig zwischen die weißen Jacketts und langen Kleider zu bewegen, oder standen gelassen an den Wänden, Hände hinter dem Rücken, und zeigten maßgeschneiderte Wölbungen unter ihren Jacketts; nur ihre Augen bewegten sich.

Herr Mandamus verlor wenig, aber oft auf dem *tranganiquel*, fütterte die blinkenden Apparate mit Vierteldollars und behauptete ein unfehlbares System zu haben. Broekman gewann 200 Dollar beim *vingt-et-un* und bestellte Champagner für Hisako, die ohne großen Enthusiasmus oder Glück *dado* spielte.

Sie nahmen ein Taxi zurück ins Zentrum und spazierten über die Avenue Balboa, auf der Seite der

Bucht, wo sich weiß der Pazifik brach und in der Entfernung Patrouillenboote grollten, endeten dann im Bacchus II, wo Mandamus den *karaoke*-Raum fand (»Welche Überraschung!«) und eine peinlich lange Zeit damit verbrachte, zu den japanischen Playbacks zu singen, dabei versuchte, Hisako zum Mitmachen zu bewegen, und lautstark mit derselben Gruppe Bankiers Freundschaft schloß, der sie im Juji begegnet waren.

Im Taxi zurück zum Pier 18 schlief sie ein.

»... Jungfrauen im Schrein nahmen den Mund voll Reis, kauten ihn zu Brei und spuckten ihn dann in die Fässer, und ...«

»Das denkst du dir aus, du Irrer!«

»Nein, nein, wirklich, so begann die Gärung. Ein Ensüm in ihrem Speichel ...«

»Ein was?«

»Ein Ensüm in ihrem Speichel, ihrer Spucke.«

»Ich weiß ...« Broekman brach ab. Hisako hob ruckartig den Kopf von der Brust. Sie gähnte. Ihr Kopf schmerzte. »Haben Sie das gehört?« fragte Broekman.

»Was?« fragte Mandamus. »Was gehört?«

»Explosion.«

Der Fahrer – fett, mit Silberhaar, betrachtete einen kleinen, ans Armaturenbrett geklemmten Farb-Watchman, wenn er nicht gerade überholte – drehte sich um und sagte etwas auf Spanisch. Hisako überlegte, ob Broekman wirklich ›Explosion‹ gesagt hatte.

Sie war sich nicht ganz sicher, wieviel später das Taxi irgendwo auf den Balboa Heights anhielt, die Puente de las Americas zu ihrer Linken, die hell erleuchtet die Kanaleinfahrt überspannte. Mandamus half ihr aus dem Wagen, und die drei standen mit dem Fahrer am Straßenrand und blickten zurück auf die die Bucht umgebende Stadt, wo nahe des Zentrums ein großes Feuer von hunderten flackernden roten und blauen Lichtern umgeben war, und eine dicke Rauchsäule wie schwarzer Blumenkohl zu den orangefarbig verschmierten Wolken emporstieg.

Das Krachen vom Feuer leichter Waffen klang wie Holzscheite, die sich in einem Kamin entzündeten.

Geformt wie ein auf der Seite liegendes S, war es der einzige Ort auf der Welt, wo die Sonne über dem Pazifik auf- und über dem Atlantik untergehen konnte. Eines Tages im Jahre 1513 erkletterte ein Spanier namens Vasco Nunez de Balboa aus der Provinz Extremadura – er war zunächst blinder Passagier bei der Expedition eines anderen gewesen und hatte diese dann bei einer Meuterei übernommen – einen Berg in Darien und sah, was kein Europäer je zuvor gesehen hatte; den Pazifik.

Damals nannten sie es den Südlichen Ozean.

Balboa schloß Freundschaft mit den Menschen, die bereits in diesem Landstrich lebten, und machte sich den Mann zum Feind, der den Großteil des Isthmus regierte, den die Spanier Castilla del Oro nannten. Der Gouverneur ließ seinen Zorn an Balboas Isthmus aus: er ließ ihn enthaupten. Die Tatsache, daß Balboa sein Schwiegersohn geworden war, hielt das Beil nicht auf.

Der Gouverneur, den die Geschichte Pedrarias den Grausamen nennt, gründete eine Stadt an der Pazifikküste, in der Nähe eines kleinen Fischerdorfes namens Panamá. In der Eingeborenensprache bedeutete *panamá* ›viel Fisch‹. Die Spanier nannten den Weg zwischen ihr und der Karibik Camino Real, die Königliche Straße. Über diese Straße zog auf Sklaven und Eseln der geplünderte Reichtum des Inka-Reiches. Die Sklaven wurden aus Afrika gebracht, um die Eingeborenen zu ersetzen, die abgeschlachtet worden waren. Die Esel wurden besser behandelt, und so flohen die Sklaven in den Dschungel, wann immer sie konnten. Man nannte sie *cimarrones*. Sie gründeten ihre eigenen Siedlungen, stellten ihre eigenen Streitkräfte auf und manchmal schlossen sie Bündnisse mit den englischen, französischen und niederländischen Piraten, die die intensive Konzentration ungeheuren Reichtums in dieser Gegend anlockte; die Plünderer plündernd.

1573 griffen Francis Drake und seine Bande lizensierter Piraten die spanischen Gold-Galeonen und die Stadt Nombre de Dios an. Sie eroberten Cruces und brannten es bis auf die Grundmauern nieder. Achtundneunzig Jahre später eroberte der Waliser Henry Morgan Panamá; er setzte es in Brand. Der Transport der Beute erforderte 195 Maultiere. Die Spanier bauten die Stadt an der Küste wieder auf, mit höheren Mauern. Achtundfünfzig Jahre danach, als Großbritannien und Spanien miteinander Krieg führten, eroberte Admiral Vernon Portobelo an der Karibikküste; dazu das Fort von San Lorenzo.

Einige Jahre später, 1746, gaben die Spanier auf und begannen mit ihren Schatzschiffen statt dessen um Kap Horn zu segeln. Panamá wurde vernachlässigt, durfte aber dennoch keinen freien Handel mit dem Rest Europas treiben. 1821 erklärten sich de Panamesen für unabhängig … und schlossen sich Bolívars Großkolumbien an.

Das sie vernachlässigte. Es gab Revolutionen.

Bevor die Spanier nach Panamá kamen, lebten in dem Gebiet über sechzig Eingeborenenstämme. Danach waren es nur noch drei.

Dann fand jemand neues Gold. Diesmal weit im Norden, in Kalifornien. Die Ebenen Nordamerikas, immer noch umkämpft, waren weitaus gefährlicher als eine Seereise von New York oder New Orleans zum Chagres-Fluß, ein kurzes Paddeln und ein schneller Maultierritt zum Pazifik und von da eine Weiterreise nach San Francisco. Panama war wieder im Geschäft. Das kurze Paddeln und der schnelle Maultierritt machten so viel Spaß, daß die 49er es Straße zur Hölle nannten. Sie starben in hellen Scharen, zumeist an Seuchen.

Einige bereits reiche Amerikaner gründeten die Panama Railroad Company. Irgendwie von ihrer Rechtschaffenheit überzeugt, gewährte ihnen die kolumbianische Regierung ein Monopol. Das Geld machte.

Die Strecke führte von Colón nach Panamá über eine der alten spanischen Goldstraßen. Dann wurde ihr ein goldener Nagel ins Herz getrieben, Tausende von Meilen im Nordwesten, in den Vereinigten Staaten von Amerika; die erste Eisenbahnlinie von Meer zu leuchtendem Meer war in Betrieb.

Also begannen die Menschen Panama erneut zu vernachlässigen.

Ferdinand, Vicomte de Lesseps, Erbauer des fabelhaften, auf Meereshöhe Entfernungen verringernden, die Wüste durchquerenden, das Empire verbindenden, allseits singenden, vollkommen opernhaften Suez-Kanals, ein Cousin der französischen Kaiserin, Gewinner des Großen Kreuzes der Ehrenlegion, Empfänger eines englischen Adelstitels, Mitglied der Akademie, begann 1881 die Arbeit an seinem die Welt überwältigenden Projekt des Baus eines Kanals auf Meereshöhe durch den Isthmus von Panama.

Gauguin wirkte daran mit, Künstler unter den Handwerkern.

Zweiundzwanzigtausend Menschen starben dabei.

Um 1893 war alles vorbei, die Firma – La Compagnie Universelle de Canal Interocéanique, gemieden von Regierungen und Banken, angebetet vom kleinen Investor, Verteilerin von Bestechungsgeldern an Presse und Politiker – ging pleite, und die fünf Direktoren wurden verurteilt. Eiffel, Erbauer des hoch aufragenden Turms, wurde niedergestreckt. De Lesseps zu fünf Jahren Gefängnis verurteilt.

Er starb im Jahr darauf, ein gebrochener Mann, seine Seele ausgehöhlt und leer.

Nun waren die Vereinigten Staaten von Amerika die beherrschende Regionalmacht. Sie waren entschlossen, einen Kanal zu besitzen. Erste Wahl wurde die Route durch Nicaragua, aber der Manager dessen, was von der französischen Firma übrig war, schickte allen Kongreßmitgliedern eine nicaraguanische Briefmarke, die einen Vulkanausbruch zeigte. Er betonte zudem, daß Panama außerhalb des Vulkangürtels lag, es gab keine Erdbeben. Stand da nicht noch ein Gewölbe (das berühmte Arco Chato, oder Flache Gewölbe, Teil der Kirche von San Domingo), das drei Jahrhunderte lang intakt geblieben war, in Panama Stadt.

Der Kongreß war überzeugt. Es ging die Nachricht um, daß es eine gute Idee wäre, wenn Kolumbien die La Compagnie Universelle alle ihre Rechte an die USA verkaufen ließe. Der kolumbianische Kongreß stimmte dagegen und weigerte sich zu unterzeichnen, was auch immer Präsident Roosevelt wollte. Unglaublicherweise spielte ein Aufstand in Panama Stadt den USA genau in die Hände und als kolumbianische Truppen entsandt wurden, ihn zu zerschlagen, entsandte der Kongreß ein Kanonenboot. Washington erkannte die unabhängige Republik an, beinahe bevor sie erklärt wurde. Das war 1903.

Die neue Regierung des unabhängigen Panama fand es eine prima Idee, die Souveränität über einen acht Meilen breiten Streifen auf beiden Seiten der Kanalroute ›auf ewig‹ den Vereinigten Staaten zu überlassen; für zehn Millionen Dollar sofort und eine Viertel Million pro Jahr (letztere wurden schließlich auf nahezu zwei Mio. erhöht, als es peinlich wurde).

Die Seuchen wurden bezwungen, trotz allem. Die Probleme mit der Geographie und Topologie wurden mit Hirn, Muskeln und Unmengen Geld überwunden. Die zeitweiligen Bahnanlagen, gebaut zur Unterstützung des Kanalbaus, bildeten damals das größte Streckennetz der Welt. Berge wurden bewegt, Flüsse eingedämmt, Wälder trockengelegt, Inseln geschaffen. Die Zone wurde zur Insel gemähten Rasens in einem Dschungelmeer.

Im August 1914, während der Große Krieg in Europa noch immer am Anfang stand, passierte das erste Schiff den neuen Kanal.

1921 zahlten die USA 21 Millionen Dollar an Kolumbien, um den Verlust des Isthmus, genannt Panama, auszugleichen. Schnitt zu:

1978: Jimmy Carter stimmte einem neuen Vertrag zu. Im Jahre 2000 würde das Ganze den Einheimischen zurückgegeben werden.

(Die Panamesen hatten die ›auf ewig‹-Klausel nie geschätzt.) ›Die Zone‹ wurde ›Das Gebiet‹, aber die meisten nennen sie immer noch die Zone. Ananas-Gesicht verdarb das Ganze ein wenig, aber nicht so, daß man es gemerkt hätte. Die Dinge gingen ihren Gang. Der zweite Jahrtausend kroch näher. Und soweit brachten auch Hisako ihre Reiseführer.

Der Regen war warm und die Luft roch nach der Hitze des Bodens, pflanzlich und intensiv; wie etwas, das sich durch einen chemischen Zauber ins Leben gezwängt hatte, ohne die Vermittlung der Sonne. Sechs Uhr, und es war schon dunkel, und der Regen fiel gleichmäßig, erglühte in den Scheinwerfern der *Nakado,* schwang rund um sie, verankerte sich in der leichtesten Abendbrise. Das Wasser des Sees wirkte trüb und matt und ölig, bedeckt mit den sich stets ändernden Mustern der großen Regentropfen, kurzlebige Punkte und Striche auf der sich langsam bewegenden Oberfläche. Die Luft war so dick und feucht, daß es schwerfiel zu glauben, der Regen könne so schnell hindurch fallen.

»Frau Onoda! Hisako! Sie werden klatschnaß!«

Sie wandte sich von der Reling ab, um Mandamus heranwatscheln zu sehen, der aus seiner Kabine auf dem Hauptdeck kam. Hisako bürstete ein paar Tröpfchen aus ihrem schwarzen Pony; der Regen fiel fast gerade herunter, und das Deck über ihr hatte ihr genug Schutz geboten. Aber Mandamus regte sich gerne unnötig auf.

Herr Mandamus aus Alexandria, beleibt und exaltiert, mit grauer Olivenhaut und gefärbtem grauen Haar, ein Menschenfreund, rastloser Experte auf zahlreichen Gebieten und vermutlich Inhaber akademischer Grade von Universitäten aus drei Kontinenten, nahm Hisakos Hand in die seine und küßte sie perfekt. Hisako lächelte wie immer und verbeugte sich ein wenig.

Herr Mandamus bot ihr den Arm und sie nahm ihn. Sie gingen übers Deck nach vorn.

»Und wo waren Sie heute? Ich kam ein wenig zu spät zum Mittagessen, aber Sie haben wohl in Ihrer Kabine gegessen.«

»Ich habe gespielt«, erklärte sie. In der Nähe der Aufbauten war das Deck trocken, nahe der Reling mit dunklen Tropfen gesprenkelt.

»Aha, geübt.«

Hisako studierte das Deck, überlegte dabei, wer auf die Idee gekommen war, daß ein Muster aus kleinen diamantförmigen Prägungen im Stahlblech mehr Halt gewährte. »Ich habe Angst, das Gefühl dafür zu verlieren, einzurosten.«

»Das Rosten überläßt man am besten den Schiffen, Frau Onoda«, sagte Mandamus gestikulierend. Sie erreichten das vordere Ende der Aufbauten der *Nakado* und sahen über die Luken, auf die – hell unter den Mastkorblaternen – der Regen trommelte, zum Vorschiff. An Steuerbord leuchteten die Lichter der *Le Cercle* und der *Nadia* durch die Nacht und den warmen Regen, schwimmende Inseln des Lichts in der Dunkelheit. Sie fragte sich, was Philippe gerade machte.

Als sie sich am Vorabend geliebt hatten, nach dem Schwimmen durch die Ruinen, vor dem Alptraum, hatte Philippe sie an den Schultern gehalten, seine

Arme unter ihre Armbeugen geschoben, ihre Schultern von unten umklammert, sie gebogen. Sie hatte das verwirrende Gefühl gehabt, immer noch die Tauchausrüstung zu tragen, deren Gurte in ihre Haut schnitten. Das hatte sie an die seidige Wärme des Wassers erinnert, und den Anblick seines langen, braungebrannten Körpers, wie er hindurchglitt, der Widerschein der Wellen an der Oberfläche kräuselte sich wie Linien eines Gitters auf der süßen Geographie seines Rückens und seiner Beine.

»... Hisako? Geht's Ihnen gut?«

»Oh!« sagte sie lachend und ließ Mandamus' Arm los, den sie zu fest gehalten hatte. Sie verschränkte die Arme hinter dem Rücken und ging schnell weiter, derweil sie verzweifelt versuchte, sich daran zu erinnern, was Mandamus letzte Worte gewesen waren. »Entschuldigung«, sagte sie. *Ich benehme mich wie ein Schulmädchen,* sagte sie bei sich. Herr Mandamus holte sie ein und bot ihr erneut den Arm, als sie weitergingen, so daß er wie ein rundliches Schutzgeländer zwischen ihnen hervorstand. Es war irgendwas über Regen und Schlamm gewesen (wie romantisch!). »Ja, es ist schrecklich. Aber sie bringen es doch in Ordnung, oder?«

»Zu spät, fürchte ich«, sagte Herr Mandamus und nahm seinen Arm runter. Sie bogen um die Ecke, gingen zum Heck. Die Gangway, die zum Deck des Speisesaals führte, lag geradeaus. Das Deck war ziemlich trocken. »So viele Bäume wurden abgeholzt, so viel Ackerboden wurde in den See gespült, die Lage war schon vor dem Krieg ziemlich ernst. Das Kanal verfiel seit Jahren, allein der Gatún-See« – Herr Mandamus deutete rundum – »ist flacher und kleiner, als er mal war, wie die Dämme, die ihn erhalten. Nicht all zu lange mehr und Sie und dieser schneidige französische *officier* können eher planschen als tauchen gehen!«

Sie gingen die Treppe hinauf. Hisako warf noch

einen Blick zurück zur *Le Cercle,* die etwa einen Kilometer entfernt lag, dann betrat sie durch den Eingang den kühlen hellen Glanz der Aufbauten.

Sie hatte sich sehr schnell dem Leben an Bord angepaßt. Die *Gassam Maru* beförderte sie nach Honolulu, über den leeren, blauen Pazifik. Innerhalb von ein paar Tagen nach der Abfahrt aus Yokohama fühlte sie sich behaglich und heimisch. Ihr Platz in der Hierarchie des mit Ballast beladenen Tankers war der eines Ehrengastes, mit den Privilegien eines Offiziers, ohne dessen Pflichten; im Rang schien sie direkt unter dem Kapitän zu stehen, dem Ersten Offizier und dem Chefingenieur gleichgestellt.

Die Crew ignorierte sie mit äußerster Höflichkeit, sie machten auf der Treppe kehrt, wenn sie oben erschien, um sie hinuntergehen zu lassen (wandten dabei aber die Augen ab), und wirkten verwirrt, wenn sie ihnen dankte. Die übrigen Mitglieder der Brückencrew waren nur wenig selbstbewußter, während die Vorgesetzten sie wie eine der ihren behandelten; anscheinend erwiesen sie ihr gegenüber den Respekt, der, wie sie fanden, ihr als Expertin auf einem Gebiet gebührte, das sie als nicht minder komplex und wertvoll erachteten als ihr eigenes. Kapitän Ishikawa war ihr gegenüber kalt und förmlich, aber er war auch zu seinen Offizieren kalt und förmlich, so empfand sie seinen Mangel an Wärme nicht als Beleidigung.

Nach dem hektischen Treiben des letzten Monates, den sie in Tokyo verbracht hatte – um Kurse zu beenden, letzte Arrangements für andere zu treffen, damit die ihre Kurse und Tutorien fortsetzten, mehrere Abschiedsparties zu feiern, verschiedene Freunde zu besuchen, den Versuch zu machen, Herrn Moriya zu beruhigen, von dessen Betteln sie hypnotisiert zu werden drohte, nach Narita geschleift zu werden, um dort ein Flugzeug zu besteigen und prompt wieder in dem

Moment verängstigt und schwach zu werden, wenn sie das Flugzeug betrat, und geradezu hysterisch (sehr zu ihrer Schande), wenn sie dabei waren, die Tür zu schließen –, erschien ihr das Leben an Bord einfach und leicht. Die vorgegebene Struktur, die regelmäßigen Wachen und Rhythmen, die befolgten Regeln und eindeutigen Befehlsketten, all das sprach die ordentliche Seite ihres Ichs an. Hier war das Schiff, und da der Rest der Welt. Alles hübsch und eindeutig und unbestreitbar. Das Schiff durchpflügte den Ozean, beeinflußt von Gezeiten und Wind, verbunden über Funk und Satelliten, aber im Grund war es eine Einheit, abgesondert durch seine Beweglichkeit.

Die endlose See, der weite Himmel, die beruhigende Stetigkeit der Aussicht – verläßlich in ihrem einfachen Umriß, aber immer verschieden innerhalb ihrer elementaren Parameter – machte die Reise zu einer Flucht, einer Freiheitserfahrung von einer Art und Dauer, wie sie ihr noch nie begegnet war, etwas Erhabenes, wie ein geharkter Garten oder ein perfekt proportioniertes Zimmer, wie der Fuji an einem klaren Tag, aufsteigend über Tokyo wie ein großes Zelt, das zum Himmel hoch gezogen wurde.

Und das Stradivari-Violoncello, etwa 1730, 1890 in Beijing mit neuer Brücke und neuem Ende versehen, überlebte. Sie hatte sich ein Gerät besorgt, das Temperatur und Feuchtigkeit in der Kabine registrierte, und eine zusätzliche Klimaanlage, die vom Schiffsstrom betrieben werden konnte, aber auch bis zu achtundvierzig Stunden mit eigenen Batterien. All das schien ihr ein wenig übertrieben, aber es hielt Herrn Moriya, wenn schon nicht ruhig, dann doch in einem akzeptablen Maß erschreckter Hysterie.

Sie übte in ihrer Kabine, Laken (exakt gefaltet) an eine kahle Wand geklebt, um die richtige Akustik zu bekommen. Übte stundenlang, die Auge geschlossen, umarmte das warme Holz des Instruments, verlor sich darin, so daß sie manchmal nachmittags anfing, und wenn sie die Augen öffnete, war es außerhalb der Bullaugen der Kabine dunkel, und sie saß da in der Dunkelheit, blinzelte und kam sich blöd vor, Rücken und Arme verspannt von diesem lohnenden Schmerz für etwas, das seinen Erwerb auf Kosten der Anstrengung wert war. Der Steward mußte die an die Wand geklebten Laken erwähnt haben, denn der Deckoffizier sagte ihr, sie hätten in einem Lagerraum Korkfliesen gefunden; dürften sie die an der anstößigem Wand befestigen? Unsicher, ob sie gekränkt wären, wenn sie nein sagte, stimmte sie zu. Es wurde binnen eines Tages erledigt; sie bat sie, den Kork nicht zu lackieren. Das Cello klang tatsächlich besser, die letzte Härte der Kabine war weg. Sie versuchte sich auf eine Weise zuzuhören, wie sie es seit ihren frühesten Tagen nicht mehr getan hatte, bei Herrn Kawamitsu, und nahm ihre Übungs-Sitzungen mit ihrem alten DAT-Walkman auf, und war der Ansicht – auch wenn sie das nie jemand gegenüber zugegeben hätte –, daß sie nie besser gespielt hätte.

Sie war traurig die *Gassam Maru* verlassen zu müssen, aber sie hatte keine speziellen Freundschaften geschlossen, so würde sie niemand besonderen vermissen. Die Reise war an sich erfreulich gewesen, und ihr Ende war genauso ein Teil davon wie alles andere, und so war die Traurigkeit nicht tief und fast befriedigend. Sie ging an Bord der *Nakado*, eines anderen Frachters der Yotobashi-Reederei, wenn auch diesmal als Autotransporter gechartert, um für den nordamerikanischen Markt bestimmte Nissan-Limousinen zu befördern. Ihr erschien die *Nakado* geschäftiger, kosmopolitischer und interessanter als die *Gassam;* hier fügte sie sich ebenso schnell ein. Ihre Kabine war größer und mit Holz getäfelt, und das Cello klang gut in ihrer Wärme.

Manchmal stand sie am Bug des Schiffes, ein wenig befangen, da sie sie von der Brücke beobachteten, aber sie stand trotzdem da, wie Garbo in *Königin Christine*, nur daß ihr Haar nicht in die falsche Richtung wehte, und sie sah in die zartblaue Leere des westlichen Pazifik, Kurs Ost-Südost auf den Isthmus von Panama, und lächelte in den tropischen Wind.

Wie Philippes Schiff stand die *Nakado* unter dem Kommando ihres Maates. Der Erste Offizier Endo saß am Kopfende des Tisches, Hisako zu seiner Rechten, Herr Mandamus ihr gegenüber. Broekman saß neben dem Ägypter, der Zweite Offizier Hoashi links neben Hisako. Neben ihm war Steve Orrick, ein Student am Cal Tech, der in Panama darum gebeten hatte, an Bord *Nadia* mitgenommen zu werden; er hatte seit Wochen versucht, die Stadt zu verlassen, und der amerikanische Kapitän der *Nadia* hatte Mitleid mit ihm gehabt und über Funk die Schiffseigner um Erlaubnis gebeten. Als klar wurde, daß die Schiffe einige Zeit im Gatún-See bleiben würden, hatte Orrick angeboten, für seinen Unterhalt zu bezahlen, indem er aushalf, wo immer er konnte; momentan war er an die *Nakado* verliehen, er half bei ihrem Anstrich. Er war groß, blond, unbeholfen und gebaut wie ein Olympia-Schwimmer. Hisako fand es anstrengend, mit dem jungen Amerikaner zu reden.

Es war ein Abend mit westlicher Küche, Messer und Gabel zierten das glänzend weiß gestärkte Tischtuch. Der vorhersehbare turnusmäßige Wechsel der Mahlzeiten war eines der intensivsten Rituale geworden, die auf den drei Schiffen gepflegt wurden; jedes Schiff hatte seinen eigenen Rhythmus und jedes spielte regelmäßig den Gastgeber für die Offiziere und Gäste der beiden anderen Schiffe, manchmal unter Hinzunahme von Leuten aus Gatún; Schiffsmakler, Kanal-Bedienstete, gelegentlich jemand aus den Konsulaten in Rainbow City oder Colón. Am Abend des folgenden Tages sie alle zu Tanz und einheimischen Speisen zur *Nadia* übersetzen, zur Abwechslung lokale Küche kosten. Am Abend zuvor auf der *Le Cercle* hatte es mit Lekkas' griechischem Bankett eine Unterbrechung dieses Zyklus gegeben, was sie und Philippe zu schätzen gewußt hatten, aber das Muster von Mahlzeiten, Drinks, Parties, Tanz und anderen sozialen Anlässen half die Zeit totzuschlagen, während sie darauf warteten, daß der Krieg seinen Verlauf nahm. Gefangen in der Pattsituation, schien nur dieser ritualisierte Verzehr Sinn zu machen und eine spürbare Verbindung zur Außenwelt anzubieten. Hisako fragte sich, ob sie immer noch nach Knoblauch roch.

Das Gespräch wandte sich von den Unruhen in Hongkong der US-Friedensmission in Ecuador zu.

»Vielleicht können wir schon bald abfahren«, sagte Endo in perfekt artikuliertem Englisch.

Du haben Grück, dachte Hisako, während sie mit ihrem schweren Suppenlöffel spielte.

»Gut, yeah«, sagte Orrick und musterte die Tafel. »Könnte sein. Du bekommst diese Jungs zum Reden, und sie bringen die Sache in Ordnung. Zur Hölle, alles was sie tun müssen, ist, die Panamesen dazu zu überreden, die Marines wieder in die Zone zu lassen und ihnen F 17 zu beschaffen, die auf den Punkt genau fliegen, und die guten alten *venceristas* werden sich in die Berge zurückziehen müssen. Stationiert ein Kriegsschiff oder zwei vor PC und feuert ein paar Granaten über das ganze verdammte Land, das wird sie beeindrucken.« Mit seiner breiten, blondbehaarten Hand machte er eine flugbahnähnliche Bewegung über das weiße Tischtuch.

»Unser junger Freund ist einer von der alten Garde«, sagte Herr Mandamus zu denen am Ende des Tisches.

Orrick schüttelte den Kopf. »Die gute alte Nationalgarde wird die Roten nicht loswerden; der einzige Weg wie wir die Schiffe hier rauskriegen, besteht darin, die Marines und GIs mit den leichten Waffen und Mikrobomben aus dieser Südkommando-Basis rauszukriegen und wieder in den Rest Zone zu verlegen.«

»Die Panamesen würden dabei das Gesicht verlieren.« Endo schüttelte den Kopf.

»Ich denke, das würden sie, Sir, aber sie haben gerade den Kanal verloren; zum Kuckuck, sie verlieren das ganze Land, und sie können noch nicht mal die Sicherheit amerikanischer Bürger in ihren größeren Städten garantieren. Wieviel länger sollen wir noch warten? Diese Jungs hatten ihre Chance.«

»Vielleicht werden die Kongreßabgeordneten bei ihrer Mission Erfolg haben«, meinte Hisako. »Wir müssen nur ...«

»Vielleicht werden die Roten erleuchtet und treten den Pfadfindern bei«, sagte Orrick zu ihr.

»Vielleicht habe ich eine Idee«, verkündete Herr Mandamus und hielt einen Finger hoch. »Warum machen wir kein Buch auf.«

Sie sahen ihn mit Verblüffung an. Hisako fragt sich, was Herr Mandamus damit wohl meinte, dann, ob er Zeichen der Bekehrung zu einer Religion zeigte; zur Inspiration und Führung an einer zufälligen Stelle die Bibel zu öffnen, war bei manchen Christen verbreitet, hatte sie gehört, und Moslems machten dasselbe mit dem Koran. Der Steward – ein älterer Herr namens Sawai kurz vor dem Rentenalter – kam mit einem Tablett voller Suppenschüsseln und einem Brotkorb herein.

»Wette«, erklärte Herr Mandamus. »Ich werde der Buchmacher; wir können wetten, an welchem Tag der Kanal endlich wieder geöffnet wird oder an welchem Tag das erste Schiff seine Reise vollendet; was auch immer. Was meinen Sie?«

Offizier Hoashi fragte Hisako, worüber der Mann spräche. Sie übersetzte und dankte Sawai, als er eine Schüssel vor sie hinstellte.

»Ich wette nicht«, sagte Endo. »Aber ...« Er spreizte die Hände.

»Ich wette, daß, wenn sie den Kanal öffnen, die Yankees die Öffnung übernehmen«, sagte Orrick, und stürzte sich auf seine Suppe.

»Ich könnte dagegen wetten«, sagte Mandamus wenig begeistert.

»Worauf wetten wir?« Broekman hastete herein und nahm seinen Platz am Tisch ein, nickte Endo zu.

»Wann die Schiffe freigegeben werden«, erklärte ihm Mandamus.

»In welchem Jahr? Welchem Jahrzehnt?« Broekman schnappte sich seine Serviette und wirbelte seinen Löffel herum, während er darauf wartete, daß Sawai ihn bediente. Der Techniker roch nach Seife und Eau de Cologne.

»Ein bißchen früher, glauben wir schon«, sagte Mandamus herzlich lachend.

»So? Also, ich werde nicht wetten.«

»Herr Orrick wollen Marines reinschicken«, sagte Endo, während er andächtig seine Suppe schlürfte und mit dem Namen des Amerikaners ein Wortspiel versuchte.

»Das übliche Verhalten der USA«, erklärte Broekman und nickte.

»Yeah, es funktioniert.«

»Nein, nicht in Beirut«, entgegnete Broekman zu dem jüngeren Man. Orrick wirkte verwirrt. Broekman wedelte ungeduldig mit einer Hand. »Vielleicht vor ihrer Zeit.«

»Entsendet ein Kanonenboot!« sagte Mandamus laut, als würde er zitieren.

»Na und, hier ist nicht Beirut.« Orrick nahm ein Stück Brot aus dem Korb, brach es entzwei und aß.

»Es ist auch nicht Saigon, na und?« Broekmann wirkte plötzlich verärgert und blickte finster auf die Schüssel, die der alte Steward vor ihn hinstellte.

»Ach, das ist nicht an uns. Es wird sich so oder so selbst klären. Wir sind darin noch nicht mal Schachfiguren.«

»Die Kongreßabgeordneten werden den Schiffen beistehen«, versicherte Hisako. »Und wir waren gestern abend wieder in den Nachrichten.«

»Kanal 8?« fragte Broekman. »Weil wir für sie zum Lokalen gehören. Und aus sieben Meilen Höhe werden die Kongreßabgeordneten wirklich viel sehen – *wenn* es ein klarer Tag ist.«

Hisako senkte den Blick, nippte an ihrer Suppe.

»Wir sind ein Symbol, Mann«, meinte Orrick zu Broekman. »Wir zählen. Darum haben die Roten uns nicht angegriffen oder die Dämme in die Luft gejagt.«

»Sie haben die Schleuse bei Gatún ziemlich einfach außer Betrieb gesetzt«, sagte Broekman.

»Yeah, aber nur eine, um zu beweisen, daß sie es tun können.«

»Und der Tanker, der auf dem Grund der Limón-Bucht liegt?«

»Er lief unter US-Flagge, wie Sie mir ständig erzählen, Herr Broekman«, sagte Orrick. »Und er war nicht berühmt, er war nicht in den Nachrichten, bis er in die Luft gejagt wurde. Aber die Roten werden uns nicht angreifen. Die Lage ist zu bekannt, wir bedeuten etwas. Darum kommt das Flugzeug, um nach uns zu sehen. Wir werden mitten auf der Bühne stehen, numero uno.«

»Wenn Sie meinen«, sagte Broekmann und blickte in seine Suppe. »Was soll's, was streite ich mich überhaupt?«

»Ich setze darauf«, sagte Mandamus bedächtig mit geschlossenen Augen, »daß, wenn die Verhandlungen gut laufen, die Schiffe vor Ende des Monats freigegeben werden.«

Broekman lachte, hustete in seine Suppe, tupfte den Mund mit der Serviette ab. Orrick nickte bedächtig mit seinem jungen Blondschopf. »Nur wenn die Jungs reinkommen. Wenn die Jungs reinkommen, dann kriegt ihr einige Action zu sehen.«

»Und unter welchem Vorwand?« meinte Mandamus wie zu sich.

»Yeah, wartet's nur ab«, erwiderte Orrick und riß ein weiteres Stück Brot auseinander. »Ihr werdet schon sehen.«

3

Die Universal Company

»Hallo? Hallo? Hisako? Frau Onoda?«

»Am Apparat.«

»Ah. Wie geht's Ihnen?«

»Gut. Sehr gut. Und Ihnen?«

»Hisako, was machen Sie? Warum sind Sie noch auf diesem Schiff? Außer Bern habe ich alle Termine beginnend mit Den Haag um genau einen Monat verschoben. Nicht immer dieselben Veranstaltungsorte, aber das können wir später regeln. Aber Sie müssen da raus! ... Hören Sie mir zu? Hallo?«

»Es ist nicht leicht rauszukommen, Herr Moriya. Hubschrauber werden abgeschossen, kleine Boote werden angegriffen ... manchmal nahe des Seeufers; der Flughafen von Panama ist geschlossen ...«

»Die müssen mehr als einen haben!«

»... und weil ... nein, in der Stadt gibt es nur einen zivilen Flughafen. Colón ist geschlossen, weil ...«

»Ich meinte das Land.«

»Und die Pan American ist vermint.«

»Was? Die Fluglinie? Vermint?«

»Nein, der Highway. Außerdem haben die Rebellen in Panama und Colón Geiseln genommen.«

»Aber Sie sind Japanerin, keine Amerikanerin! Ich meine, warum ...?«

»Sie kidnappten ... sie kidnappten Japaner, Amerikaner, Europäer, Brasilianer ... ganz unterschiedliche Leute. Einer der Schiffskapitäne wurde in San Cristóbal gekidnappt; Kapitän Herval ... Ich käme vielleicht durch, aber vielleicht auch nicht. Zumindest hier sind wir ziemlich sicher.«

»Kriegen die die Schiffe nicht raus? Können die sie nicht bewegen?«

»Die Rebellen haben Raketen. Außerdem könnten sie die Schleusen in die Luft sprengen, oder den Madden-Damm oder den Mindi-Deich. Der Kanal ist... empfindlich, auch wenn er groß ist.«

»Hisako, sind diese Namen echt? Nein, vergessen Sie's. Gibt es keinen Ausweg? Das Interesse ist größer denn je, weil in den Nachrichten kam, daß Sie da unten sind, aber die Europäer werden nicht ewig warten, und Sie werden nicht – verzeihen Sie – Sie werden nicht jünger, Hisako. Oh, es tut mir so leid. Sagen Sie mir, daß Sie mir verzeihen; ich schlafe schlecht, und telefoniere die halbe Nacht mit Europa, und ich schnauze die Leute an ... es tut mir leid, daß ich das gesagt habe. Sagen Sie mir, daß Sie mir verziehen haben ...«

»Schon in Ordnung. Natürlich haben Sie recht. Aber ich habe mit dem Konsulat in Panama gesprochen; sie meinen, es ist das beste, sich nicht zu rühren. Sie rechnen damit, daß es bald Frieden gibt, oder daß die Amerikaner die Zone wieder übernehmen.«

»Aber *wann?*«

»Wer weiß? Sehen Sie Nachrichten?«

»Ich sehe die Nachrichten! Ich kann meine Augen nicht von den Nachrichten abwenden! Wenn ich nicht gerade mit Europa eine Telefonrechnung in der Höhe des nationalen Defizits der USA erzeuge, klebe ich an CNN Nippon! Aber Nachrichten sehen bringt Sie nicht nach Europa zum Cello spielen!«

»Tut mir leid, Herr Moriya. Aber mir fällt nichts ein, was ich tun könnte.«

»Oh ..., oh, mir auch nicht. Aber ... aber, oh, es ist alles so frustrierend! Ha! Warum bin ich nicht beim NHK geblieben, wie meine Mutter mir riet? Machen Sie sich nichts draus! Üben Sie? Wie geht's dem Instrument?«

»Ich übe. Dem Instrument geht's gut, und mir auch. Ich wußte gar nicht, daß Sie beim NHK waren.«

»Wie? Ja, vor vielen Jahren. Trompete. Ich hörte auf, weil ich mit dem Buchen von Engagements für andere Leute mehr verdiente. Außerdem tat das Spielen meinen Trommelfellen weh.«

»Sie sind was man ein ›stilles Wasser‹ nennt, Herr Moriya.«

»Ich bin, was man einen bankrotten Agenten nennt, Hisako. Und um so bankrotter, je länger dieses Gespräch andauert. Üben Sie weiter!«

»*Hai*. Danke für den Anruf. Auf Wiedersehen.«

»*Sayonara*, Hisako.«

Die *Nakado* lag eine Woche lang am Pier 18; es gab Probleme mit der Schiffsschraube, die sich festgefressen hatte. Nach zwei Tagen Krawallen und Ausgangssperre war die Stadt wieder für sicher erklärt worden. Hisako ging mit Mandamus, Broekman und dem Ersten Offizier Endo in die Stadt, während Taucher versuchten, die Schraube zu reparieren. Kapitän Yashiro schritt ungeduldig auf der Brücke auf und ab und sah Schiffe in Serie unter der Puente de las Americas durchfahren, hinter Pier 18, und weiter in Richtung der Schleusen bei Miraflores. Hubschrauber füllten den Himmel, knatterten zwischen der Basis des Südkommandos bei Fort Clayton und im Golf von Panama stationierten US-Flugzeugträgern und Truppentransportern hin und her. Die *venceristas* bewegten sich angeblich die Cordillera Central und die Serranía de San Blas herunter. Kuba hatte die USA vor einer Intervention gewarnt und der Republik Hilfe angeboten. Der sowjetische Botschafter besuchte das Weiße Haus, um dem Präsidenten eine Note zu übergeben, deren Text nicht bekanntgegeben wurde.

Herr Mandamus rührte seinen Pfefferminztee um und sah hinaus auf die Avenida Central, wo der gestaute Verkehr wütend hupte und lärmte und haarsträubend verzierte Busse voller hell gekleideter Menschen sich gegen die matte Tarnung der Jeeps und LKWs der Garde abhoben.

Sie waren an der Plaza Santa Ana losgegangen, wo Herr Mandamus, den Reiseführer in der Hand, sie zu Calle 13 geführt hatte, nachdem er seine Schuhe zweimal hatte putzen lassen. Hisako war, sagte Herr Mandamus, die einzige japanische Person, die er jemals getroffen hatte, die keine Kamera besaß – ja nie eine besessen hatte. Hisako stimmte zu, daß das ungewöhnlich war. Offizier Endo machte Fotos von allem, auf eine Art und Weise, die Herr Mandamus offensichtlich für eine sehr viel befriedigendere traditionelle japanische Sitte hielt.

Hisako investierte viel Zeit und Geld in Calle 13. Die Straße war voller Geschäfte und Kunden. Sie kaufte Kantule-Parfüm vom San Blas-Archipel, eine von den Guyamí-Indianern hergestellte *chaquira*-Halskette, einen Ring, in den ein kleiner kolumbianischer Smaragd eingelassen war, eine *chácara*-Tasche, ein kreisförmiges *pollera*-Kleid, ein *montuna*-Hemd, einige *molas*, ein kleines Kissen, eine Tagesdecke und drei Blusen. Mandamus kaufte einen Hut. Endo kaufte eine *mola* für seine Frau und zwei zusätzliche Disketten für seine Kamera. Die Männer halfen ihr beim Tragen all ihrer Einkäufe. Broekmann meinte, einige der Einheimischen wirkten zwielichtig, und sagte, es wäre wahrscheinlich ganz gut, daß sie alle beisammen blieben, vor allem weil Hisako bei ihrer Einkaufsexpedition genug Beute gesammelt hätte, um einen *conquistador* neidisch werden zu lassen.

Sie schlenderten hinunter zum Hafen und durch den Fischmarkt, und verirrten sich dann in einem Labyrinth kleiner, überfüllter und lauter Straßen. Herr Mandamus war entzückt, das Viertel hieß ›Sal si puedes‹, was ›Find heraus, wenn du kannst‹ hieß, und es war Tradition, sich in ihm zu verlaufen.

»Sie meinen, Sie *wußten*, daß wir uns verirren würden?« fragte Broekmann, als sie sich erst mal verlaufen hatten. Er scheuchte immer wieder die unterschiedlichsten Leute weg, die ihm was verkaufen wollten.

»Ja gut, ich nahm an, wir würden«, sagte Mandamus nachdenklich.

»Sie *nahmen an*, wir würden, Sie Irrer?«

»Natürlich«, sagte Mandamus, gelassene Befriedigung ausstrahlend, während ein Losverkäufer und der Besitzer eines chinesischen Restaurants den Stadtplan studierten, die Mandamus herausgeholt hatte. (Sie stritten sich.) »Sie ändern dauernd die Straßennamen, verstehen Sie«, erklärte Herr Mandamus. »Auf dem Stadtplan stehen die neuen Namen, aber die Leute nennen die Straßen bei ihren alten. Es ist wirklich ziemlich einfach.«

»Aber wozu wollten Sie, daß wir uns *verlaufen?*« fragte Broekmann beinahe schreiend. »Heutzutage ist diese Stadt Banditenland. Wir müssen wissen, was wir tun! Wir müssen wissen, wo wir uns befinden!«

»Keine Sorge«, sagte Mandamus und wischte sich die Stirn mit einem weißen Taschentuch ab. Er zeigte auf Endo, der die Armbewegungen der beiden streitenden Panamesen filmte. »Herr Endo ist Navigationsoffizier!«

Hisako sah sich um, preßte ihre Einkaufstaschen an sich, weil Broekman gesagt hatte, sie müsse das tun, aber trotz der Hitze und der Menschenmenge und der Tatsache, daß sie sich verlaufen hatten fühlte sie sich glücklich. Nicht weil sie so viel eingekauft hatte, sondern einfach, weil sie hier war, endlich an einem ganz anderen Ort. Es war gefährlich, manchmal furchterregend, verglichen mit Japan ziemlich gesetzlos, aber so ganz anders. Sie fühlte sich lebendig. Sie versuchte darüber nachzudenken, welche Musik zu spielen jetzt angebracht wäre, welche Komposition sie dieser Stimmung zuordnen könnte, so daß die Noten sängen und sprächen und Resonanzen aufnähmen, die sie vorher nicht in ihnen gehört hatte.

Sie fanden schließlich hinaus und gingen weiter, bewunderten die alten spanischen Villen, die Kathedrale, Plaza Bolívar, und den strahlend weißen Präsidentenpalast mit seinen Flamingos. »Ich nehme an, die Luftabwehrraketen auf dem Dach sind ein neuer Anbau«, sagte Broekman, während er über Mandamus' Schulter in den Reiseführer schaute.

»Könnte man meinen.«

Sie gingen runter ans Meer, auf die Plaza de Francia und sahen von den alten Mauern hinaus auf die Inseln in der Bucht; der Pazifik war grün und blau und violett, schimmernd unter einem wolkenlosen Himmel. Seevögel kreisten in der Luft, die heiß wie ein Backofen war.

Sie schlenderten wieder die Avenida Central hinauf, bis sie zu einem Café namens International kamen, geführt von einem riesigen schwarzen Mann namens MacPherson, der mit einem Akzent sprach, der Jamaikanisch mit englischer Privatschule kombinierte. Sie bestellten Tee. Pfefferminz für Mandamus, chinesischen für die anderen.

»Oh!« sagte Mandamus plötzlich, während er immer noch im Reiseführer las. »Hören Sie zu: ›Der untere Abschnitt der Wälle, nahe dem Gerichtshof, enthält Zellengewölbe, wo verurteilte Gefangene bei Ebbe angekettet wurden.‹« Mandamus schaute mit glänzenden Augen auf. »Verstehen Sie? Und dann, wenn die Flut hereinkam, ertränkte sie der Pazifik... der *Mond* ertränkte sie. Wir sollten zurückgehen und diese Zellen besichtigen. Was meinen Sie?«

Ihre Klassenkameradinnen hatten sie verspottet, weil sie wie eine haarige Ainu aussah. Die Ainu waren Japans Ureinwohner: seine Aborigines, seine Injaner. Nach dem achten Jahrhundert wurden sie von den vom asiatischen Festland kommenden Yamamoto-Japanern immer weiter nach Norden abgedrängt, bis sie sich auf Hokkaido festsetzten, der nördlichsten Insel. Der typische Ainu war groß, kräftig gebaut und behaart, und Hisako hatte – wenn auch bei normalem Körperbau – tiefschwarzes Haar und buschige Augenbrauen, die fast bis zu den Haaren an den Schläfen reichten. Sie hatte tiefliegende Augen, was das Ainu-Aussehen verstärkte. So verhöhnten sie die Kinder in der Schule und boten ihr an, ihr Lippen und Handgelenke zu tätowieren, auf die Art, wie die echten Ainu gezeichnet waren.

In der Schule war sie in fast allem schlecht, außer in Englisch, und die anderen Mädchen meinten zu ihr, sie käme nie auf die Universität – nicht mal auf eine zweijährige –, weil sie dumm sei, und sie bekäme nie einen Ehemann, weil sie eine häßliche, haarige Ainu sei, und sie würde wie ihre Mutter als arme, verwitwete Büroangestellte enden.

Sie ignorierte sie, versuchte Märchen auf englisch zu lesen und betrieb ihr Spiel auf dem Cello. Einmal, mitten im Winter, fingen vier Mädchen sie im Schulwaschraum ab und hielten ihre Hände an einen fast kochendheißen Heizkörper; sie weinte, schrie, kämpfte, während ihre Hände vor Schmerz brannten und die Mädchen lachten und ihre Schreie imitierten. Schließlich, brüllend vor Qual und wegen der Ungerechtigkeit des Ganzen, befreite sie mit einem Ruck den Kopf – ließ dabei ein Büschel blutendes, dichtes, schwarzes Haar in der Hand einer Gegnerin zurück – und schlug ihre Zähne in das Handgelenk des größten Mädchens. Sie biß so fest zu wie sie konnte und hörte immer noch Schreie um sich herum, als ihr Mund leer war und die Hände brannten …

Sie erwachte auf dem Boden. In ihrem Mund war Blut und ihr Kopf schmerzte. Ihre Hände waren verbrannt und rot und steif, und sie saß mit gekreuzten

Beinen da, schaukelte mit den Händen auf dem Schoß hin und her, weinte leise vor sich hin und wünschte sich, daß ihr Leben wie ein Märchen wäre, wo die fallenden Tränen ihre Hände heilten, wenn sie auf die rohe, rote Haut fielen.

Ihre Mutter schien ihre Geschichte zu akzeptieren, sie hätte auf dem Heimweg von der Schule eine Eisenstange aus dem Feuer gezogen. Frau Onoda sagte nichts über das fehlende Büschel Haare und den blauen Fleck auf einer Seite des Gesichts ihrer Tochter, und eine Zeitlang hielt Hisako ihre Mutter für dumm und leicht zu täuschen, bis sie am Abend das unterdrückte Schluchzen hörte, das aus dem Zimmer ihrer Mutter kam. Hisako ließ ihre Hände bandagieren. Sie lag in den Armen ihrer Mutter, ihr wurde vorgelesen oder sie legte ihre Englischbücher in den Schoß, blätterte die Seiten mit der Nase um, oder sie saß einfach da mit ihrem Cello und rieb ihre Wange daran. Wann immer sie zu weinen begann, verbarg sie den Kopf in der Armbeuge, damit ihre Tränen nicht die lackierte Oberfläche des Cellos benetzten.

Herr Kawamitsu war erfreut über die Fortschritte, die sie gemacht hatte. Sie wäre außerordentlich begabt, hatte er ihrer Mutter erzählt (die seufzte, als sie das hörte, weil das hieß, daß es mehr Geld kosten würde). Herr Kawamitsu war ganz aufgeregt; er hatte an die Musikakademie Tokyo geschrieben, und die hatte zugestimmt, sich das Kind anzuhören, um zu sehen, ob es so gut war, wie er versichert hatte. War sie es, würde sie ein Stipendium erhalten. Natürlich bedeutet das, nach Tokyo zu reisen … Frau Onoda ging zur Bank.

Es war kurz nachdem ihre Hände verbrannt worden waren, aber der Termin war vereinbart, und Frau Onoda hatte Angst die Akademie zu verärgern. Auf der Fähre waren sie beide seekrank. Sie fühlte sich immer noch schrecklich, als sie in das Zimmer in dem alten Gebäude nahe des Yoyogi-Parks geführt wurde, um vor einem Dutzend ernst blickender Männer Platz zu nehmen.

Sie spielte; sie hörten zu. Als sie aufhörte, schauten sie genauso ernst, und sie wußte, daß sie schlecht gespielt, daß sie ihre Chance vertan hatte, und Herr Kawamitsu würde gezwungenermaßen ein dummes Gesicht machen, und ihre Mutter würde hinter dem Wandschirm weinen.

Sie behielt recht; sie bekam das Stipendium nicht. Sie boten ihr einen Platz an, aber Frau Onoda konnte das Geld nicht aufbringen. Herr Kawamitsu sah eher traurig als ärgerlich aus und meinte, sie müsse weiterspielen, weil sie begabt sei, was man von sehr wenigen Menschen sagen könnte, und eine solche Gabe gehörte nicht ihr, sondern allen, und sie schuldete es allen, fleißig zu üben. Das fiel ihr schwer, und ihr Spiel wurde mechanisch und glanzlos.

Die Akademie ließ sie erneut kommen, einen Monat nachdem ihr Angebot eines Platzes abgelehnt worden war; eine weitere Chance für den letzten Stipendiumsplatz. Aber Frau Onoda hatte nur wenig Geld übrig. Hisako dachte darüber nach und ging eines Abends zu ihrer Mutter, hielt das Cello wie ein Opfer an einem Schrein und schlug vor, es zu verkaufen, um das Geld für den Fahrpreis zusammenzubekommen; sie könnte sich ja eins borgen. Wenn sie die Chance zum Spielen bekäme, könnte sie sich vielleicht ein neues Cello zulegen … Ihrer Mutter sträubten sich die Haare, und sie ging am nächsten Morgen zur Bank um einen Kredit aufzunehmen.

Die Reise mit der Fähre war ruhig, und sie starrte lange Zeit in das Kielwasser, das das Schiff hinterließ und das sich zurück bis zur dunklen Insel ihrer Geburt erstreckte.

Wieder spielte sie in dem furchterregenden Zimmer in dem alten Gebäude nahe des Yoyogi-Parks; wieder hörten die ernst dreinschauenden Männer zu. Weil ihre

Hände abgeheilt waren, konnte sie sie dazu nutzen, den Richtern zu berichten, wie weh es getan hatte, als sie auf das rauhe Metall des Heizkörpers gepreßt worden waren, wie sehr sie verletzt worden war, wie sehr ihre Mutter verletzt worden war, wie verletzend alles war. Sie blickten immer noch ernst, aber sie gaben ihr das Stipendium.

Sie trug die *pollera* und eine der *mola*-Blusen auf der Party auf der *Nadia*, dem dritten Schiff, das im See gestrandet war. Die *Nadia* war ein Stückgutfrachter, registriert in Panama, aber in japanischem Besitz. Wie die *Nakado* war sie auf dem Weg vom Pazifik zum Atlantik gewesen, als der Kanal geschlossen worden war.

Die Parties der *Nadia* fanden unter einer Plane auf einem der oberen Decks statt. Zur Abwechslung war es eine klare Nacht, und auf der Überfahrt im Schlauchboot der *Nakado*, in Richtung auf den hellen Lichtfleck und den Sound der Latino-Musik, betrachtete sie die Sterne, fabelhaft und verstreut wölbten sie sich bogenförmig über der Dunkelheit des Sees über den Himmel.

Philippe war schon da, wirkte groß und schön und gebräunt in seiner weißen Uniform. Sie fühlte sich wie immer, wenn sie ihn so sah; ängstlich und verlegen. Ängstlich, er würde sie eines Tages ansehen und, statt zu lächeln (wie er es jetzt tat, hervortrat, ihre Hand nahm und sie küßte), ein finsteres Gesicht machen. Sie würde wissen, was die böse Miene bedeutete, sie würde bedeuten, daß er sie nicht länger wollte, daß er sich fragte, was er je in ihr gesehen hatte, was ihn bewogen hatte, diese ältere Frau, diese schmalbrüstige, unansehnliche, japanische Frau in sein Bett zu nehmen; daß er dachte, wie dumm, wie blind er auf alle anderen gewirkt haben mußte, und wie er die Beziehung charmant auflösen könnte. So suchte sie fast bei jedem Treffen in seinem Gesicht nach diesem Blick, in dem

Wissen, daß der Ausdruck flüchtig sein könnte, in dem Wissen, daß er fast unsichtbar kurz sein könnte, aber sie würde ihn sicher erkennen, wenn er erschiene.

Ihre Verlegenheit wurde einfach durch den Gedanken verursacht, was *sie* mit diesem hübschen jungen Mann machte.

»Du bist heute abend sehr folkloristisch«, sagte Philippe zu ihr und musterte sie von unten bis oben, als sie zum Tisch mit den Getränken gingen.

Sie drehte sich kokett in ihrer *pollera*. »Und du siehst höchst flott aus.«

»Aber ich nehme zu«, er tätschelte das Jackett über seinem Bauch. »Zu viel davon.« Er nickte zu den Speisen und Getränken, die auf den Tischen unter der Plane ausgebreitet waren.

Sie drückte seine Hand. »Mehr Bewegung.« Sagte sie leise zu ihm, grüßte den Steward am Tisch mit den Getränken und bestellte einen Pernod.

»Willst du morgen tauchen?« fragte Philippe sie. »Vielleicht können wir in der Nacht tauchen. Die Lampen sind fertig.« Philippe wollte schon seit Wochen nachts im See tauchen, hatte aber abgesehen von ein paar kleinen Taschenlampen keine Unterwasserlampen. Viglain, der Ingenieur auf der *Le Cercle*, hatte zugesagt, ihnen ein paar Lampen zu bauen.

Sie nickte. »Ja, laß uns das machen.« Sie stieß mit ihm an. *»Santé.«*

»Santé.«

Niemand hatte die Anreise von Frijoles gewagt, ein paar Kilometer kanalabwärts in Richtung Pazifikküste, oder von Gatún, etwa gleich weit entfernt in Richtung Atlantik. Hisako verbrachte die meiste Zeit beim Tanzen; die einzigen anderen Frauen waren die Ehefrau von Kapitän Bleveans – dem Kapitän der *Nadia* – und Marie Boulard, der nachgeordnete Deckoffizier der *Le Cercle*.

Sie setzten sich zum Essen; *ceviche de corvina, tamales,*

carimañolas, Hummer und Garnelen. Sie ging zu den *chicharrones* über, brutzelnde kleine Stücke Schweinebraten.

Sie redete mit Kapitän Bleveans; er war der einzige von den Menschen auf den Schiffen gewesen, der schon etwas über sie und ihre Karriere wußte, bevor sie sich trafen; auch wenn einige andere zumindest von ihr gehört hatten. Bleveans hatte einige ihrer neueren Aufnahmen, und sie ließ ihn die zwei Konzerte aufnehmen, die sie gegeben hatte, seitdem die Schiffe festsaßen.

Auf der anderen Seite des Tisches stritten sich Orrick und Broekman. Mandamus schien Frau Bleveans die Hand zu lesen. Philippe redete mit einem der Ingenieure der *Nadia,* Endo tat sein bestes, um sich mit seinem Pendant auf dem Schiff zu unterhalten.

Sie versuchte, Philippe nicht dauernd anzusehen.

Sie hatten sich das erste Mal auf einer ähnlichen Party auf seinem Schiff getroffen, der *Le Cercle.* Das war weniger als eine Woche nach der Schließung des Kanals gewesen. Kapitän Herval, der Kapitän der *Nadia,* hatte ein informelles Treffen der Offiziere der drei Schiffe vorgeschlagen; Passagiere waren auch eingeladen.

Sie hatte gerade mit Frau Bleveans gesprochen. Die Ehefrau des Kapitäns der *Nadia* war eine große, dünne Frau, die immer gut gekleidet war und niemals ohne ein subtiles, aber offenbar sorgfältig aufgetragenes Make-up erschien, deren Gesicht allerdings, so fand Hisako, leicht – wenn auch geschmackvoll – bestürzt wirkte, als wenn man ihr andauernd etwas erzählen würde, was sie wirklich nicht hören wollte, sie aber nicht bereit war, sich zu einem Widerspruch herabzulassen.

»Entschuldigen sie, Madame Bleveans.«

Hisako drehte sich um und erblickte den großen, dunkelhaarigen Franzosen, der zunächst Frau Bleveans ansah, dann sie, und flüchtig lächelte. Sie wurden einander vorgestellt, sein Name war Philippe Ligny. Er nickte der amerikanischen Frau und ihr zu. »Mademoiselle Onoda?«

»Ja?« fragte Hisako.

»Da ist ein Funkspruch für Sie. Er kommt aus Tokyo. Ein Herr ... Morieur?«

»Moriya«, sagte sie, amüsiert über seinen Akzent.

»Er sagt, es ist dringend. Er wartet. Ich kann Sie zur Funkkabine bringen, ja?«

»Ja, vielen Dank«, sagte sie. »Mein Agent«, erklärte sie Frau Bleveans.

»Mister zehn Prozent, huh? Machen Sie ihm die Hölle heiß, Schätzchen.«

Hisako folgte dem jungen Franzosen durchs Schiff, bewunderte seinen Rücken, stellte sich das Gefühl dieser Schultern unter ihren Händen vor und sagte sich, daß sie wohl zuviel Wein getrunken hatte. »Ah, ein Aufzug!« sagte sie. Philippe bedeutete ihr, als erste den kleinen Lift zu betreten.

»Wir sind heute sehr ... *décadent* auf Schiffen.« erklärte er ihr, während er ihr hinein folgte und den obersten Knopf drückte. Sie lächelte über seinen Akzent, sagte sich dann, daß sein Englisch zehnmal besser war als ihr Französisch. Sie fühlte sich verlegen, als sie so nah bei ihm stand. Er roch nach einem Aftershave oder Eau de Cologne, das sie nicht identifizieren konnte. Der Lift brummte um sie, sandte Vibrationen ihre Beine hinauf. Sie räusperte sich, wollte etwas sagen, aber ihr fiel nichts ein.

»Das Funkgerät ist genau wie ein *téléphone*.« Er hielt ihr den Hörer, während sie in dem Stuhl saß, den der Funker freigemacht hatte. Die Wand vor ihr war voller kleiner Bildschirme, Lämpchen, Skalen und Knöpfe; es gab noch ein paar andere telefonähnliche Hörer, und zwei weitere Mikrophone.

»Vielen Dank«

»Ich werde vorne sein, auf der Brücke?« Er deutete, sie nickte. »Wenn Sie aufhören, hängen Sie das ... Teil hier auf.«

Sie nickte erneut. Sie konnte schon Herrn Moriyas piepsige Stimme hören, die aus dem Empfänger in ihrer Hand kam. Philippe Ligny schloß die Tür hinter sich, und sie seufzte und fragte sich, was Herr Moriya für wichtig genug hielt, daß er sie bis hierher verfolgte.

»Hisako?«

»Ja, Herr Moriya?«

»Schauen Sie, ich hatte eine Idee; angenommen, ich miete einen Hubschrauber ...«

Herr Moriya gab nach etwa zehn Minuten geschlagen auf, besänftigt von der Information, daß die Kanalbehörden hofften, den Kanal binnen weniger Tage wieder in Betrieb zu nehmen. Sie verließ die Funkkabine (sie roch nach ... *Elektronik*, dachte sie bei sich) und ging einen kurzen Korridor runter zur rot erleuchteten Brücke, wo noch mehr kleine Lämpchen funkelten.

Die Brücke war sehr lang (oder breit, dachte sie) und voll von noch komplizierterer Ausrüstung als die Funkkabine; mannigfaltige Oberflächen, Hebel, Knöpfe und Bildschirme blinkten in dem fremdartigen, rubinroten Glühen, das von den Deckenlampen kam. Die schrägen Fenster der Brücke boten Ausblick über den dunklen See zu den Lichtern der *Nakado*, einen Kilometer entfernt, und darüber hinaus konnte sie etwas ausmachen, was die Lichter von Gatún sein mußten, normalerweise verdeckt von den verschiedenen kleinen Inseln zwischen der Stadt und dem Bojen-Feld, wo die Schiffe vertäut lagen.

Sie ging zum Ruder des Schiffs; es war klein, ungefähr von der Größe eines Sportwagenlenkrads. Sie berührte es.

»Keine schlechten Nachrichten, oder?«

Sie zuckte ein wenig zusammen (und dachte, daß zumindest ihr Erröten in diesem rubinroten Licht unbemerkt bleiben würde), und drehte sich zu Ligny um, der aus einem weiteren roterleuchteten Raum gleich hinter der Brücke gekommen war.

Sie schüttelte den Kopf. »Nein. Mein Agent macht sich Sorgen; ich soll in zwei Wochen in Europa spielen, und ...« – sie spreizte ihre Hände – »... nun denn, ich werde wohl zu spät kommen.«

»Ah.« Er nickte bedächtig, sah auf sie herunter. Sein Gesicht wirkte weich und irgendwie theatralisch unter dem roten Licht. Sie erwartete die üblichen Fragen – Warum war sie nicht geflogen? Würde sie sein Land besuchen? – und so weiter, aber er sah nur langsam weg. Sie bemerkte, daß er ein Klemmbrett hielt. Er warf einen kurzen Blick darauf.

»Entschuldigen Sie«, sagte er. »Ich rufe einen meiner Männer, der Sie zurückbringt; ich bleibe ... es ist meine Wache.«

»Ich finde allein zurück«, sagte sie.

»Bien.«

»Ich war gerade dabei ...« – sie sah umher auf die Kontrollpanele und Bildschirme –, »diese ganze Maschinerie zu bewundern. So kompliziert.«

Er zuckte die Achseln. Sie beobachtete, wie sich seine Schultern bewegten. »Es ist ... einfacher als es aussieht. Das Schiff ist ... wie ein Instrument. Ich halte ein *violoncelle* vielleicht für schwieriger.«

Sie ertappte sich auch beim Achselzucken, erkannte mittendrin, daß sie ihn unbewußt imitierte. »Aber ein *violoncelle* hat nur vier Saiten«, sagte sie. »Und eine Person kann es bedienen, nicht ... zwanzig oder dreißig.«

»Aber ... eine Person kann das Schiff bedienen«, sagte er. Er deutet auf die Kontrollen. »Wir kontrollieren die Maschine direkt von hier; das ist das Ruder, da ist Radar, Echolot ... die ah ... Maschine für den Anker, wir haben Computer und Satellitenortung genauso wie Karten aus Papier ... in Wirklichkeit natürlich ...« – er sagte *réalité*, ihr wurde bewußt, daß sie seinem Akzent stundenlang, tagelang zuhören könnte – »braucht man viel mehr Leute ... für die Wartung ... und so weiter.«

Sie wollte den Moment verlängern, so bewegte sie sich am Rand der Kontrollen entlang, die schräg unter den Fenstern lagen. »Aber hier sind so viel, so viele Anzeigen.« Sie fühlte sich ein wenig schuldig, weil sie das unwissende Weibchen spielte, aber andererseits hatte sie, als Offizier Endo sie durch die Brücke der *Nakado* führte, nicht besonders gut aufgepaßt. Sie glitt mit ihrer Hand über einen Satz leerer Bildschirme. »Sagen Sie, wozu dienen die hier?«

»Das da sind Monitore, Fernseher. Damit wir Bug, Heck und so weiter von hier aus sehen können.«

»Ah. Und diese?« War sie zu plump, als sie mit ihren Fingern über die Hebel fuhr? Das war blöd, wirklich. Auf dem Schiff gab es einen sehr attraktiven, jungen, weiblichen Offizier, der viel besser als sie aussah. Aber was war falsch am Flirten? Sie flirtete sowieso noch nicht mal richtig. Wahrscheinlich hatte er es gar nicht bemerkt; sie war überempfindlich.

»Pumpen, um die Fracht zu pumpen, das Öl. Und hier ... Kontrollen zur Feuerbekämpfung. Schaum, Wassersprinkler.«

»Aha. Sie befördern also ... Rohöl?« Sie verschränkte die Arme.

»Ja. Von Venezuela. Wir bringen es nach Manzanillo, in Mexiko ... an der Pazifikküste.«

»Ach ja. Sie fuhren in die andere Richtung.«

Er lächelte. »Und so trafen wir uns.«

»Tatsächlich«, sie lächelte zurück. Er sah sie immer noch an. Sie fragte sich, wie lange sie diesen Augenkontakt aufrecht erhalten konnte.

»Als ich jung war«, sagte er bedächtig.

»Ja?« Sie lehnte sich ein wenig zurück, mit dem Hintern gegen den Rand des Kontrollpanels.

»Ich war … ich mußte die *violon* … Violine spielen. Ich versuchte es mit … was sagen Sie zur *violoncelle?*«

»Cello.«

»Cello«, sagte er lächelnd. »Ich versuchte es mit dem Cello, aber ich war nicht sehr gut. Ich war nur ein kleiner Junge, verstehen Sie?«

Sie versuchte, ihn sich als kleinen Jungen vorzustellen.

»Ihr Cello ist Stradivari?« sagte er. Er wirkte ein wenig jungenhafter, als er die Stirn runzelte. Sie nickte. *Sprich nur weiter, du schöner Mann*, dachte sie. Und: *Was mache ich bloß? Das ist absurd. Wie alt bin ich eigentlich?*

»Ich den … ich dachte, er hat nur *violons* gebaut.«

»Nein, auch Cellos. Er und seine Söhne.«

»Es ist also ein sehr gutes … Cello.«

»Ja also, ich mag den Klang, den es erzeugt. das ist das Wichtigste.« Erleuchtung! »Würden Sie gerne …« – sie schluckte – »Würden Sie gerne … darauf spielen?«

Er wirkte geschockt. »O nein, das könnte ich nicht. Ich könnte es verletzen … Ich könnte es beschädigen.«

Sie lachte. »Oh, so leicht kann man es nicht beschädigen. Er sieht empfindlich aus, aber eigentlich … ist es solide.«

»Aha.«

»Wenn Sie gerne drauf spielen würden … wenn Sie sich erinnern können. Bitte tun Sie es. Ich möchte, daß Sie das tun. Ich könnte Ihnen Unterricht geben, wenn Sie wollen.«

Er wirkt fast verlegen. Sie glaubte, ihn sich so gerade eben als kleinen Jungen vorstellen zu können. Er senkte den Blick aufs Deck. »Ich wäre … ist zu freundlich von Ihnen.«

»Nein; ich fahre nach Europa, um zu spielen, aber auch, um zu unterrichten. Ich muß das Unterrichten genauso üben wie das Spielen.«

Er wirkte immer noch verlegen. Das kleine Stirnrunzeln war auch da. Sie überlegte, ob sie zu plump war. »Na gut …«, sagte er. »Vielleicht … könnte ich Sie bezahlen?«

»Nein!« Sie bog sich vor Lachen und brachte ihren Kopf kurz in seine Nähe. Sie schüttelte recht heftig den Kopf, in dem Wissen, daß es ihr schulterlanges Haar aufleuchten ließ. *Was mache ich nur? Ich mache mich vor ihm zum Narren.* »Ich weiß was«, sagte sie. Sie sah die Brücke entlang. »Wir machen einen Handel. Sie könnten mir beibringen wie man das Schiff bedient.«

Nun war er dran zu lachen. Er winkte mit dem Klemmbrett in die Richtung, in die sie sah. »Es … ist wirklich nicht so viel, nicht hier angelegt. Wenn Sie wollen, zeige ich es, Sie aber …«

»Können Sie mir noch etwas anderes beibringen?« Sobald sie das gesagt hatte, wollte sie die Augen schließen und weglaufen. Sie hörte, wie sie die Luft durch die Zähne preßte.

»Sind Sie je … getaucht? Mit dem … ah, Tauchgerät?«

»Getaucht? Nein.«

»Das könnte ich Ihnen vielleicht beibringen. Ich besitze ein … ein *système,* ja? Und es gibt noch ein zweites für das Schiff. Ich kann *Capitaine* Herval fragen; ich glaube, er wird es Sie benutzen lassen. Ist ein guter Handel?« Sein Lächeln zeigte perfekte Zähne.

Sie nickte, streckte die rechte Hand aus, plötzlich mutig. »Ja. Ein guter Handel.«

Sie schüttelten sich die Hände. Seine Hand war groß und stark und kühl, und er wirkte überrascht als sie seinen Griff mit einem ebenso festen und sicheren erwiderte.

»Das ist absoluter Unsinn.«

»Vielleicht«, stimmte Mandamus Orrick großzügig zu. »Aber es ist wenigstens ein Konzept, wenn auch kein neues. Zu behaupten ›Das ist absoluter Unsinn‹ ist noch nicht mal ein Konzept. Es ist nur eine Meinung. Was meinen Sie denn?«

»Ich kann einfach nicht glauben, daß Sie so pessimistisch sein können ... und immer noch leben. O Mann, wenn ich so empfinden würde; ich glaube, ich würde mich umbringen.«

»Das ist kein Pessimismus«, erwiderte Mandamus. »Es ist das, was ich die Trübe Aussicht nenne, aber es ist kein Pessimismus. Wenn es stimmt, dann stimmt's. Wahrheit ist Wahrheit; ich bin in dieser Hinsicht altmodisch. Aber ich glaube daran, was ich gesagt habe; wir sind wie Krebs. Wie Krebs zu sein, ist an sich keine schlechte Sache, wir leben und wachsen. Die Frage ist, wie sehr wir dem Krebs auch sonst noch ähneln. Wenn ...«

»Nur weil wir clever sind. Wollen Sie das damit behaupten. Nur clever zu sein, macht uns böse. Das ist verrückt.«

»Sie hören nicht zu; die Cleverness ...«

»Ich höre zu, ich kann einfach nicht glauben, was ich da höre.«

»Sie haben sicher von Gaia gehört; der Planet als ein Organismus. Also, wir sind der Krebs in seinem Körper. Verstehen Sie das? Einst waren wir ein einfaches Organ; Teil des Ganzen. Wir lebten und starben, wir verhielten uns wie Zellen, existierten und wurden ersetzt, wie andere Spezies, einige Arten waren für uns Beute, für andere waren wir Beute ... ob wir als Spezies lebten oder starben, machte kaum einen Unterschied. Dann; Peng! Intelligenz.« Herr Mandamus schnippte mit den Fingern. Der jüngere Mann schüttelte den Kopf, trank aus seiner Bierflasche. Die anderen blieben ziemlich still; sogar Broekman, der sich in seinen Stuhl zurücklehnte, müde wirkte und eine Zigarre rauchte, den Kragen offen.

Hisako warf einen Blick zu Philippe, der ihr zuwinkte.

»Und damit«, sagte Mandamus, »ändert sich alles. Wir erfinden Wege, die Welt in die Luft zu jagen, aber davor beginnen wir, andere Spezies zu vernichten; die anderen Organe von Gaias Körper. Und wir verändern ihren Körper. Ja, schütteln Sie nur den Kopf, Steven, aber kommen Sie mit mir nach Alexandria, kommen Sie nach Venedig. Alexandria wird zu Venedig, Venedig zu Atlantis. Das Wasser steigt; das Eis schmilzt und das Wasser steigt. Was wir tun, bedeutet inzwischen alles. Ob wir überleben oder nicht, zählt nicht nur für uns, sondern für all die anderen Spezies, die wir mitnehmen, wenn wir untergehen. Weil wir die Triebe jeder Spezies haben: zu leben, sich zu vermehren, sich auszubreiten. Aber wir haben dieses besondere Ding, dieses Bewußtsein, das keiner sonst hat.«

»Yeah; was ist mit den Walen?«

»Pah, wenn die so clever wären, würden sie es uns nicht erlauben, sie so einfach zu töten. Sie würden Wachen postieren, allen Schiffen aus dem Weg gehen, oder Schiffen unterhalb einer bestimmten Größe, oder Schiffen, die auf sie zufahren, oder …«

»Vielleicht sind sie es. Vielleicht sind es einige von ihnen, aber wir können einfach nicht …«

»Nein, sie können sich nicht vor Satelliten verstecken«, sagte Mandamus schnell und machte eine Bewegung, wie um es beiseite zu wischen. »Aber da haben wir es; für Tiere sind Wale intelligent; sie sind groß, sie sind eindrucksvoll und schön … aber wir töten sie, wir betreiben ihre Ausrottung, weil da Geld drin steckt, weil wir es leicht gemacht haben, weil wir es können. So breiten wir uns aus und töten alles andere. Nur unsere Intelligenz veranlaßt uns dazu; sie ist es, die uns über den Hinweis ›Stop‹ hinausträgt, den alle anderen Spezies haben, sie sind begrenzt durch ihre Spezialisierung, die Anpassung, die sie durchlaufen haben, um in ihre Nische zu passen. Wir nehmen unsere Nische mit; selbst ins Weltall. Damit drohen wir zu metastasieren.«

»Also tun wir nur, was von uns erwartet wird«, erklärte Orrick. »Und wenn wir andere Spezies ausrotten, dann hätten sie vielleicht cleverer sein sollen. Es sind die Cleveren, die überleben, es ist nicht unser Fehler, wenn wir für alle anderen zu clever sind.«

Mandamus machte ein prustendes Geräusch und trank seinen Rum aus, schüttelte den Kopf und wischte sich den Mund.

»Junger Mann ...«

»Mein Gott«, sagte Broekmann.

Sie sahen ihn an. Er kippte auf seinem Sitz nach vorne, seine Füße stampften aufs Deck. Die auf seiner Seite des Tisches folgten seinem Blick. Hisako drehte sich mit den anderen um.

Im Westen flackerte der Himmel in lautlosem blauweißen Auflodern von Lichtern. Gegen das unstete Aufleuchten hoben sich die Berge auf der Westseite des Sees ab. Die Unterseiten der Wolken wurden in dem scharfen, stroboskopartigen Licht blitzartig sichtbar und dann wieder unsichtbar, wie Stoffbahnen, die in einer riesigen Halle aufgehängt waren. Der halbe Horizont funkelte und tanzte. Der Gatún-See spiegelte alles wieder, ein Zerrspiegel, der an die Grenze des verrückt gewordenen Himmels emporgehoben wurde. Der Umriß der *Le Cercle* saß auf dem bleifarbenen Bild wie ein Spielzeug.

»Was, *verdammt noch mal,* ist das?« schnaufte Orrick.

»S ... Sprache«, sagte Mandamus abwesend, aber zittrig. »Es sind nur ... Blitze?«

Flammenpunkte erschienen unterhalb der Wolken, sie erblühten und breiteten sich aus wie riesiges, langsames Feuerwerk, polierten unnatürliches Sonnenlicht in die tiefhängenden Unterseiten der Wolken, fielen dann in tausend gebogenen gelben Streifen zu Boden. Bogenförmiges Funkeln züngelte über dem

Himmel hin und her, verglomm oder verschwand in den Wolken wie rote und silberne Funken.

Das erste Knallen und Donnern brach über sie herein.

»Das sind keine Blitze«, sagte Broekman.

Der Lärm nahm an Lautstärke zu und begann zu variieren, zersplitterte in bizarres Sausen und Schreien vor dem Hintergrund kurzer Knaller und dumpfer Geräusche schwerer Granaten.

Kapitän Bleveans stand auf. »Ich glaube, wir gehen besser rein. Herr Janney«, er wandte sich an einen der untergeordneten Offiziere der *Nadia,* »schauen Sie mal, was wir über Funk reinbekommen. Harrison soll es mit den einfachen Militärfrequenzen probieren, selbst wenn wir sie nicht entschlüsseln können, bekommen wir eine Vorstellung vom Funkverkehr. Meine Damen, meine Herren ...?«

»Ich glaube, ich gehe zurück auf mein Schiff«, sagte Philippe und stand ebenfalls auf. Die Leute folgten Janney, der durch die erstbeste Tür ins Schiff gerannt war.

»Ich auch«, sagte Endo. Er blickte zu Mandamus, Orrick und Hisako. »Sie bleiben am besten hier.«

»Ich ...«, begann Hisako. Sie wußte nicht, was sie tun sollte; bleiben, auf die *Nakado* zurückkehren, mit Philippe gehen?

»Zuerst bitte hinein«, sagte Bleveans. Man führte sie ins Schiff.

Der Horizont war ein wogendes Kliff aus Licht und Dunkelheit, durchzogen von feurigen Rissen.

Es hörte nach ein paar Minuten auf. An ein paar Stellen blieb noch ein mattes Glühen, als das Grollen aus den fernen Hügeln nachließ. Die Offiziere hatten einige Minuten gewartet, um herauszufinden, was über das Funkgerät der *Nadia* zu hören war. Es war stumm. Was immer auch passiert war, welche Art Aktion oder welches Bombardement stattgefunden hatte, es hatte sich ohne Begleitung irgendwelcher Signale abgespielt, die die zivilen Funkkanäle des Schiffes empfangen konnten.

Über den VHF-Kanal kontaktierten sie einen verschlafenen Polizisten in der Wache in Frijoles, der es für Donner hielt. Der Offizier der Garde in Gatún, mit dem sie gesprochen hatten, sagte, er hätte es gesehen und gehört, wisse aber nicht, was es gewesen sei; man erwarte Anweisungen aus Panama und würde wahrscheinlich am Morgen eine Streife rausschicken.

Sie ließen sich etwa eine halbe Stunde Zeit, versammelten sich in der Offiziersmesse und tranken noch etwas. Hisako hörte ihnen allen zu, auch sich selbst, und vernahm die Geräusche, die Menschen machen, wenn sie nicht wissen, ob sie Angst haben sollen oder nicht. Die Gespräche waren seicht, nervös, unbedeutend. Mandamus und Orrick nahmen ihren Streit nicht wieder auf.

»Hisako-*chan*, du hast keine Angst?« fragte Philippe sie.

»Nein.« Sie hielt seine Hand. Sie stand in einer Ecke und beobachtete die anderen. Er stand nahe bei ihr und verdeckte ihr den Rest des überfüllten Saals.

»Und jetzt müssen wir gehen.«

»Kann ich mit dir kommen?«

Die winzige Stirnfalte, die sich in seine schwarze Augenbraue zog. »Das halte ich für keine sehr gute Idee. Wir sind näher am *combat* und zudem ein … Tanker.« Er drückte ihre Hand. »Ich muß mich um das Schiff kümmern. Mich auch noch um dich zu kümmern …«

»Schon in Ordnung.« Sie stellte sich auf die Zehenspitzen und küßte ihn. »Paß gut auf dich auf.«

Sie stiegen auf der langen Leiter an der Seite des Schiffes hinunter zum Wasser. Stellenweise war der Himmel milchig, tauchte auf und verschwand wie eine Art sanftes Nordlicht. Das Boot war noch nicht da, aber sie hörten, wie es sich durch die Nebelbank näherte.

Sie kniete sich am Rand des Pontons nieder und sah aufs Wasser. Die Leute hinter ihr standen still da. Sie konnte ihre Gesichter nicht sehen.

Was stimmte nur nicht mit dem Wasser? Es schwappte und spritzte sehr seltsam und langsam; es sah nicht richtig aus.

Sie zog den Ärmel des Kimonos zurück, langte hinein.

Das Wasser war warm und dickflüssig. Die Bäume auf den nahen Inseln sahen sehr grün aus. Sie schwebten über dem cremefarbenen Nebel. Der schwarze Bug des ersten Bootes erschien im wirbelnden Dunst. Das Wasser fühlte sich schlüpfrig und zu heiß an. Sie konnte es jetzt riechen; irgend etwas eisenartiges ... einen Moment lang glaubte sie, sie könne ihre Hand nicht rausziehen, aber sie kam heraus, auch wenn es Widerstand zu leisten schien, an ihrer Hand saugte, an ihrem Gelenk, ihrem Unterarm. Ihre Finger klebten zusammen.

Die Sonne kam heraus, überflutete alles mit Licht. Sie sah das Blut von ihrer Hand tropfen, wunderte sich, wie sie sich hatte schneiden können.

Das Blut lief ihren Arm bis zum Ellbogen entlang und tröpfelte hinab und von ihren blutverklebten Fingern, fiel in langsamen, rubinroten Tröpfchen in den See. Aber auch der bestand aus Blut. Der ganze See. Sie hob den Blick, von der roten, plätschernden Flut zu ihren Füßen, hinaus auf die ruhige, sanfte Oberfläche zu den Inseln und den schwarzen Booten. In der Ferne kam eine Frau über die rote Oberfläche heran, machte ein seltsames, klagendes rufendes Geräusch, und hielt dabei etwas Winziges, Helles zwischen Daumen und Zeigefinger einer Hand. Hisako merkte, daß ihr Blick es heranzoomte: die Perle hatte die Farbe von Nebel und Wolken.

Der Gestank des Blutes überwältigte sie und sie fiel ...

In ihr Kopfkissen. Mühsam zog sie den Kopf heraus, schwer atmend sah sie sich in der Kabine um.

Ein heller Riß, wo der Vorhang vor einem Bullauge Licht hereinließ. Das sanfte rote Glühen ihres alten Weckers auf dem Nachttisch, die Ziffern gebrochen und reflektiert im Wasserbecher daneben.

Sie stützte sich auf einen Ellbogen, fühlte ihr Herz pochen, und nippte an dem Wasser. Es war warm geworden und schmeckte dickflüssig und abgestanden. Sie tastete sich aus dem Bett, um ins Bad zu gehen und trank dort etwas Wasser.

Auf dem Rückweg zog sie den Vorhang vor dem Bullauge beiseite. Der beleuchtete Deckstreifen, den sie erkennen konnte, sah so aus wie immer. Sie blickte in Richtung dessen, was auch immer in den Bergen im Westen geschehen war, aber wenn noch ein Glühen im Himmel verblieben war, wurde es wohl von den Lichtern der *Nakado* erstickt.

4

Wassergeschäft

Sie hatte nicht geglaubt, daß es so schön sein würde. Die zerklüfteten, buckeligen, kleinen Hügel rund um den Kanal waren mit Bäumen bewachsen, die Hunderte Schattierungen von Grün zeigten, hier und da unterbrochen von Gruppen von Büschen und mit hellen Blüten bewachsenen Wiesen. Sie hatte sich niedrige Wildnis aus eintönigem Dschungel vorgestellt, aber hier war eine Landschaft von solcher Vielfalt in Textur und Schattierung, und von solcher Feinheit in der Proportion, daß sie sich beinahe vorstellen konnte, sie sei japanisch. Schon der Kanal war eindrucksvoll genug, aber – sicher, als das Schiff in die düsteren Tiefen am Boden einer der riesigen Schleusen hineingefahren war – sein Ausmaß war nicht so erdrückend wie sie erwartet hatte. Als das Schiff langsam an den es umschließenden Wänden vorbei emporstieg, schwebend auf einem Floß aus wirbelndem Wasser, kamen allmählich die gepflegten Grasländer und schmucken Gebäude in Sicht, die jedes große Schleusenpaar umgaben.

Zur selben Zeit, dachte sie, übertrug sich etwas von der Sanftheit und enormen Größe des Vorgangs, der Empfindung der Unausweichlichkeit und kontrollierten Kraft, die beim Anheben des Schiffes in dieser gemessen stetigen, nahezu majestätischen Weise beteiligt war, irgendwie auf sie und die übrigen auf dem Schiff; sie glaubte, sie alle würden ruhiger und weniger angespannt mit jedem Schleusenpaar, das sie passierten, und nicht nur, weil sie mit jedem Schritt entlang und hinauf dieses Bandes aus Beton und Wasser ihrem Ziel näher kamen, der Entlassung aus Panama und der freien Fahrt durch die Karibik und den Golf von Mexiko.

Die Reparatur der Schraube war beendet. Während dieser Woche des Wartens hatte sich die Lage verschlimmert, mit zunehmenden Angriffen der *venceristas* auf die Städte David und Penonomé und einem kurzen Überfall auf Escobal, das an der Westküste des Gatún-Sees lag. Zu allem Überfluß waren zwei Tanker im Kanal zwischen Gamboa und Barro Colorado mit Raketen beschossen worden. Die Rakete, die auf das erste Schiff gefeuert wurde, hatte ihr Ziel verfehlt; eine weitere, die auf den zweiten Tanker abgeschossen wurde, prallte vom Deck des Schiffes ab. Die Kanalbehörden hatten einem Tanker auf der Durchfahrt von der Karibikküste geraten, in Gatún festzumachen, während man die Lage analysierte.

Der Kanalverkehr wurde kurzerhand eingestellt. Dutzende von Schiffen lagen in den Häfen von Panama Stadt und Balboa fest, ankerten in der Bucht, oder lagen weiter draußen im Golf von Panama, erwarteten Befehle oder Ratschläge von ihren Eignern, Charterern, Versicherungsunternehmen, Botschaften und Konsulaten. Die *Nakado* hatte bereits Verspätung; aus Tokyo kam die Erlaubnis, weiterzufahren, sobald sie zum Ablegen bereit war.

Und das alles erschien so ruhig, so geordnet und sicher. Die präzisen Umrisse der großen Schleusen, die gepflegten Rasenflächen, vom Beton am Schleusenrand umgrenzt wie Intarsien, die ein Lackschränkchen einfaßten; die putzigen, aber starken Elektrolokomotiven, die das Schiff durch die Schleusen zogen; die seltsam tempelähnlichen, mit breiten Dächern gedeckten Gebäude, die seitlich der künstlichen Canyons der Schleusen errichtet waren, oder die auf den schmalen Betoninseln standen, die zwei Schleusen trennten; das

Gefühl einer Prozession, als das Schiff seinem Weg auf Seehöhe folgte, als wäre es ein sanft geleiteter Novize, der für irgendein großartiges und obskures Ritual im Innern einer großen Basilika vorbereitet und gesalbt und gekleidet würde … all das ließ den Krieg fern und unbedeutend erscheinen, und die Aufregung über die Bedrohung des Kanals und der Schiffe, die ihn durchfuhren, würdelos und schäbig.

Die Schleusen von Miraflores, wo der Schwall frischen Wassers, der von der Schleuse darüber herabfiel, das Salz des Pazifik vom Kiel der *Nakado* wusch; Pedro Miguel, wo die Gebäude wie ernste Zuschauer in geordneten Reihen um die Schleusen standen, und wo sie ein massiger Frachter passierte, er sank in seiner Schleuse, während die *Nakado* in ihrer emporstieg (die Besatzungen winkten einander zu).

Nachdem der Aufstieg beendet war, fuhr die *Nakado* ruhig weiter, durch die echowerfenden Tiefen von Gaillard Cut und die wilde Smaragdlandschaft dahinter, wo der Kanal allmählich zum See einschwenkte; und sich zu ihrer Rechten ein Zug bewegte, der sie hinter sich ließ.

Sie hatten einige *Guardia Nacional* gesehen, die auf den Schleusenrändern umhergingen oder sich auf Jeeps und Lastern, die in den umliegenden Straßen parkten, verteilten, oder rauchend im Schatten der Kanalgebäude saßen … aber sie wirkten nonchalant, unbeteiligt und winkten zurück, als das Schiff vorbeifuhr.

Hisako wurde der Zugang zur Brücke erlaubt, nachdem sie oftmals darum gebeten hatte; Kapitän Yashiro sorgte sich, daß, wenn das Schiff angegriffen würde, jeder vernünftige Guerillero auf die Brücke zielen würde. Schließlich hatte er am Ende dem Kompromiß zugestimmt, daß sie sich auf der Brücke aufhalten durfte, bis sie Gamboa erreichten. Aber es war alles so ruhig, so offenkundig normal, daß sie erfreut aber nicht im mindesten überrascht war, als Gamboa an

Steuerbord vorbeizog und sie nicht gebeten wurde die Brücke zu verlassen und unter Deck zu gehen.

Der Lotse der Panama Canal Commission unterhielt sich auf Englisch mit Offizier Endo. Gamboa und die Mündung des Oberlaufs des Chagres zogen langsam achteraus, der Zug, der sie zuvor überholt hatte, verließ die Stadt und passiert sie erneut, mit schwankenden Wagen und singenden Rädern, nur ein paar hundert Meter entfernt. Die Morgensonne stand schräg über ihnen, zwischen kleinen Wolken, die Schatten auf die bewaldeten Abhänge tupften. Nur an ein paar Stellen konnte sie die nackten Hänge erblicken, wo die Bäume abgeholzt worden waren und sich Rinnen und Schluchten gebildet hatten, die Narben auf dem sanften grünen Land hinterlassen hatten. Der Lotse der Kommission sagte etwas über Probleme in den Bergen, abgeholzte Regionen, ausgewaschenen Mutterboden, Stauseen, die verschlammten und so den Wasservorrat reduzierten, den der Kanal benötigte, um zu funktionieren. Daran hatte sie nicht gedacht; natürlich konnte der Kanal ohne Wasser an seinem Oberlauf nicht funktionieren; Wasser war sein Lebenssaft.

Gatún-See. Sie bewegten sich unter einer leicht dunstigen Sonne, durch die verschwommenen Strahlen von Wolkenschatten, wobei das Land auf beiden Seiten zu schimmern begann und das V der Bugwelle des Schiffes an immer entfernteren Stränden auflief.

Sie passierten Barro Colorado, ließen das insulare Naturreservat an Backbord hinter sich. Auf der Brücke mußte eine leichte Anspannung geherrscht haben, weil sie bemerkte, daß etwas mehr geredet wurde, nun, da sie über den Teilstück hinaus waren, in dem die zwei Tanker angegriffen worden waren.

Sie befanden sich nun im Hauptabschnitt des Sees. Vor ihnen lag, über dem glänzenden Wasser des Sees, seine Umrisse scharf und deutlich gegen das vermischte Grün der verstreuten Inseln des Sees, der einsame Tanker, dem die Behörden befohlen hatten, dort zu ankern, solange die momentane Krisensituation andauerte.

Er war französisch, zugelassen in Marseille, und hieß *Le Cercle.*

Die Explosion in Gatún hatten sie weder gehört noch gesehen, aber der VHF-Funkruf kam genau zu der Zeit durch, als sie den ankernden Tanker passierten, und hinter ihnen die Masten eines weiteren Schiffes – der *Nadia* – über den Bäumen der Barro Colorado-Insel auftauchten.

Sie hatten es ihr gesagt, ihre Mutter hatte es ihr gesagt, Herr Kawamitsu hatte es ihr gesagt, aber sie hatte sie nicht ernst genommen; um zur Akademie zu gehen, mußte sie ihre Mutter verlassen und nach Tokyo ziehen. Vier Monate, ganze Jahreszeiten, auf einmal. Sie war zwölf. Sie hielt es nicht für zulässig, jemanden zu verlassen, der noch klein war, aber jeder schien zu glauben, daß es zu ihrem Besten wäre, sogar ihre Mutter, und Hisako hörte sie auch nicht weinen in der Nacht, nachdem die Bestätigung des Angebots für Stipendium und Studienplatz angekommen war. Hisako sah in dieser Nacht auf ihre Handflächen – es war so dunkel, daß sie nicht sicher war, ob sie sie sehen konnte oder nicht – und dachte, *So geht es also im Leben zu, oder etwa nicht?*

Für die nächsten paar Monate fühlte sie sich von ihrer Mutter seltsam weit entfernt, und sie schien wirklich nicht viel zu empfinden, als man sie zum Bahnhof von Sapporo brachte, wo sie den Zug bestieg. Sie freute sich auf die Überfahrt mit der Fähre; das war alles. Ihre Mutter war peinlich emotional und umarmte und küßte sie in aller Öffentlichkeit. Als der Zug abfuhr, blieb Hisako in der Waggontür, mit ausdruckslosem Gesicht, winkte zum Abschied, mehr weil sie annahm, es würde von ihr erwartet und weniger weil sie wollte.

Auf der Akademie wirkten alle schlauer und reicher als sie, und die Cellostunden sehr primitiv. Sie wurden ausgeführt, dem NHK zuzuhören; sie zog es vor, wenn keine Cellostücke auf dem Spielplan standen, denn dabei konnte sie nicht anders als zu Lernzwecken zuzuhören und weniger zum Vergnügen. Sonntags wurden die Internatskinder normalerweise in eine Kunstgalerie oder ein Museum oder aufs Land geführt; Hakone, Izu, und die Fünf Fuji-Seen, was mehr Spaß machte. Sie mußte Inseln besteigen und mit Booten fahren.

Zu ihrer Bestürzung machten die Lehrer an der Akademie genauso bissige Bemerkungen über ihre akademischen Leistungen wie die Lehrer in Sapporo. Sie blieb davon überzeugt, daß sie ihr ganzes Leben lang eigentlich unglaubliche Mengen gelernt hatte und sie nur die falschen Fragen stellten. Sie wurde Beste in Englisch, überdurchschnittlich in ihrer Celloklasse, eine der Schlechtesten in allem anderen.

Bei ihren ersten Ferien war Hokkaido nach Tokyo sauber und klar und leer, und ziemlich verlassen und unverdorben, verglichen selbst mit der Landschaft im Westen von Tokyo. Ihre Mutter nahm sie auf einen Waldspaziergang mit, wie in den alten Tagen. Einmal saßen sie beide unter ein paar Pinien mit Aussicht auf ein breites Tal, beobachteten, wie der warme Wind Muster in ein goldenes Kornfeld unter ihnen streichelte, und wie sich kleine Pünktchen Vieh auf den grünen Wogen eines Berges auf der anderen Seite bewegten. Ihre Mutter erzählte ihr, wie sehr sie in der Nacht geweint hätte, in der Hisako nach Tokyo gefahren war, aber das waren eigentlich Freudentränen, da war sie sich sicher. Hisako fühlte sich beschämt. Sie umarmte ihre Mutter und legte den Kopf in ihren Schoß, auch wenn sie nicht weinte.

Sie kam mit Tokyo zurecht, sie trauerte Hokkaido nach. Die Sonntage waren immer noch ihre Lieblingstage. Manchmal durfte eine Gruppe von ihnen ohne Lehrer ausgehen. Sie sagten, sie gingen ins Museum, aber in Wirklichkeit gingen sie nach Harajuku, um sich Jungs anzusehen. Sie bummelten über den Omote-Sando-Boulevard und versuchten reif und raffiniert zu wirken. Man begann Hisakos Beherrschung des Englischen zu bewundern. Sie war immer die Beste darin, und ihre übrigen Noten wurden besser (nicht, daß das schwierig gewesen wäre, wie alle Lehrer betonten), und sie gewann einen Preis im Cellowettbewerb der Akademie. Sie hatte noch nie zuvor einen Preis bei irgendwas gewonnen und genoß die Erfahrung. Sie wollte die kleine Geldsumme, die damit verbunden war, zum Kauf neuer Kleider verwenden, aber im letzten Brief ihrer Mutter war von einem Teilzeitjob in einer Bar die Rede gewesen, also schickte sie es statt dessen nach Hause.

Ein weiteres Jahr, ein weiterer zu kurzer Besuch zu Hause auf Hokkaido. Das Tempo des Tokyoter Lebens, die Verpflichtung in der Schule genauso gut wie alle anderen Kinder und dabei zugleich ein musikalisches Wunder zu sein; selbst die Regelmäßigkeit der Jahreszeiten; kalt, mild, heiß, stürmisch, warm; der Fuji unsichtbar für Wochen und dann plötzlich da; auf einem Wolkenmeer schwebend, ein Kirschblüten-Gestöber, das kaum länger dauerte als ein rosa Schneesturm … all das schien sich zu verschwören, ihr den Boden unter den Füßen wegzuziehen. Ihre Noten besserten sich weiter, aber ihre Lehrer schienen besondere Anstrengungen zu unternehmen, sie daran zu erinnern, wie wichtig diese waren. Sie las Romane in Englisch, in einer Hand das Buch, in der anderen das Wörterbuch. Sie gewann sämtliche Cellopreise der Akademie. Sie gab ein wenig für Kleider aus, den Rest schickte sie nach Hause. Sie gewöhnte sich an Bemerkungen darüber, ein Cello zwischen den Beinen zu haben.

Die Akademie bot ihr ein Stipendium für weitere

drei Jahre; irgendwie hatte sie das erwartet, aber sie wußte nicht, ob sie es annehmen solle oder nicht. Ihr Mutter sagte, sie müsse; Herr Kawamitsu sagte, sie müsse; die Akademie sagte, sie müsse. So dachte sie, sie sei dazu verpflichtet.

Philippe hatte darauf gehofft, daß es im See vielleicht Fische gäbe, die von ihren Lampen angezogen würden, hatte sich aber genauso den Reiz des Neuen gewünscht, bei Nacht zu tauchen. Bislang hatten sie auf ihren Tauchgängen bei Tage so gut wie keine Fische gesehen. Das Unterwasserleben im Gatún-See hatte gleich zweimal gelitten. Zuerst hatte es eine Serie von Algenblüten gegeben, die durch Düngemittel verursacht wurde, die aus den weiter entfernten Bergen um den Madden-See und vom Westufer des Gatún eingetragen wurden; und dann wurden die Fische und Pflanzen erst kürzlich von den Entlaubungschemikalien angegriffen, die im Anfangsstadium des Kriegs benutzt worden waren. Die wissenschaftliche Station auf Barro Colorado hatte zwar erklärt, daß man im See wieder schwimmen könne, aber Pflanzengemeinschaft und Fischbestand erholten sich sehr langsam.

Philippes blaue Schwimmflossen winkten ihr zu. Der See fühlte sich wärmer an als am Tag, was sie überraschte. Vielleicht war er gar nicht wärmer, vielleicht schien es ihr so, weil sie erwartet hatte, die dunklen Tiefen seien kalt.

Das Gefühl der Ungebundenheit, zugleich eingeschlossen und doch irgendwie befreit zu sein, wurde durch die Dunkelheit intensiviert. Dadurch, daß die silbrige Oberfläche des Tages fehlte, wurde die Sichtweite begrenzt darauf, was ihre Lampen erhellen konnten, und der See erschien zugleich winziger und größer als zuvor; winziger, weil sie immer nur einen kleinen Umkreis erkennen konnten, und so hätten sie auch in einem kleinen Becken schwimmen können, und größer, weil es keinen direkten Weg gab, zu beweisen, daß die Oberfläche sich nicht weit über ihnen und der Grund sich nicht weit unter ihnen befand.

Durch die Verwendung der Lampen wurde das Wasser des Sees zu einer wirbelnden und bewegten Version des Weltalls; in den weißen Strahlen ihrer Lampen kam eine Galaxis kleinster Partikel zum Vorschein, jedes Körnchen glühte in der Dunkelheit wie ein Stern, der schnell vorbeigezogen war. Auch die Farben waren kräftiger, auch wenn wenig genug zu erkennen war; nur das Blau von Philippes schlagenden Schwimmflossen und das helle Orange des Seils, das er hinter ihnen ablaufen lief, damit es sie zum Schlauchboot zurückführte. Sie richtete ihre Lampe geradewegs nach unten und sah den Grund des Sees grau vorbeiziehen, eben und geisterhaft und still.

* * *

Die Nationalgarde berichtete, daß Bombenangriffe der *venceristas* auf Escobal und Cuipo stattgefunden hätten, gefolgt von einem Vergeltungsschlag durch Jets der panamesischen Luftwaffe. Das war die offizielle Erklärung für das Feuerwerk am Abend der Party auf der *Nadia*. Der Vorfall erschien kurz in den Kanal 8-Nachrichten. Wenn man zwischen den Zeilen las, schien es so, daß, was auch immer als erstes geschehen war, es nicht das Feuerwerk rechtfertigte, dessen Ausbruch sie gesehen hatten.

»Bockmist«, sagte Broekman, der sich gegen die Reling der *Nakado* lehnte. Er war für eine Zigarre aus dem Maschinenraum gekommen, und traf Hisako, die nahe des Hecks auf einem Liegestuhl saß und las. Sie gesellte sich zu ihm an die Reling, sah auf die in der Hitze flimmernde Linie grüner Hügel hinaus; das Bombardement hatte irgendwo hinter ihnen stattgefunden.

»Sie glauben nicht daran?« sagte sie.

Broekmann spuckte den Zigarrenstumpen in das Wasser des Sees, und beobachtete, wie er langsam unter dem Heck vorbeitrieb. »Ach ja, das klingt alles sehr plausibel … vielleicht sogar plausibler als das, was wir beobachteten … aber das war nicht, was wir gesehen haben. Es begann alles auf einmal, und ich hörte keine Jets. Die PAF würde etwas so Koordiniertes sowieso nie hinkriegen; Gott steh uns bei, die hätten wahrscheinlich uns bombardiert, wenn sie in der Nähe gewesen wären.«

»Ich dachte, darum hätten wir unsere gesamte Beleuchtung angelassen.«

»Ja, gute Theorie, nicht wahr?« Broekman lachte, umklammerte die Reling mit seinen Händen. »Hat mich nie überzeugt.« Er spuckte ins Wasser, als zielte er nach dem Zigarrenstumpen. »Beim ersten Mal, wenn irgendwelche Terr'isten ins Wasser fliehen, und die Garde Luftunterstützung anfordert … kriegen wir eins übergebraten. Sie werden sehen. Reizbare Scheißkerle; nur gut, daß die Yanks sie nachts nicht fliegen lassen.«

Die letzten zwei Tage waren friedlich gewesen. Die einzige ungewöhnliche Aktivität, die sie bemerkt hatten, waren ein paar Patrouillenboote der Nationalgarde gewesen, die sich aus Gatún und Frijoles hinausgewagt hatten, um mit ihren brummenden Außenbordern den Frieden zu stören. Broekman hatte die Schlauchboote mit einem Fernglas beobachtet und dabei behauptet, daß er fast erwartet hätte, sie würden Wasserskifahrer hinter sich herziehen.

Hisako hatte sich nach dem Mittagessen aufs Deck getraut. Ihre Celloübungen beanspruchten jeden Tag zwei Stunden, aber das war, was sie ihren ›Leerlauf‹ nannte; es würde der Aussicht auf eine echte Meisterklasse oder eines Konzerts in naher Zukunft bedürfen, damit sie den Enthusiasmus aufbrächte, gründlicher zu üben. In ihrer Kabine machte sie Fitnessübungen, ihre eigene Mischung aus Übungen der kanadischen Luftwaffe und Aikido-Bewegungen. Aber das konnte ihr Interesse sie nur für zirka eine Stunde wachhalten, so hatte sie immer noch jeden Tag eine Menge Zeit auszufüllen, und es langweilte sie in der Passagierlounge oder der Offiziersmesse fernzusehen. Herrn Mandamus' Appetit auf endlose Schach- oder Rommé-Partien schien unvermindert, aber ihr reichte es nach kurzer Zeit. Darum hatte sie ihm *Go* beigebracht. Zu ihrer Überraschung gab es auf den Schiffen kein *Go*-Spiel; also hatte sie selbst eines gemacht, hatte das Gitter auf der Rückseite einer veralteten Tabelle gemalt, und aus den Schiffsvorräten 300 Dichtungsringe erbettelt, die Hälfte aus Kupfer, die Hälfte aus Stahl.

Philippe hatte sich morgens wieder über Funk gemeldet; sie könnten am Abend tauchen gehen, wenn es keine weiteren Aufregungen gäbe. Sie stimmte zu.

»Gut«, sagte sie. »Alles scheint ausreichend friedlich.«

»Mm«, Broekman klang nicht überzeugt.

»Obwohl, Panama machte einen friedlichen Eindruck, bis zu dieser Explosion«, gab sie zu und versuchte sich vorzustellen, was er dachte. »Und der Kanal machte einen friedlichen Eindruck, bis sie die Schleuse in die Luft jagten ... und dieses Schiff in der Bucht von Limón versenkten.« Sie zuckte die Achseln. »›Aller guten Dinge sind drei‹«, zitierte sie. »Heißt es nicht so?«

Broekman nickte. »So sagt man. Aber es heißt auch ›Gib niemals drei Leuten mit demselben Streichholz Feuer‹«, schnaubte Broekman. »Es heißt auch: ›Erst wägen, dann wagen‹ und: ›Dem Feigen kehrt das Glück den Rücken‹ ... also suchen Sie sich was aus.«

»Die Drei bringt Unglück? Ich dachte, die Dreizehn.«

»Drei, wenn Sie Zigaretten anzünden. Dreizehn bei Reisen.«

»In Japan bringt die Vier Unglück.«

»Hm«, sagte Broekman. »Nur gut, daß wir dann hier kein weiteres Schiff haben.«

»Ich frage mich, ob die Panamesen eine Zahl haben, die Unglück bringt«, sagte sie, während sie die Berge beobachtete. »Ich mochte Panama. Ich meine die Stadt.«

»Die war in Ordnung«, pflichtete ihr Broekman bei. Er inspizierte seine dicken, stumpfen Fingernägel. »Sehr … kosmopolitisch.« Er schwieg längere Zeit, fügte dann hinzu: »Da, wo ich herkomme, müßten wir sowas haben. Hm.« Er stieß sich von der Reling ab und klatschte in die Hände. »Nun denn, die Bösen schlafen schlecht.« Er zwinkerte angesichts ihres fragenden Ausdrucks. »Auch das sagt man.«

Sie wandte sich wieder ihrem Buch zu.

* * *

Sie hatte ihm die Grundlagen des Cellospiels beigebracht. Er lernte schnell, wenn er auch nie sehr gut werden würde, glaubte sie, selbst wenn er gewollt hätte; seine Hände hatten die falsche Form und waren wahrscheinlich nicht geschmeidig genug (aber es gelang ihr, diese Hände zu berühren). Er brachte ihr das Tauchen bei. Er hatte Erfahrung, war ein zugelassener Tauchlehrer, was das Ganze noch korrekter und richtiger machte, und er gefiel ihr. Sie schwammen und tauchten, und sie war auf pubertäre, spitzbübische Weise fasziniert von dem schlanken, muskulösen Körper, den er enthüllte. Sie schwammen unter den Booten, inspizierten die Bojen, an denen sie festgemacht waren, untersuchten den Grund des Sees, mit seinen gefällten, versunkenen Wäldern und den Spuren von Straßen und Schienen, und schwammen um ein paar der näheren Inselchen, umkreisten die Spitzen der zum größten Teil unter der Quecksilberdecke des Sees versunkenen Berge.

Er erzählte, auf eine sich selbst verspottende, aber doch faszinierte Weise, daß er eines Tages im Hafen von Portobelo tauchen wolle, an Panamas Atlantikküste; der Körper des englischen Seefahrers Francis Drake war dort in einem Bleisarg begraben worden. Stell dir vor, den zu finden!

Sie glaubte, daß es passieren mußte, dann wieder, daß es nie dazu käme. Sie durchlief Wechselbäder von Enttäuschung und Hochstimmung, traute sich dabei nie zu, daß sie vollständig davon überzeugt war, es geschehen lassen zu wollen, niemals fähig, überhaupt nicht mehr über ihn nachzudenken. Sie entdeckte, daß er verheiratet war, Depression. Aber sie waren inoffiziell getrennt, dachten beide darüber nach; Jubel. Sie fand heraus, daß Marie Boulard, die untergeordnete Offizierin auf der *Le Cercle,* ihn nicht interessierte; Jubel. Aber dann hatten sie eine kurze Liaison; Depression (und Bestürzung darüber, daß sie deprimiert und ein bißchen eifersüchtig war). Sie begann darüber nachzudenken, ob er in Wirklichkeit schwul war, Depression. Dann sagte sie sich, daß es gut war, einen Freund zu haben, und wenn er schwul wäre, würde sie das viel entspannter im Umgang miteinander machen, und sie würden vielleicht enge Freunde; vorgetäuschte Freude, falsche Resignation.

Er mag mich, weil er soviel Zeit mit mir verbringt. Er tut nur so, weil nichts anders zu tun ist. Er läßt mir meinen Spaß; ich bin alt und mitleiderregend, und er würde im Traum nicht daran gedacht haben und würde ich nur einen Schritt tun, es würde ihn anekeln, er würde sich fühlen als ob seine Mutter ihn anmachte. Nein, er mag mich wirklich, und er will nichts tun oder sagen, weil er denkt, er verliert mich als Freund, und ich sollte offenkundiger flirten, um ihn zu ermutigen. Aber wenn ich das mache, fände er mich lächerlich; ich wäre beschämt, und dies ist eine kleine Gemeinschaft; nicht Tokyo, nicht Sapporo, keine Universität … eher von der Größe eines Orchesters. Ein Orchester auf

Tour, das in denselben Hotels lebt; das kam dem wohl am nächsten. Gib dich mit einem Freund zufrieden, dann ...

Und so drehte sie sich im Kreis, auf dem eingeschlossenen Schiff.

Sie bewegte seine Finger über den Hals des Cellos, beugte Kopf und Hals zu ihm. Sie stand hinter ihm; er saß auf einem Stuhl in ihrer Kabine. Eine weitere Stunde. Mehr köstliche Frustration.

»Hmmm; das Parfüm?«

»Kantule«, erzählte sie ihm, runzelte die Stirn, als er versuchte, seine Finger in die richtige Form zu bringen. »Ich kaufte es in Panama; schon vergessen?«

»Ach ja.« Er hörte auf und beide beobachteten, wie sie seine Finger so auf dem Hals des Instruments plazierte, daß sie die Saiten an den angemessenen Punkten faßten. »Als ich in Japan war«, sagte er, »benutzten wenige Frauen dieses Parfüm.«

Sie lächelte, endlich zufrieden mit der Stellung seiner Hand. Sie erhob sich, nahm seine Hand, die den Bogen hielt. »Oh, wir benutzen es, wenn auch nicht sehr oft«, sagte sie. »Aber ich bin auch sehr verwestlicht.«

Sie lächelte, drehte sich um und sah ihn an.

Sehr nahe. Sie spürte das Lächeln erlahmen.

»Kantule«, nickte er, sprach das Wort genau wie sie aus. »Es ist sehr hübsch, finde ich.« Sie ertappte sich dabei, wie sie seinen Mund beobachtete. Er schnupperte. runzelte ein wenig die Stirn. »Nein, es ist wieder weg.«

Ihr Herz pochte. Er sah ihr in die Augen. Ihr Herz! Er mußte es hören, es spüren, durch ihre Brust, ihre Bluse, sein Hemd und seine Schulter; er mußte!

Sie lehnte sich ein wenig nach vorn über seine Schulter, so daß sie am Cello entlang herabsah. Sie hob die Hand – die Hand, die seine Finger an den Hals des Cellos gehalten hatte – an ihren Hals. Sie legte das

Haar beiseite um ihr Ohr freizugeben, schob es dann mit einem Finger ein bißchen nach vorn. »*Ici*«, sagte sie ruhig.

Sie fanden das Bootswrack, als das Seil fast vollständig abgerollt war. Philippe hatte seine Lampe von einer Seite zur anderen geschwenkt und am äußersten Ende eines Schwunges sahen sie beide im Dunklen etwas Weißes auf dem Grund des Sees aufblitzen. Als der Strahl zurückkehrte, zeigt er eine gerade weiße Linie; irgendeine Art Kante. Sie wirkte künstlich, etwas von Menschenhand geformtes. Philippe sah zurück und zeigte darauf. Sie nickte. Das orangefarbene Seil formte eine perfekte Kurve, als sie auf das weiße Dreieck niederstießen.

Das Boot war sechs oder sieben Meter lang, offen, ohne Anzeichen von Masten oder Tauwerk. Es bestand aus Fiberglas und lag ohne erkennbare Spuren einer Beschädigung flach auf dem Grund des Sees. Innen lag eine Schicht Schlamm, vielleicht einen viertel Meter tief. Sie fragte sich, vor wie langer Zeit es gesunken war, und wie genau man das Datum seines Untergangs aus der Dicke des Schlammes darin bestimmen konnte. Es war wahrscheinlich ein Fischerboot gewesen; einige Schnur- oder Seilstücke bewegten sich wie Ranken im Schlamm im Bug, und etwas Netzgewebe trat aus dem Mittelbalken hervor, wiegte sich im Wasser wie seltsame, gezeichnete Pflanzen. Philippe bewegte sich zum Heck des Bootes und fand dessen Außenbordmotor, den sie zunächst übersehen hatten, weil er schwarz und vergleichsweise klein war. Er zeigte enthusiastisch darauf.

Dann hörte sie einen Außenbordmotor wie das Geräusch eines Gespenstes.

Sie erstarrte, spürte, wie ihre Augen sich weiteten. Sie schüttelte den Kopf, aber es war immer noch da. Es war eine Erleichterung, als sie Philippe aufblicken sah, sein Gesicht hinter der Maske wirkte überrascht, ja geschockt. Sie nickte und zeigte von ihrem Ohr zur Oberfläche; dann auf den Außenbordmotor, den er immer noch hielt.

Das Geräusch kam näher. Sie glaubte, nicht nur eine hochtourige Schraube sondern mehrere zu hören. Philippe machte ihr gegenüber hastige Gesten, spielte mit den Lampen herum, und zeigte darauf. Sie gingen aus. Sie verstand sofort und schaltete ihre aus.

Die Dunkelheit war absolut. Der Mond war nur ein Scheibchen und am späten Nachmittag waren Wolken aufgezogen, die den Himmel über dem See bedeckten. Die Schiffe waren einen Kilometer oder weiter entfernt. Sie war blind. Das Wasser bewegte sich um ihre Gliedmaßen, die Lampen in ihrer Hand fühlten sich schwerelos an. Sie ließ sie los, nur um das leichte Ziehen an ihrem Handgelenk zu spüren, als sich die Leine bei dem sanften Versuch, sie an die Oberfläche zu ziehen, straffte. Dann nahm sie die Lampen wieder an sich. Das Schraubengeräusch schwoll an, wie etwas Wütendes und Unversöhnliches; ein ohrenbetäubendes Heulen.

Eine dunkle Macht schien in ihre Kehle einzudringen, als ob sich eine Seeschlange um ihren Hals gewickelt hätte. Sie rang mit ihr, mühte sich, wieder atmen zu können, versuchte sich auf den hohen, gurgelnden Klang der näherkommenden Boote zu konzentrieren, aber das Gefühl wurde stärker, drückte ihr die Luft ab, die Galle kam ihr hoch. Sie hob die Hände an die Maske, an den Hals. Nichts da; nichts um ihren Hals.

Hisako erschlaffte, entspannte sich, ergab sich dem, was auch immer es war.

Sie hing mit schlaffen Armen da, eine Hand an ihrer Seite, die andere wegen des leichten Auftriebs ihrer Lampen über dem Kopf, mit baumelnden Beinen und auf die Brust gesenktem Kopf, die Augen geschlossen.

Langsam begann die Atemnot sie aus ihrem Griff zu entlassen.

Sie fragte sich, ob sie sank oder auftauchte.

Tic tic tic.

Ah.

Das Bootsgeräusch erreichte sein Maximum und zog vorbei. Ihre Schwimmflossen trafen auf den weichen Schlamm am Grund des Sees, und sie ging tiefer, ließ ihre Beine langsam einknicken, beugte die Knie. Sie spürte, wie der kühle Schlamm um ihre Oberschenkel aufwirbelte. So kam sie zum Stillstand, im Gleichgewicht.

Da. Sie prüfte sich, indem sie ein paar tiefe Atemzüge tat. Kein Problem. Hisako öffnete die Augen, sah um sich nichts als Dunkelheit. Sie hob ihre Uhr vors Gesicht, um sich zu vergewissern, daß sie noch was sehen konnte, aber auch, um auf die Uhr zu schauen. Das Leuchtzifferblatt strahlte ihr schwach entgegen. Sie waren erst zehn Minuten unten; jede Menge Luft übrig.

Sie versuchte sich zu erinnern, wo das gesunkene Boot sein könnte. Vielleicht mußte sie danach suchen, versuchen Philippe wiederzufinden. Aber sie könnte es verfehlen; die falsche Richtung einschlagen. Sie könnte versuchen, immer größere Kreise zu schwimmen, bis sie das Seil fände, das zurück zum Boot führte … wenn sie nicht darüber hinweg oder darunter hindurch schwämme.

Sie konnte sich zur Oberfläche abstoßen; sie war ruhig und sie wäre in der Lage, sich an den ankernden Schiffen zu orientieren und das Schlauchboot zu finden. Aber wer auch immer in den Booten war, die über ihnen vorbeigefahren waren und angehalten hatten, könnte sie sehen.

Sie könnte eine Weile hier warten; zehn Minuten lang. Oder bis sie Philippes Lampen wiedersähe, oder die Boote wegfahren hörte. Sie öffnete den Schnellverschluß des großen Tauchermessers, das an ihrer Hüfte hing, zum einen, um sich zu vergewissern, daß sie alles tat, was unter den Umständen möglich war, zum andern, um sich auf einen Kampf vorzubereiten.

Sie kniete in dem weichen Schlamm, eingehüllt von der Dunkelheit, atmete langsam und sah gelegentlich um sich.

Das hohe Heulen kam nach sieben Minuten wieder; ein Außenborder, dann zwei … vielleicht noch einer. Sie drehte den Kopf in die Richtung, aus der das Geräusch zu kommen schien. Sie würde warten, bis sie endgültig verschwunden waren, sich dann noch eine Minute Zeit lassen, bevor sie ihre Lampen wieder einschalten würde.

Ein Licht! Es war weit entfernt, blinkte wie ein winziger, versunkener Stern, aber es war real; verdeckt durch ihre Hand, und es verschwand, wenn sie blinzelte. Sie stieß sich mit einem Ruck aus dem Schlamm ab, dann noch einmal, um sich von seinem trägen Griff zu befreien. Sie schwamm auf das Licht zu. Es verschwand, zitterte und wurde schwächer, ging dann ganz aus, aber sie hielt weiter darauf zu. Es erschien wieder, diesmal ein bißchen kräftiger und begann sich in zwei Lichter zu teilen, nicht eins. Es wurde schwächer, verschwand fast. Und kam dann wieder; eindeutig zwei Lichter. Sie schwamm weiter, brachte ihre zwei Lampen vor sich.

Sie wollte sie gerade anmachen, als ihr einfiel: *Was, wenn es nicht er ist?* Sie zögerte, trat weniger kräftig, hielt aber weiter auf das doppelte, entfernte Leuchten zu. Schließlich holte sie das Messer aus der Scheide und hielt es entlang der Lampen vor sich.

Sie machte sie an.

Die Lichter in der Ferne begannen wieder schwächer zu werden, leuchteten plötzlich wieder auf, bewegten sich zitternd auf und ab. Sie machte es genauso. Es mußte Philippe sein. Sie steckte das Messer aber nicht in die Scheide zurück.

Philippe richtete die Lampen auf sein Gesicht, als sie etwa drei Meter entfernt war. Von Erleichterung überwältigt, machte sie ihm auch das nach.

Sie schwamm geradewegs auf ihn zu, stieß gegen ihn, umarmte ihn, mit treibenden Lampen, umklammerte das Messer verlegen mit der Faust und versuchte es von seinem Rücken und seinen Luftschläuchen fernzuhalten.

»Ich weiß nicht«, sagte er, als sie sich zur Oberfläche abgestoßen hatten. Sie konnte nur den weißen Fleck seines Gesichts ausmachen. »Aber sie hatten keine … Positionslaternen? Ich glaube Militär. Ich …« Sie glaubte, er würde noch etwas sagen, aber er schwieg.

Sie schaukelten auf dem Wasser, direkt über der Stelle, an der sie sich getroffen hatten. Sie steckte das Messer zurück, sah zu dem Trio der fernen Schiffe. Sie lauschte auf das Geräusch von Außenbordmotoren, aber sie waren nicht mehr zu hören.

»Wo warst du? Wohin bist du gegangen?« fragte sie.

»Ich tauchte auf, auf sie zu«, erzählte er ihr. »Ich hörte sie reden, aber es war … *espagnol.*«

»Und jetzt?« Sie spuckte etwas Wasser aus und sah sich nach ihrem Schlauchboot um.

»Zurück zum Schiff.« Auch er sah um sich.

»Ich hab das Seil verloren«, sagte er. Er deutete mit einem Nicken in die Richtung, in die sie sah. »Meinst, da geht's zum Schlauchboot?«

»Ich glaube schon.«

»Ich auch.«

Sie schwammen los; ließen die Schiffe rechterhand. Sie wartete auf eine Explosion; ein plötzliches Auflodern von Licht, eine bleifarbene, pilzförmige Wolke von der *Le Cercle*, oder einen Ausbruch von Gewehrfeuer, daß das Wasser um sie herum aufspritzte, daß plötzlich ein Vorschlaghammer auf ihren exponierten Hinterkopf niedersauste ... aber sie schwammen weiter, das einzige Geräusch war das ihres eigenen Fortkommens im Wasser.

Ein Glitzern weiter weg, ein wenig linkerhand. Sie blinzelte. Da, wieder. »Philippe-*chan*«, flüsterte sie. »Da drüben.« Sie bewegte sich zu ihm und deutete darauf, richtete sein Gesicht mit ihrem Arm dorthin. Wieder das unscheinbare Glitzern; vielleicht die Schiffslampen, die sich auf der glänzenden Hülle des Schlauchboots spiegelten.

»*Magnifique*. Und ich glaubte alle *japonais* trügen ... *les lunettes*, nicht wahr?« Sie sah, wie er mit den Fingern Kreise vor seinen Augen machte.

Sie kicherte in sich hinein.

Sie kletterten ins Schlauchboot, saßen eine Weile schweratmend da. Philippe schüttelte den Kopf. »Hätte ein Funkgerät mitbringen sollen.« Er sah auf den Außenborder. »Na gut, irgendwann müssen wir ihn anlassen.«

Sie blieben beide geduckt, während sie auf die Schiffe zuhielten. Das Schlauchboot stieß gegen den Ponton; er ließ sie zurück, damit sie das Boot festmachte, während er auf Deck kletterte.

Dort traf sie ihn ein paar Minuten später wieder, als sie am Ende der Leiter ankam ... Er lachte, als er sah, daß sie beide Tauchgeräte trug und nahm sie ihr ab. »Tut mir leid, Hisako. Du hättest meines nicht heraufzuschleppen brauchen.«

»Schon in Ordnung«, keuchte sie. »Alles klar?«

»Sicher«, nickte er und sah kurz auf das Meßgerät seiner Sauerstoffflasche, hielt dann inne und runzelte die Stirn. »Alles ist in Ordnung«, fuhr er fort. »Ich habe über Funk angefragt; niemand hat irgendwelche Boote gesehen.«

»Stimmt was nicht?« Sie versuchte auch auf das Meßgerät zu blicken.

»Hat sich verklemmt. Ich gehe runter in den Maschinenraum. Du nehmen Dusche.«

Sie ging rauf in seine Kabine, duschte und kleidete sich um, fragte sich dann, warum sie sich angezogen hatte und überlegte, ob sie sich wieder ausziehen sollte. Sie sah aus einem der Bullaugen, überlegte, ob sie einen Motor gehört hatte, als er zurückkam. »Ich versuche mit neuer Flasche; das … Zeigeding«, gestikulierte er und runzelte die Stirn.

Sie lächelte. »›Zeigeding?‹«

»Oui. Sur le cadran.« Per Pantomime zeigte er einen Kreis mit einem Zeiger darin.

»Die Nadel«, sagte sie und lachte über seine ungeschickte Pantomime.

»Ja, die Nadel hat sich verklemmt, ist alles. Ich repariere morgen.« Er schälte sich aus dem feuchten T-Shirt. Der Summer des Interkoms meldete sich. *»Merde«,* stieß er hervor, als er den Hörer abnahm. *»Oui?«* Er hörte zu. *»Moment.«* Er legte auf, griff sich ein trockenes Handtuch von der Stange in der Dusche und wand sich aus seiner Hose, bewegte sich in die Garderobe. »Ist Endo, rüber mit Barkasse. Will reden.«

Sie sah zu, wie er sich grob abtrocknete und Hose und T-Shirt anzog. Er strich sich das Haar, so daß es ordentlich schien, zog einmal einen Kamm durch. Sie lag auf dem Bett und sah ihm immer noch zu, lächelte dabei in sich hinein. Er ging zur Tür, sah zu ihr zurück. »Warum du angezogen?« fragte er, und wirkte überrascht.

Sie zuckte zögernd die Achseln. »Vergessen.« Sie rollte sich rüber und öffnete einen Knopf am Ärmel ihrer Bluse. »Mach nicht zu lang.«

So zog sie sich aus und schlüpfte unter die frischen weißen Laken, liebkoste sich einen Moment, wobei sie ein Schauer durchlief, und sie legte sich in das sorgfältig gemachte Bett, nur um die kühlen Laken auf ihrer Haut zu spüren. Sie machte die Deckenleuchte in der Kabine aus, ließ die Nachttischlampe an.

Das Interkom summte; sie sprang auf, dann ignorierte sie es. Es summte wieder, zweimal, und sie stieg aus dem Bett. »*Merde*«, brummelte sie.

»Hisako«, sagte Philippe.

»Philippe. Ja?«

»Komm bitte in die Offiziersmesse.« Er legt auf.

Da war kein Freizeichen; der Hörer lag tot in ihrer Hand. Sie sah ihn an, legte langsam auf.

Sie zog nicht ihre Jeans und Bluse an; sie ging zum Wandschrank und nahm einen *yukata* heraus, eine Art leichter Kimono, und – so gekleidet – ging sie runter zur Offiziersmesse, plötzlich nervös.

Als sie durch die Tür schritt, wurde sie von einem Arm erfaßt und auf die Seite gezogen. Der Saal war voll; sie sah sich schnell um. So wie es aussah, war die ganze Crew versammelt; Lekkas, Marie, Viglain ... Erst als sie Philippe erblickte, der mit grimmiger Miene am Ende des Tisches stand, erkannte sie, daß die Hand, die sie am Gelenk hielt, nicht seine war; sie hatte angenommen, daß niemand sonst sie so anfassen würde.

Sie sah in das unbekannte Gesicht des Mannes, der sie festhielt. Er trug einen dunklen Kampfanzug der Nationalgarde; er war geschwärzt und schwitzte durch die Schminke. Sein Barett war keines der Nationalgarde, auf der Vorderseite war ein kleines Abzeichen mit einem roten Stern. Seine Stimme klang entfernt latino, als er sich an Philippe wandte und sagte: »Das sind alle, Kapitän?«

»Ich bin nicht Kapitän«, sagte Philippe lustlos. »Das sind alle.« Er nickte. »Es ist niemand sonst da.« Endo saß neben Philippe. Drei weitere Männer in Kampfanzügen standen an derselben Wand wie sie, und richteten Gewehre auf Philippe und die anderen.

Hisako drehte ihr Handgelenk, um sich aus dem Griff des Mannes zu befreien. Sie spürte, daß sie wütend wurde und dachte darüber nach, eine Entscheidung zu erzwingen. Dann sah sie herab, und bemerkte, daß der Mann ein kleines Gewehr hielt, mit einem langen gebogenen Magazin, einem gedrungenen Nachtsichtgerät und einem kurzen Lauf, das auf ihre Niere zeigte.

Sie kam zu dem Schluß, daß es besser wäre zu versuchen, den Weg der Sanftheit zu gehen.

Der Mann sah sie an und lächelte; weiße Zähne im geschwärzten Gesicht. »Willkommen auf der Party, Señora. Wir sind von der Volksbefreiungsfront von Panama, und Sie wurden soeben befreit.«

CASUS BELLI

casus belli: Kriegsursache, zum Krieg führendes Ereignis (lat.)

5

Konzentration

Sie hatten als erstes die *Nakado* übernommen. Die Männer im ersten Boot trugen Uniformen der Nationalgarde, aber sie wurden sowieso nicht entdeckt, bevor sie an Bord waren; niemand hatte die gedämpften Außenborder ihres Schlauchbootes gehört. Sie gingen direkt auf die Brücke und zur Funkkabine, nahmen beides ohne Kampf ein; sie hatten Pistolen mit Schalldämpfern und kastenförmig aussehende Uzi-Maschinenpistolen, und niemand war so dumm gewesen, sich ihnen zu widersetzen. Ein weiteres Schlauchboot war leise aus der Dunkelheit aufgetaucht und hatte mehr – und schwerer bewaffnete – Männer entladen, während sich das erste Boot zur *Nadia* aufmachte und Endo mitnahm, um so die Crew der *Nadia* zusätzlich zu beruhigen, für den Fall, daß sie provoziert würden. Man sah sie näher kommen und empfingen sie, als sie an Deck kamen. Endo bat darum, Bleveans sprechen zu dürfen. Der Kapitän saß mit den anderen Offizieren und seiner Frau beim Essen; sie hielten eine Pistole an Frau Bleveans' Kopf, und befahlen ihrem Mann, den Funker zu holen. Der Offizier Janney befand sich auf der Brücke, als die *venceristas* sie übernehmen wollten. Er versuchte sich zu widersetzen und wurde mit der Pistole niedergeschlagen. Das war das Ende jeglichen Widerstands auf der *Nadia*. Das zweite Schlauchboot entlud *venceristas* auf das Schiff, während das Schlauchboot mit den falschen Nationalgardisten Endo zur *Le Cercle* brachte. Zu dem Zeitpunkt hatte Philippe die beiden anderen Schiffe über Funk gerufen, sie waren bereits besetzt und auf die Köpfe der Funker waren Pistolen gerichtet, als sie Philippe berichteten, daß alles in Ordnung sei.

»Ich bin Genosse Major Sucre«, sagte der Mann, der sie am Arm gepackt hatte; er bedeutete ihr mit einer Handbewegung, in einem Sessel Platz zu nehmen. »Wir haben für eine kurze Zeit Ihre Schiffe übernommen. Bitte haben Sie Geduld. Sie versuchen nicht, uns was zu tun, wir tun Ihnen nichts. OK?« Er sah sich in der Messe um und blickte die stummen Menschen an. Die Offiziere und Hisako saßen an einem Ende des Tisches, die Mannschaft – einige Franzosen, in der Mehrzahl Marokkaner und Algerier – saß entweder am anderen Ende oder auf dem Boden.

»OK?« wiederholte der Genosse Major scharf.

Schließlich sagte Philippe, »Ja.« Er blickte zu einigen der marokkanischen Seeleute, die in seiner Nähe saßen. »Darf ich das, was Sie gerade sagten, auf Französisch sagen? Diese Männer verstehen kein Englisch.«

Sucre lächelte. »OK.« Er hob sein Sturmgewehr. »Aber denken Sie daran, daß wir hier die Waffen haben.«

Philippe redete mit den anderen. Die Männer nickten; ein paar grinsten den *venceristas* zu, hoben den Daumen.

»Gut«, sagte Sucre. »Sie bleiben jetzt hier sitzen; ich komme bald zurück.« Er nahm einen Finger vor die Lippen. *»Y, silencio, huh?«* Sucre verließ die Messe und nahm zwei weitere Männer mit. Die zwei übrigen *venceristas* standen zu beiden Seiten der Tür. Sie waren aus dem zweiten Schlauchboot; sie trugen schwarze Kampfanzüge und schwarze Baretts mit roten Sternen wie dem, den Sucre getragen hatte. Sie hielten Sturmgewehre mit Nachtsichtgeräten und langen, gebogenen Magazinen; sie hatten automatische Pistolen, sowie zusätzliche Sturmgewehr-Magazine in ihren Gürteln stecken, und an ihren Feldjacken hingen vor der Brust zwei kleine runde Granaten. Einer von ihnen wischte sich langsam Stirn und Wangen mit einem Tuch, rieb dabei das meiste der schwarzen Nachttarnung ab.

Hisako sah zu Philippe hinüber, der ausdruckslos am Kopf des Tisches saß, die Hände flach auf der Platte. Nach kurzer Zeit blickte er sie an. Sie lächelte. Er zeigte ein kleines Zucken seiner Lippen, es schien, als würde er nicken wollen, dann sah er zu ihren zwei Wächtern, und fixierte den Blick auf eine Fläche zwischen seinen Händen.

Sucre kam allein zurück, in seinem Gürtel steckte etwas, das aussah wie ein kleines Funkgerät. Er nahm die Hände vor den Mund, sah umher und sie alle an. »Sie sind brav? Gut. Ich nehme Sie mit auf eine Bootsfahrt; Sie fahren zu dem anderen Schiff, OK? Die *Nadia.*« Er wandte sich an einen der *venceristas,* um etwas zu sagen, sah dann, wie Philippe langsam auf der anderen Seite des Saals aufstand.

Sucre drehte sich um. »Ja, Kapitän?«

»Sie meinen, daß wir alle gehen?«

»Yeah, jeder.«

»Ich kann nicht: ich muß bleiben. Das Schiff ist mein ...« Er schien das richtige Wort zu suchen. Sucre nahm die automatische Pistole aus dem Gürtel und zielte damit auf Philippe. Philippe schluckte, verstummte. Hisako spannte sich; Sucre war einen Meter weg. Sie sah von Sucre zu Philippe, der ihr einen kurzen Blick zuwarf.

Als ihr Blick zu Sucre zurückkehrte, sah der immer noch Philippe an, aber die Pistole zeigte direkt auf sie. Sie spürte, wie sich ihre Augen weiteten. Die Mündung der Automatik sah sehr groß und dunkel aus. Sie konnte die Züge am Ende des Laufes erkennen, die ein Loch erzeugten, das sie an das Kronrad einer altmodischen Armbanduhr erinnerte. Auf dem Stahl der Pistole glänzte ein dünner Ölfilm.

»Ja?« sagte Sucre grinsend. »Sie kommen mit, Kapitän?«

»Ich bin nicht der Kapitän«, hört sie Philippe sagen. »Ja, ich komme mit.«

Sucre verharrte einen Moment, drehte sich dann um und sah Hisako, lächelte breit, und drehte die Pistole herum, so daß sie sie im Profil sehen konnte. »Gesichert, sehen Sie?« erklärte er. Sie nickte. Er steckte sie in seinen Gürtel zurück.

»Kapitän, wie viele Leute trägt Ihre Barkasse?«

»Zwölf«, seufzte Philippe. Hisako wandte ihre Augen von der Pistole ab, die aus dem Gürtel des Genossen herausragte. Wie trocken ihr Mund geworden war, dachte sie.

Sucre nickte, sah sich langsam im Saal um, bewegte lautlos die Lippen. »OK, wir nehmen jedesmal ... zehn mit.« Er zeigte auf sie. »*Uno, dos, tres* ...«, er zeigte auf neun Mannschaftsmitglieder. »... *diez*. Sie gehen jetzt. Kapitän, sagen Sie es ihnen.«

Philippe berichtete den Männern, was vorging. Hisako stand bei den anderen. Sie wurden zum Schlauchboot gebracht, und während ein *vencerista* am Bug saß und sie von dort aus beobachtete, und ein zweiter mit der einen Hand den Außenborder bediente und mit der anderen sein Gewehr im Anschlag hielt, wurden sie über das ruhige, dunkle Wasser des Sees zur hell erleuchteten Silhouette der *Nadia* übergesetzt.

Er war ihr Bogen*, so dachte sie von ihm. Das englische Wortspiel amüsierte sie, wenn es auch zu unverständlich war, um es zu erklären. Dennoch spürte sie, daß es zutraf; sie konnte ihn an sich drücken, eine Hand an seinem Hals, die andere in seinem Kreuz, und sie war das Instrument, auf dem er spielte, sie war die Form, gegen die er sich preßte und die Klang erzeugte, die vierfach gefaltete Saite, die er berührte.

Sie hatte nicht viele Liebhaber gehabt. Sie war sicher,

* Bow: Bogen; auch ›Verbeugung, Diener‹, auch ›Bug‹ – *Anm. d. Übers.*

daß sie nicht genug gehabt hatte, um das weite Feld männlicher Sexualität abzuschätzen, um zu wissen, wieviel emotionale und physische Oktaven sie umfaßten, so daß sie nicht sagen konnte, ob sie in der Vergangenheit einfach nur etwas Pech gehabt hatte, oder jetzt außergewöhnlich viel Glück. Ihr Bogen, wie füreinander geschaffen. Und manchmal so nahe, so vollständig und eins, als ob sie der Kasten und er das Cello wäre, angepaßt und eingebettet und umarmt an jedem Punkt und Teil. Sie verbrachten Tag und Nacht in ihrer Kabine, einander fortwährend berührend und ansehend, und waren erstaunt, daß jede Berührung und jede Empfindung sich immer noch so neu und gut anfühlte, daß jeder Blick erwidert wurde, und daß jeder fleischliche Akt nur das Begehren nach mehr zu verstärken schien, sie zugleich befriedigte und anmachte.

Es war ein offenes Geheimnis, und sie glaubte, daß niemand ihnen was Schlechtes wünschte, aber sie hielten den Anschein reiner Freundschaft aufrecht, und sie kam nicht mit zur *Le Cercle*, um da mit ihm zu schlafen. Dorthin mußte er zur Arbeit, und immer wenn er ging, schien er es zu bedauern, wirkte müde, und so groß, aber verwundbar dabei, daß sie ihn auf ewig umarmen wollte. Und so waren ihre Trennungen wie ihre Paarungen immer voller Berührungen und kleiner Liebkosungen… bevor er von der Barkasse fortgetragen wurde, die sie die ganze Überfahrt beobachtete, und sie blieb zurück, rollte sich in dem schmalen, leeren Bett zusammen und schlief darin, erschöpft und leicht wund, aber fast unmittelbar erregt, wenn sie nur seinen dunklen, männlichen Duft in den Laken und Kopfkissen roch, und ihn schon wieder wollte.

Immer noch fanden sie Zeit zum Tauchen, was ihr gefiel, und es gefiel ihr noch mehr, weil sie wußte, daß er es so sehr liebte und daß es ihm noch mehr bedeutete, jemanden zu haben, mit dem er tauchen konnte, jemanden, mit dem er die Freude teilen konnte, die er offensichtlich empfand, und dem er die Fähigkeiten vermitteln konnte, auf die er so stolz war. Er setzte seine Cellostunden fort – auch wenn sie den Verdacht hatte, er würde sie irgendwie hochnehmen – und brachte ihr tatsächlich die Grundlagen des Umgangs mit einem Öltanker bei. Sie fand auch das interessant, verstand das Schiff – wie er erklärt hatte – als eine Art Instrument und eines, das gewartet und gestimmt werden mußte, damit es zeigen konnte, wozu es fähig war.

Allein die Unbeweglichkeit des Ganzen frustrierte sie; sie konnte mit dem Satelliten-Ortungssystem und dem Radargerät herumspielen, aber die Satellitenanzeige zeigte immer dieselben Zahlen, und die Sicht auf dem Radar veränderte sich nur in bezug auf die Richtung, in die der Wind das Schiff gedreht hatte. Trotzdem machte es Spaß, die vielen Systeme des Schiffs zu entdecken; wie man Öl von einem Tank in den anderen pumpen konnte, um die Ladung so weit wie möglich im Gleichgewicht zu halten; wie man von der Brücke aus selbst etwas so Obskures wie die Anzahl und den Typ der Metallpartikel überwachen konnte, die im Getriebe waren; und so erkennen konnte, wie sich das Getriebe abnutzte. Zum Ausgleich ihrer Handelsbilanz versuchte sie im Gegenzug, sein Englisch zu verbessern.

Dann war Kapitän Herval abgereist, um nach Frankreich zurückzukehren. Die Reederei hatte beschlossen, das Schiff auf eine Notbesatzung herunterzufahren.

Sie befürchtete, daß Philippe als nächster gehen müßte. Die Botschaften und Konsulate empfahlen, vor Ort zu bleiben, weil die *venceristas* eine neue Stadtguerilla-Kampagne begonnen hatten, die die Entführung von Ausländern einschloß, aber alle glaubten, daß die Vorsicht der Diplomaten übertrieben war. Einige Mannschaftsmitglieder der *Nadia* und Kapitän Yashiro von der *Nakado* fuhren nach Hause oder gingen auf andere Schiffe. Kapitän Herval reiste nach Colón, um ein anderes Schiff zu nehmen, aber er kam nie dort an; er verschwand, wurde einen halben Kilometer vor dem Hafen von ein paar Bewaffneten aus dem Taxi gezogen. Die Reederei entschied, daß die Crew auf dem Schiff bleiben sollte. Hisako versuchte ihre Genugtuung darüber zu unterdrücken, daß Herval gefangengenommen worden war.

Philippe hatte jetzt das Kommando über die *Le Cercle*; die Verantwortung veränderte ihn, aber nicht sehr. Und jetzt wenigstens gefiel ihr der Gedanke, manchmal über Nacht auf seinem Schiff zu bleiben, in seinem Doppelbett.

Um sie herum ging der Krieg weiter, die Parties machten die Runde von Schiff zu Schiff, von Gatún aus unternahm die *Fantasia del Mer* gelegentliche Fahrten mit Post und Nachschub, und bei Picknicks besuchte man einige der nahegelegenen Inseln. Manchmal sahen sie abends entferntes Leuchten am Himmel, und hörten dumpfe Geräusche von explodierenden Bomben und Granaten. Eines Nachmittags donnerte eine Staffel von Jets der PAF über sie hinweg, ein Trio glitzernder Pfeilspitzen, das einen braunen Kondensstreifen aus zerfetzter Luft und den Flughafengeruch gebrauchten Kerosins hinterließ.

Die *Nadia* hatte eine große Lounge, dahin wurden sie gebracht. Es war komisch, sie alle beisammen und doch so still und machtlos zu sehen, dachte sie; als ob man Schauspieler außerhalb des Theaters ohne Kostüme sähe. Die Menschen von den drei Schiffen – auch die von der *Nadia* – wirkten genauso nackt und heimatlos, ihrer vertrauten Umgebung entrissen.

Sie wurden von den *venceristas* in der Lounge zusammengetrieben. Zwei waren vor der Tür und ein weiterer innerhalb des Saals. Er saß auf einem hohen Hocker hinter der Bar; auf einem Zapfhahn ruhte ein schweres Maschinengewehr. Der Mann hinter der Bar hatte ihnen – in gebrochenem Englisch – befohlen, die Rollos und Vorhänge unten zu lassen, und, nein, sie konnten keinen Drink von der Bar bekommen. Sie konnten sprechen und sich frei bewegen, so lange sie nicht versuchten, den Halbkreis aus kleinen Hockern zu überqueren, der ein paar Meter vor der Bar aufgestellt worden war. Auf dieser Seite des Saals gab es zwei Toiletten; sie konnten sie benutzen, so lange immer nur einer ginge und sie nicht zu lange dort blieben.

Hisako erblickte die Männer von der *Nakado*, ging zu ihnen rüber, umarmte Mandamus (ein sabbernder Kuß auf die Wange), Broekman (ein ermutigendes Schulterklopfen), und auch Endo (steife, zittrige Überraschung).

»Geht es Ihnen gut, teure Dame?« erkundigte sich Mandamus.

»Gut«, erwiderte sie. Sie kam sich in ihrem leichten Kimono ein wenig blöd vor, wie die einzige auf einer Party, die ein Kostüm anhatte. »Was geht hier vor?« fragte sie Broekman, der noch seinen Blaumann anhatte. »Wissen Sie's? Warum sind die hier?«

Sie saßen alle auf dem Teppich beisammen. »Könnte Teil eines allgemeinen Vorstoßes sein«, sagte Broekman. »Wahrscheinlich ist's aber eher eine Art Hinterhalt; ich wette, die warten hier draußen auf die Nationalgarde; oder so.« Broekman zögerte, sah sich um. »Haben Sie die Amerikaner gesehen?«

»Was?« Sie sah sich um und schielte über die Kanten der Stühle und Sofas.

»Kapitän Bleveans und seine Frau«, sagte Broekman leise. »Wir wissen, daß sie Janney eins übergebraten haben, aber wo sind die Bleveans? Und Orrick?«

»Ich glaube, Orrick war oben auf dem Bug und rauchte, als Sie an Bord kamen«, erklärte Mandamus. Er trug seinen üblichen, zu weiten, cremeweißen Anzug.

»Davon haben Sie nichts gesagt«, sagte Broekman überrascht.

Mandamus zuckte heftig die Achseln. »Ist mir gerade erst wieder eingefallen. Er geht da rauf, um *kif* zu rauchen. Ich habe es gerochen. Ich wollte es bis jetzt nur nie erwähnen.«

»Na gut, entweder haben sie ihn erwischt, ihn aber nicht wie alle anderen hergebracht, oder er versteckt sich ... oder er konnte entkommen«, meinte Broekman. »Wie auch immer. Ich habe mir überlegt, daß die Amerikaner vielleicht ausgesondert wurden; vielleicht erschossen. Vielleicht als Geiseln genommen.«

»Die Funker haben sie auch abgesondert«, betonte Mandamus.

»Ich glaube, Bleveans helfen Herrn Janney«, sagte Endo. Er ließ sich offensichtlich gehen; Hisako erblickte seine gelöste Krawatte und einen offen stehenden oberen Knopf.

»Könnte sein«, stimmte Broekman ihm zu.

»Aber was sollen wir tun? Das ist hier die Frage.« Mandamus wirkte, als sei er mit der Verantwortung für alles beladen.

»Sie meinen«, sagte Broekman, »ob wir versuchen sollten, zu fliehen?«

»Einen Tunnel graben?« Hisako konnte nicht widerstehen. Sie sahen sie an. »Verzeihung.«

»Also, das ist *keine* unserer Optionen«, erwiderte Broekman grinsend. »Aber sollen wir einen Fluchtversuch erwägen?«

»Hängt von ihren Absichten ab«, sagte Mandamus und sah zu dem Mann hinter der Bar.

»Sie uns noch nicht töten«, sagte Endo lächelnd.

»... und wir getrennt«, sagte Mandamus gerade. »Sie haben zwar nicht *gesagt*, daß sie andere töten, wenn jemand zu fliehen versucht, aber ich glaube, man muß davon ausgehen, daß das implizit gemeint war. Wir leben in einem Zeitalter, in dem die Etikette bei Belagerungen und Geiselnahmen – wie man sagen könnte – Allgemeingut geworden ist. Sie gehen davon aus, daß wir die Regeln kennen. Ich meine, daß wir diese Annahmen bedenken müssen, bevor wir irgendwelche übereilten Schritte unternehmen.«

»Die Etikette von *Geiselnahmen?*« Broekman drohte zu ersticken. »Wovon reden Sie überhaupt; von der Aufführung eines Avantgarde-Theaters, oder was? Diese Bastarde drohen damit, Hackfleisch aus uns zu machen, und Sie sprechen über *Etikette?*«

»Eine Ausdrucksweise, Herr Broekman.«

Sie gab es auf, ihrem Gespräch zu folgen. Sie erhob sich und sah zur Tür, als diese sich öffnete. Mehr von der Mannschaft der *Le Cercle*; Marie Boulard kam zu ihr, und sie umarmten sich. Das Haar der kleinen Französin roch nach Rosen; ihre Haut nach ... irgendeinem Allotrop normalen menschlichen Schweißes; Angst möglicherweise. Hisako sah gespannt zur Tür, aber sie schloß sich wieder. Marie küßte sie auf die Wange, setzte sich dann neben Mandamus, der ihr die Hand tätschelte. Der Chief der *Le Cercle*, Viglain, stand vor Hisako, groß, und nahezu leichenblaß, und nach Gitanes riechend. Er faßte sie ruhig an den Schultern und verkündete mit seiner überraschend tiefen Stimme: *»Il viendra.«*

Sie nickte. *»Je comprends.«* (Dachte aber, *Woher* weiß *er, daß er kommt?*)

Viglain setzte sich zu Marie Boulard.

Sie beobachtete, wie sich Broekman mit einem der koreanischen Crew-Mitglieder der *Nakado* eine Zigarette teilte und wünschte, sie würde rauchen.

Nach ihrer Uhr vergingen noch mal zwanzig Minuten, bevor sie Philippe und den Rest der Crew reinbrachten. Sie lief zu ihm, warf ihre Arme um ihn. Die bewaffneten Männer drängten sie weiter in die Lounge.

Sie versicherten sich gegenseitig, daß es ihnen gut ging, und setzten sich zu den anderen. Philippe und Broekman begannen sich darüber zu unterhalten, was wohl vorginge. Sie hörte nur halb zu, wollte aber eigentlich nur dasitzen, und Philippes Hand halten oder den Kopf auf seine Schulter legen. Seine tiefe Stimme lullte sie ein.

Sie wurde sanft wachgerüttelt. Philippes Gesicht sah sehr groß und warm aus. Er hielt sie auf seltsame Weise am Handgelenk. »Hisako-*chan*, sie wollen unsere Armbanduhren.« Er streichelte mit dem Daumen ihr Handgelenk. Sie mußte ihn bitten, zu wiederholen, was er gesagt hatte. Es war immer noch Nacht; in der Lounge war es warm. Genosse Major Sucre stand vor ihr, das Sturmgewehr am Riemen über der Schulter. Er hatte eine schwarze Plastiktüte in der Hand. Philippe nahm seine große Taucheruhr ab und warf sie in den Schlund der Tüte, die Sucre ihm hinhielt. Sie sah auf ihre Uhr; sie hatte weniger als 15 Minuten gedöst. Sie fummelte am Armband der kleinen Casio herum und fragte sich, wo sie ihre Taucheruhr gelassen hatte. Wahrscheinlich in Philippes Kabine.

»Keine Sorge, Lady«, sagte Sucre. »Sie kriegen sie zurück, wenn wir hier fertig sind.«

»Warum wollen Sie unsere Uhren?« sagte sie, und spürte, wie ihr bei den Worten der Atem stockte. Das Armband sträubte sich. Sie schnalzte mißbilligend mit der Zunge und lehnte sich nach vorn; dann hielt Philippe ihre Hand, half ihr.

»Heh«, fragte Sucre. »Sie diese Geigerin?«

Als das Armband endlich aufging, blickte sie auf und blinzelte. »Cellistin«, sagte sie, während sie die Uhr zu den anderen in die Tüte tat. »Ich spiele Cello.« Erst da erkannte sie, daß sie gar nicht an das Instrument gedacht hatte; natürlich könnte es in Gefahr sein. Sie formulierte eine Frage, um sich nach seiner

Sicherheit zu erkundigen, überlegte es sich dann aber anders.

»Ich hab von Ihnen gehört«, sagte Sucre. »Ich wette, ich habe Ihre Platten gehört.«

Sie lächelte. Sucre hatte sich das Schwarz im Gesicht fast ganz abgewischt. Darunter sah er jung aus; ein schmales Hispano-Gesicht.

»Genosse Major«, sagte Broekman, als er seine Uhr in die Tüte legte. »Ich nehme nicht an, daß Sie uns sagen werden, was Sie hier tun, oder?«

»Häh?«

»Warum tun Sie das? Warum besetzen Sie die Schiffe?«

»Ist Freie Panamesische Marine«, erklärte Sucre lachend. Er ging weiter, um die Uhren der anderen an sich zu nehmen. »Woher sind Sie?«

»Südafrika«, sagte Broekman.

Sucre schlenderte zurück. »Sie Faschist?« fragte er. Hisako spürte, wie ihre Handflächen zu schwitzen begannen.

Broekman schüttelte den Kopf. »Als ich da lebte, nannten sie mich einen Kommunisten.«

»Sie mögen Schwarze?«

Broekman zögerte. Hisako konnte erkennen, wie er seine Erwiderung abfaßte. »Ich mag niemanden automatisch, Genosse Major; schwarz oder weiß.«

Sucre dachte darüber nach, nickte abwesend. »OK«, sagte er und bewegte sich weiter. Hisako atmete aus.

Von einem Teil des Preisgeldes kaufte sie ein neues Cello. Sie nahm ihr altes Cello mit nach Hokkaido in die Winterferien, ließ das neue in der Akademie, und wußte nicht genau, warum sie das tat. Hisako mußte eine Entscheidung treffen. Sie könnte auf der Akademie bleiben, oder zur *Todai* – Tokyo-Universität – gehen, dem hell leuchtenden Ziel eines jeden japanischen Kindes, für das so manche Träne vergossen wurde. Sie hatte Menschen gekannt, denen das Herz gebrochen war, als sie nicht in Tokyo angenommen wurden. Immer wieder hörte man von Leuten, die sich umbrachten, weil ihre Noten nicht ausreichten, oder weil sie gescheitert waren, als sie aufgenommen wurden und das Studium zu schwer fanden.

Wollte sie das? Englisch an der *Todai*. Noch vor einigen Jahren wäre es absurd erschienen, aber ihre Noten hatten sich stark verbessert; und sie hatte, ehrlich gesagt, keine Ahnung warum. Sie glaubte, daß sie es wahrscheinlich schaffen könnte; sie war eine gute Schülerin geworden, und sie bewies den Enthusiasmus, den sie für notwendig hielt, um sie durchzubringen.

Aber war sie bereit für den Druck? Wollte sie wirklich Diplomatin oder Beamtin, Lehrerin oder Übersetzerin werden? Oder irgend jemandes hochqualifizierte Ehefrau? Nichts davon reizte sie. Zum einen wollte sie vor allem nicht reisen; was die Diplomatie oder die Heirat mit einem Diplomaten ausschloß; bei dem Gedanken, ein Flugzeug zu besteigen, wurde ihr immer leicht übel. Und sie wollte Englisch lesen und sprechen, weil es ihr Spaß machte, und nicht, weil es ihr Job war.

Aber sie wußte auch nicht, ob sie für ihren Lebensunterhalt Cello spielen wollte. Sie liebte auch das, und glaubte, sie sei gut genug, um sich einem Orchester anzuschließen, aber hier tauchte dasselbe Problem auf; alles, was sie so sehr liebte, könnte verdorben werden, wenn es zu ihrer Arbeit würde.

Als ob sie sich ablenken wollte, war sie sehr sportlich geworden, verbrachte mehr Zeit in der Sporthalle der Akademie, als ihre Cellolehrer angemessen fanden. Sie ging ganz in den sich entwickelnden Fähigkeiten ihres Körpers auf.

Diesen Winter war die Reise mit der Fähre in den Norden eine wilde, rauhe Angelegenheit, aber sie saß eine Zeitlang draußen, preßte ihren alten Cellokasten an sich, ihre Zähne klapperten, ihre Hände waren rauh und rot in ihren Fäustlingen, auf ihren Lippen den Nachgeschmack der salzigen Gischt, und auf ihrem Gesicht kalter und körniger Schweiß, während das Schiff stampfte und rollte, und die weißen Wellen stürzten und drängten, und auf die Fähre einschlugen wie ein Sumo-Ringer, der einen anderen aus dem Ring ohrfeigt.

Ihre Mutter wirkte plötzlich gealtert. Hisako saß mit alten Freunden in den Cafés von Sapporo und fand, daß sie ihnen wenig zu sagen hatte. Sie ging zum Eisfestival, fand es aber grotesk. Sie fuhr ein wenig Ski, verstauchte sich aber zu Beginn der Ferien den Knöchel, und verbrachte den Rest entweder im Bett oder mit Herumhumpeln.

Sie besuchte Herrn Kawamitsu. Es war lange her, daß sie ihn besucht hatte, sie hatte immer Ausreden gefunden. Einmal zuvor hatte sie ihn angerufen, nachdem sie ihn aufgespürt hatte, und erkannte, daß sie erleichtert war, als er nicht da war. Aber diesmal ging sie voller Hoffnung, und er reagierte auf das Klingeln.

Herr Kawamitsu freute sich, sie zu sehen. Sein Appartement roch nach *yuzu* und neuen Tatami-Matten. Frau Kawamitsu hatte ihnen Tee gemacht.

Sie sprachen über Jacqueline du Pré. Herr Kawamitsu glaubte, daß Hisako eine fernöstliche du Pré sein könnte. Hisako lachte nervös, die Hand vor dem Mund.

»Oh ... Judo, Karate, Kendo ... Sie sind ein *ninja* geworden, Hisako«, sagte Herr Kawamitsu, als sie ihm von ihren neu entdeckten Interessen erzählte.

Sie beugte lächelnd den Kopf.

»Aber für eine junge Frau ist das nicht sehr feminin«, sagte er zu ihr. »So ... aggressiv. Werden Sie nicht alle Jungen verschrecken?«

»Vielleicht«, gab sie zu, während sie immer noch auf

den Boden starrte. Sie spielte am Baumwollrand der Tatami herum.

»Aber vielleicht ist das gar nicht so schlecht, wenn Sie eine große Cellistin werden wollen?«

Sie biß sich auf die Lippe.

»Wollen Sie eine große Cellistin werden, Hisako?« fragte Herr Kawamitsu formell, als sei das Teil einer Tempelzeremonie.

»Ich weiß es nicht«, sagte sie, als sie zu ihm aufsah und sich plötzlich sehr jung und irgendwie klar fühlte, und sah, wie auch Herr Kawamitsu gealtert war. Sie fühlte sich überschwenglich und rein.

Herr Kawamitsu nickte gewichtig und goß noch Tee ein.

Auf der Fähre zurück saß sie wieder draußen, beobachtete die stampfende, aufgewühlte See, und die dunklen Schleier entfernter Gewitter. Wieder umklammerte sie den Cellokasten, sah über das leere Deck hinaus auf die kalte, aufgewühlte See, ihr Kinn an die Seite des billigen – für sie aber wertvollen – Cellos gelehnt, und zitterte im Sekundenabstand.

Nach einer Weile stand sie auf, bewegte sich auf dem schwankenden Deck unstet zur Reling, hob das Cello in seinem Kasten über den Kopf, und warf es ins Wasser. Es fiel flach auf die Wellen und traf mit einem Schlag auf, den sie gehört zu haben glaubte. Es trieb ab, fiel achteraus, wurde auf der kalten, grauen See durchgeschüttelt und weggeblasen wie ein seltsames gekentertes Boot.

Sie bekam Probleme; jemand sah den Kasten im Wasser und glaubte, es wäre eine Leiche. Die Fähre wurde langsamer und wendete, legte sich alarmierend auf die Seite, als sie sich mit der Breitseite in den Sturm drehte, und Kurs zurück nahm. Zu dem Zeitpunkt bekam sie das kaum mit; sie hatte sich schluchzend in eine Toilette eingeschlossen.

Die Fähre war sowieso weit hinter dem Fahrplan zurück, verlor aber ein paar weitere Stunden, als sie ihren Kurs zurück verfolgte, um die ›Leiche‹ zu finden. Unglaublicherweise fanden sie in dieser stürmischen See den alten Kasten, der fast vollständig untergetaucht im Wasser tanzte, nur das obere Ende war zu sehen. Sie befestigten ein Seil dran und zogen es an Bord. Im Innern befand sich Hisakos Name. Man informierte die Akademie. Sie bestraften sie mit zusätzlichen Pflichten im Internat und Nachsitzen am Sonntag.

Das alte Cello war natürlich ruiniert, aber sie behielt es und dann, eines Sonntags im Frühjahr, nachdem ihre Strafe vorbei war, und während die Kirschblüte die Parks von Tokyo rosa färbte, nahm sie das vom Wasser verzogene Cello und seinen vom Salz fleckigen Kasten mit in den Zug nach Kofu, erstieg den kahlen Gipfel eines Berges nördlich der Fünf Fuji-Seen, und auf einer Lichtung äscherte sie – unter Verwendung diverser Dosen Feuerzeuggas – das Instrument in seinem verbeulten, verzogenen Sarg ein.

Das Cello ächzte, knarrte und krachte, als es starb, und die Saiten knallten wie Peitschen. Flammen und Rauch wirkten blaß und immateriell vor den ausschlagenden Bäumen und dem hellen Himmel, aber die erhitzten Dämpfe, die durch die klare frische Frühlingsluft aufstiegen, ließen den Fuji erzittern.

Die Krieger bewegten sich zwischen den Menschen, die in dem großen Saal eingeschlossen waren. Sie saß bei Philippe. Der Raum war wie ein großer Ballsaal mit einer komplizierten Decke. Metallträger ragten hoch über ihre Köpfe hinaus, gelb und grau gestrichen, aber wenn sie genauer hinsah, war sie sich nicht sicher, ob sie die Glasscheiben stützten oder nicht. In dem riesigen Saal gab es Wasserbecken und Baumgruppen und kleine von Büschen und Blumen bedeckte Hügel, und nackte Frauen, die Handtücher trugen, bewegten sich langsam in der Ferne. Nebel stiegen von dem warmen

Wasser in den Becken auf, drehten sich um rote zeremonielle Bögen, die wie Buchstaben eines fremden Alphabets in den unregelmäßigen Wellen standen. An einem schwarzen Strand, neben einem leicht dampfenden Pool, lagen lächelnde Leute in einer Reihe, und wurden langsam mit dunklem Sand zugedeckt.

Draußen im Pool, dessen Oberfläche von den aufsteigenden Windungen des Dunstes halb verdeckt wurde, tauchte eine Frau auf; sie trug eine schwarze Badekappe, über ihren Augen eine Chlorbrille und auf der Nase eine Nasenklemme. Sie schaukelte auf dem Wasser und gab ein trauriges, pfeifendes Geräusch von sich. In ihrer Hand, zwischen Daumen und Zeigefinger, hielt sie etwas Kleines, Schimmerndes und Weißes.

Sie wandte ihren Blick von der Frau ab. Am Strand wurden sie immer noch vom schwarzen Sand zugedeckt; Bademeister in gelben Uniformen häuften mit Plastikschaufeln das dunkle Zeug auf die lächelnden und schwatzenden Leute, und begruben sie langsam. Sie sah auf zur Uhr, hoch oben in der Kuppel, aber die war halb geschmolzen, wie ein Gemälde, und um 8:15 Uhr stehengeblieben. Sie sah auf ihre eigene Uhr, aber die zeigte dieselbe Zeit.

Die Krieger kamen näher, sammelten Stücke der Menschen ein.

Auf dem Hügel außerhalb des großen gläsernen Saales konnte sie eine Burg erkennen. Im Ballsaal war es warm, aber draußen lag Schnee. Die massiven, dunklen Steine der Burg waren begrenzt von Weiß, und auf jeder Ebene der aufsteigenden Dächer – wie die Flügel einer großen, schwarzen, im Flug eingefrorenen Krähe – lag Schnee, der die große Silhouette der Burg mit dem milchigen Himmel verschmelzen ließ.

Die Krieger kamen zu ihr und Philippe. Sie trugen lange, steife Röcke in Braun und Grau, und ihre Gesichter waren von langen Gittermasken verdeckt; in beiden Händen hielten sie lange Rohrstöcke. Sie berührten die Menschen mit den Stöcken, wodurch sie die Körperteile, die sie berührten, in Gold verwandelten. Sie berührten sie an der Hand oder am Fuß, am Arm oder am Bein, sie berührten ihren Rumpf oder ihren Kopf. Wo immer sie jemand berührten, nannten sie den Körperteil, den sie berührten, beim Namen. Dieser Teil verwandelte sich in Gold, der Rest blieb unversehrt. Die unversehrten Teile lagen unbeweglich und trocken auf den Kacheln, oder zuckten nur leicht. Den Stockschwertträgern folgten Krieger, die die goldenen Körperteile in einem großen Sack einsammelten, und sich dabei entschuldigten.

Dem schwimmenden Jungen wurde ein Bein entfernt, dem fetten Pharao der Kopf (er saß, enthauptet, ein weicher rosa Stumpf, da wo sein Kopf gesessen hatte, und trommelte ungeduldig mit den Fingern auf die Kacheln am Rand des Pools), dem kleinen Bruder die Arme, dem schwarzen Mann der Rumpf (seine Gliedmaßen versuchten immer wieder, sich im richtigen Muster anzuordnen, als ob sein Körper noch vorhanden wäre, aber jedesmal, wenn es so aussah, als würde es ihnen gelingen, zuckte ein Arm oder ein Bein ein wenig und verdarb so die ganze Wirkung, und ein Ausdruck von Ärger ging über das Gesicht auf dem rumpflosen Kopf).

Die Krieger beugten sich zu ihnen, berührten Philippes Füße und dann ihre Hände. Ihre Hände glänzten golden im Licht und fielen ihr in den Schoß. Einer der Männer mit dem Sack hob sie auf, und warf sie mit einem dumpfen Klang in dessen dunkle Tiefen. Sie sah hinunter zu ihren Handgelenken, die ganz rosig und wie neu aussahen, die Stümpfe rochen wie Babyhaut. Ihre Uhr war abgefallen und lag nun auf dem gekachelten Boden. Sie zeigte immer noch 8:15 Uhr. Sie kickte sie in den dampfenden Pool; über die Affen, die sich um seinen Rand drängten. Die Uhr flog weit und verschwand in den Nebeln. Sie hörte ein Platschen.

Die Reihe lächelnder Menschen auf dem schwarzen Sand war inzwischen von Kopf bis Fuß zugedeckt worden. Sie schnatterten wie die Vögel, obwohl sie nicht hören konnte, was sie sagten. Die gelbuniformierten Bademeister wirkten müde und bedrückt. Philippe streichelte ihren Rücken, brachte sie dazu, sich ein wenig zu krümmen.

Durch die Dampfwolken auf der anderen Seite des Saals sah sie einen goldenen, bärtigen Buddha auf einem kleinen Hügel stehen, umstanden von Bäumen. Eine der tauchenden Frauen erhob sich, in einen schwarzen Badeanzug gehüllt, aus dem Wasser, hielt eine Gesichtsmaske und einen Eimer aus Holz. Die Frau kam zu ihr herauf und nahm etwas aus dem Eimer; es war ihre Uhr. Die Frau gab ein leises Pfeifen von sich. Sie dankte der Frau und versuchte die Uhr anzulegen, konnte es aber nicht. Sie stand immer noch auf 8:15 Uhr, obwohl sie sie ticken hören konnte. Sie brauchte Hände, um sie anzulegen.

Sie lief den Kriegern nach, nahm einem von ihnen den Sack ab und begann, darin herumzuwühlen; auf der Suche nach ihren Händen. Es gab so viele, daß es schwierig war, aber schließlich fand sie sie; es waren die leicht geschmolzenen. Sie paßten perfekt. Ein Krieger kam herbei und wollte sie schlagen, aber sie nahm ihm den Stock ab, und schlug ihm auf den Kopf. Er fiel ins Wasser. Alle Krieger fielen ins Wasser, nahmen den Sack mit; er versank schnell.

Von hinten kam ein schreckliches Schreien, und sie drehte sich um, hielt dabei immer noch das blutige Schwert. All die Menschen, die sie hinter sich gelassen hatte, krümmten sich auf dem Boden, ihr Blut, das aus ihren verstümmelten Gliedern heraussprudelte, verschmierte die gelben Kacheln.

Die Reihe von Menschen am Strand war vollständig begraben; nur eine lange Reihe Hügel im schwarzen Sand.

Der Himmel über den grauen Metallträgern der Kuppel war schwarz geworden.

Als sie sich umdrehte, war das Wasser in den Becken rot und dick geworden, und sie konnte ihre Hände nicht fühlen; auch nicht ihre Arme. Das Schwert fiel ihr aus der Hand und klirrte auf den Fliesen. Eine große rote Fontäne barst plötzlich aus der geschwollenen Oberfläche des Pools. Ein schreckliches, klagendes Geräusch füllte die Luft. Sie roch Eisen.

Philippe streichelte ihren Rücken, nannte sie beim Namen, und sie erwachte auf einer Couch in der Lounge des Schiffes. Es war dunkler als zuvor und still; niemand sprach. Am hellsten war es an der Bar, wo das Licht von den Flaschen und Gläsern und dem Lauf des Maschinengewehrs vor dem Wächter reflektiert wurde. Sie erinnerte sich nicht daran, auf der Couch eingeschlafen zu sein. Sie mußte sich umgedreht haben, während sie schlief; ihre Arme waren unter ihr eingeklemmt, und die Blutzufuhr war abgeschnitten. Sie versuchte, sich wieder umzudrehen, während Philippe sie fragte, ob es ihr gut ginge; sie hätte eigenartige Laute von sich gegeben. Ihre nutzlosen Arme kribbelten und pulsierten, als das Blut in sie zurückkehrte; es brannte wie Säure in den Venen.

6

Sal Si Puedes

Der *aguacero* kam gegen Mittag; ein schnelles Verdunkeln des leicht bewölkten Himmels, das Geräusch des Windes um das Schiff, das schnell zunahm. Dann der Sturm selbst, er spritzte Wasser gegen das Fenster, heulte um die Aufbauten, und das Schiff begann leicht zu rollen; legte sich erst auf die eine, dann auf die andere Seite, ohne Rhythmus, während der Wind wirbelte und die Richtung wechselte und Böen das Schiff über den See trieben, es mit dem Vordersteven gegen die Boje um die Ankerkette drehten, daß es angebunden lag wie ein Bulle mit Nasenring an einem Pfosten.

Sie alle hatten während der Nacht geschlafen, die meisten unruhig. Es war warm und stickig und unbequem. Die Klimaanlage des Schiffes war zwar in Betrieb, kämpfte aber mit der Hitze, die die schiere Dichte der in der Lounge zusammengepferchten Körper erzeugte. Durch die Zigaretten der Marokkaner und Algerier war die Luft verraucht; die Raucher hatten sich so zusammengefunden, daß es wie eine Art Rassentrennung wirkte, und saßen am weitesten von der Bar entfernt. Dennoch trieb ihr Rauch durch die Lounge. Broekman ging zu ihnen, und saß ein paarmal bei ihnen; zuerst um seine zwei Zigarren zu rauchen, die er zufällig bei sich hatte, als er von der *Nakado* geholt wurde, dann, um Zigaretten zu schnorren.

Hisako hatte das Privileg, auf der Couch zu schlafen, wie auch Marie Boulard. Ein paar andere hatten Kissen von Sesseln und Sofas. Die *venceristas* hatten ein paar Decken und Laken und Kopfkissen aus den Kabinen gebracht, so daß die meisten Leute etwas hatten, womit sie sich zudecken konnten, wenn sie wollten. In der Hitze der Lounge kamen die meisten ohne aus.

Spät am Abend führten die Bewaffneten einen der größeren Algerier ab. Die Leute blieben noch wach, um zu sehen, ob er wiederkäme. Er kam, hielt das hintere Ende von Gordon Janneys Trage; Kapitän Bleveans trug das vordere. Frau Bleveans führte die Gruppe herein, gefolgt von zwei *venceristas*. Janney winkte von der Trage, und sagte den Leuten, daß es ihm gut ginge, wirklich. Sein Kopf war bandagiert, auf der rechten Seite seines Gesichts reichte ein blauer Fleck vom Kinn bis zur Augenbraue. Sie stellten die Trage zwischen zwei Sesseln ab und machten auf einer Couch ein Bett für Frau Bleveans.

Der Kapitän der *Nadia* vergewisserte sich, daß seine Frau versorgt war, und schloß sich dann Philippe und Endo an. Hisako saß neben Philippe; nach ihrem Alptraum hatte sie nicht mehr einschlafen können. Broekman lag in der Nähe eingekuschelt unter einem Laken und wirkte eigenartig kindlich. Herr Mandamus lag unter einem anderen Laken auf dem Rücken, wie ein dünner Mann, der von einem großen Sack auf den Boden gepreßt wurde. Philippe und Endo erzählten Bleveans – mit Hisakos Hilfe –, was sich auf den anderen Schiffen ereignet hatte.

»Also keine weiteren Opfer?« fragte Bleveans.

»Nein, Kapitän«, sagte Philippe. Sie saßen unter einem Fenster in der Nähe einer Ecke der Lounge, auf der Höhe der Bar und fünf Meter von ihr entfernt, wo einer der *venceristas* saß – das Maschinengewehr ruhte auf ihrer polierten Oberfläche – und eine Cola trank.

Endo beugte sich nach vorn, ein wenig näher zu Bleveans. »Herr Orrick ... nicht bei uns.« Er rückte wieder zurück.

Bleveans sah Philippe und Hisako an. »Sie brachten ihn weg?«

»Sie haben ihn überhaupt nicht erwischt, glauben wir«, erwiderte Hisako.

»Hmmm.« Bleveans rieb sich müde den Nacken, und sah auf den Boden. Hisako hatte zuvor nicht bemerkt, daß er kahl wurde.

»Und die Funker«, sagte Philippe. »Sie sind nicht hier.«

»Yeah, sie halten sie alle drei zusammen in unserer Funkkabine fest«, sagt Bleveans. »Um vorzutäuschen, alles sei normal, verstehen Sie; als wären sie alle auf ihren Schiffen.«

»Wie geht es Herrn Janney?« flüsterte Hisako.

Bleveans zuckte die Achseln. »Ich glaube, er hat eine Gehirnerschütterung. Normalerweise würde ich ihn ins Krankenhaus bringen.«

»Männer Ihnen sagen«, sagte Endo, »warum das hier?«

»Nein«, Bleveans runzelte die Stirn. »Aber ... sie schienen ... ah ... sich über etwas zu ärgern ... aufzuregen, das sie in den Nachrichten gehört haben.« Er rieb sich wieder den Nacken. »Wir waren in meiner Kabine, und die Tür stand offen ... und wir konnten hören, daß sie CNN ... vielleicht Kanal 8 auf der Brücke eingeschaltet hatten; dort ist ihre Kommandozentrale, soweit ich das ausmachen kann. Logisch, denke ich. Egal; klang wie Nachrichten und etwa in der Mitte ... es war wie in einer Bar, wenn das örtliche Team ausscheidet, verstehen Sie?« Endo sah verständnislos drein; Philippe runzelte angestrengt die Stirn. Hisako übersetzte für Endo, während Bleveans es für Philippe neu formulierte. »Als wenn sie schlechte Nachrichten bekommen hätten«, fuhr Bleveans fort. »Und noch was ...« Er lehnte sich zurück, um seine Schultern zu entspannen, aber auch, um dabei einen Blick auf die Wache hinter der Bar werfen zu können. »Sie sprechen mit noch jemand. Um sich untereinander zu verständigen, benutzen sie ihre eigenen Funkgeräte … ein paar von ihnen sind auf der *Nakado*, vermute ich, aber … Sie denken, daß sie alle von der *Le Cercle* kamen?« Bleveans sah Philippe an, der nickte.

»Ich habe sie gezählt, als sie alle zusammen waren; und auch zwei von meiner Crew sahen sie im Boot, und es waren sechs. Alle sechs kamen mit uns zur *Nadia*.«

»Das macht zwei Gruppen … und ihr Oberkommando, oder die nächsthöhere militärische Ebene; am Ufer, denke ich. Es scheint, als würden sie mit denen anders reden.«

»Wie anders?« fragte Philippe.

»Ich weiß nicht, langsamer, glaube ich.«

»Vielleicht haben die *venceristas* eine Niederlage erlitten«, sagte Hisako und sah sie dabei nicht an.

»Wie war das, Ma'am?« fragte Bleveans.

»Oh. Als sie so aufgeregt klangen, während sie die Nachrichten hörten. Vielleicht haben die *venceristas* eine Schlacht verloren, oder jemand von ganz oben wurde gefangen genommen oder getötet.«

»Könnte sein«, stimmte Bleveans zu.

»Was mit … Kongreßabgeordneten?« fragte Endo, der dabei mit dem Wort zu kämpfen hatte.

»Was hat da …?« Bleveans war nach vorne gerückt, um Endo besser verstehen zu können, stockte und nickte nur. »Hmmm.«

»Ja«, sagte Hisako und blickte Philippe an. »Sie sollten uns morgen überfliegen.« Sie blickte auf die Uhr, um zu sehen, ob es nach Mitternacht war, aber natürlich hatten sie ihr die Uhr abgenommen. Zumindest das war kein Traum gewesen. »Heute, wenn es nach Mitternacht ist.« Sie sah die anderen um sich herum an. »Ist es?«

»Ja«, Philippe nickte. »Fast halb fünf am Morgen; ich glaube, sie wechseln die Wachen im Vier-Stunden-Rhythmus, und der letzte Wechsel ist nicht lange her.«

»Also ist es heute«, sagte Bleveans und trommelte mit einem Finger auf den Boden. »Das Flugzeug soll uns heute überfliegen.« Er sah Philippe und Endo an. »Was meint Ihr, Jungs, BLR?«

»Pardon?«

»Wakarimasen.«

Hisako übersetzte Boden-Luft-Raketen für Endo; Bleveans benutzte Philippe gegenüber lieber die Worte als ihr Akronym. Beide nickten und blickten besorgt.

»Ich nicht sehen irgendwelche … *beler*«, sagte Endo zu Bleveans.

»Genau«, pflichtete ihm Philippe bei. »Was ich von ihren Waffen gesehen habe, sind … Gewehre, Granaten.«

»Ich auch«, sagte Bleveans. Er blickte kurz zu Hisako. »Nur eine Überlegung. Aber wenn sie darauf aus sind, würden sie meiner Meinung nach die schweren Waffen draußen lassen; außerhalb unseres Blickfeldes.«

»Auf der *Nakado?*« wagte sich Hisako vor.

»Mm-hmm«, Bleavans gähnte und nickte. »Yeah, eher auf der *Nakado* als auf der *Le Cercle*. Sicherer, Raketen von dort abzufeuern, als von einem Tanker voller Treibstoff.«

»Sie glauben, die Flugzeug abschießen?« fragte Endo leise.

»Schon möglich«, sagte Bleveans.

»Ich glaube, ist sehr gefährlich«, sagte Philippe und runzelte die Stirn.

»Könnte mal eben Weltkrieg Drei auslösen, Herr Ligny«, sagte Bleveans und nickte zustimmend. »Yeah, das würde ich gefährlich nennen. Wenn es das ist, was sie zu tun beabsichtigen.« Er rieb sich die Augen und schniefte. »Schon jemand irgendwelche Fluchtpläne erwogen?«

»Nein«, sagte Philippe.

»Hmmm. Ich vermute, daß sie auch diesen Teil ziemlich gut durchdacht haben.« Er streckte sich wieder, blickte sich kurz um. »Uns unsere Bewegungsfreiheit zu lassen, ist eine Gefälligkeit; es gibt uns etwas, das wir zu verlieren haben. Diese Hocker vor der Bar zu postieren, wird es unmöglich machen, sich auf den Typ dahinter zu stürzen ... außer, wenn wir schwere Verluste hinnehmen wollen. Wir könnten eine Ablenkung versuchen, aber ... ich habe das Gefühl, daß das in den Filmen immer leichter aussieht, als es wirklich ist.«

»Ist das nicht mit allem so?« platzte Hisako heraus und legte dann die Hand an den Mund.

»Ich denke schon, Ma'am.« Er stand langsam auf. »Sie lassen uns die Pütze benutzen?«

»Ja«, antwortete Hisako, als die beiden Männer verständnislos guckten.

Philippe verstand. Er schüttelte den Kopf. »Ich hab's überprüft, Kapitän; ich glaube nicht, daß da Ausweg ist.«

Bleveans lächelte, während er auf die Beine kam. »Das habe ich mir auch gedacht, Philippe; ich will nur noch mal pissen gehen, bevor ich abtrete, verstehen Sie? Entschuldigen Sie mich.« Er nickte ihnen zu und ging davon, schwang langsam die Arme, faßte sich abwechselnd an die Schultern. Er machte eine Art halben Salut zu dem *vencerista* hinter der Bar, der als Erwiderung mit der Colaflasche winkte.

Todai darf man nicht auf die leichte Schulter nehmen; es ist Der Ort, Harvard, Japans Oxford und Cambridge; so gut wie eine Garantie für einen Job im diplomatischen Dienst, bei der Regierung oder für den schnellen Aufstieg eines *zaibatsu*. In einem Land, das mehr als jedes andere in der Geschichte von Bildung besessen ist, ist die Tokyo-Universität der höchste Gipfel. Dennoch kam sie mit Leichtigkeit durch. Sie war gewachsen, im letzten Moment in die Höhe geschossen, wurde schnell schlaksig, ihr Ureingeborenen-, ihr

Ainu-Erbe hatte sie wieder eingeholt. Immer noch kleiner als die meisten *gaijin,* gewöhnte sie sich daran, auf den normalen japanischen Mann hinunterzublicken. Sie schwamm, wanderte, ging ein paarmal zum Segelfliegen und gelegentlich zum Segeln. Sie betrieb auch weiterhin ihre japanischen Sportarten; den Weg der Sanftheit; die offene Hand; Bogenschießen; Kendo. Finanziert wurden diese Aktivitäten mit dem Geld, das sie von einem Streichquartett erhielt, welches sie mit gegründet hatte; sie waren beliebt und erhöhten ständig die Gagen, um die Nachfrage gering zu halten. Sie wußte, daß sie nicht genug übte, und bestand unzählige Examen nur knapp, denn wie clever und energisch man auch war, stand dennoch jeden Tag nur eine bestimmte Menge Zeit zur Verfügung. Sie trachtete immer noch danach, mit Leichtigkeit durchzukommen, damals und später, und versäumte nie eine Nacht oder auch nur eine Stunde Schlaf wegen eines Examens, während ihre Freunde, und die anderen in ihrer Umgebung viel bessere Noten bekamen, und sich vor Sorge krank machten.

Sie wußte, daß sie sich keine Sorgen zu machen brauchte; sie würde sich durch alles lavieren, man würde sie trotzdem entdecken, und bei ihrem Abschluß würden die Berge erzittern. Das dachte sie manchmal, in ihren wildesten Momenten, wenn sie mit ihren Freunden zuviel Bier getrunken hatte. Sie würde überleben, sie würde immer überleben. Immerhin war sie klug und stark und wie es in den Texten der *gaijin* oder in einer Spieldose der *gaijin* hieß; sie würde durchkommen.

Eine Zeitlang hatte sie nur drei Probleme. Zwei wurden in einer Nacht gelöst. Nach reiflicher Überlegung, nachdem sie beschlossen hatte, daß sie nicht die Art Liebe brauchte, von der alle anderen sagten, daß sie sie bräuchten, oder zu brauchen glaubten, zumindest nicht die Art Liebe, die man nicht von einer Mutter oder ein paar engen Freunden bekommen konnte, oder gegenüber einem Musikstück oder seiner Heimat empfinden konnte, hatte sie beschlossen, sich verführen zu lassen, und einem *gaijin* die Verführung zu überlassen.

Er hieß Bertil, und er kam aus Malmö in Schweden: zwei Jahre älter als sie, verbrachte er ein Jahr am Sprachcollege in Tokyo. Er war blond – das liebte sie – und eigenartig komisch, wenn man erst mal unter die Schale aus lustloser, skandinavischer Düsterkeit gedrungen war. Sie zupfte sich immer noch die Augenbrauen, und rasierte ihre Arme und Beine, fand sie haarig und schrecklich, aber als sie zu dem Love Hotel in Senzoku kamen, und er sie auszog – sie hatte ihm gesagt, daß sie noch Jungfrau war, sie hoffte daß ihm ihr Zittern nicht die Lust nehmen würde – streichelte er ihr Schamhaar (und dabei dachte sie plötzlich: *O nein! Die einzige Stelle, an der ich mich nicht rasiert habe! Und das da unten ist ein Wald!*) und sagte … gut, sie war zu nervös, um sich an den genauen Wortlaut zu erinnern, aber es waren entzückte, bewundernde Worte … und das eine Wort, das sie nicht vergessen hatte, das sie noch ein Vierteljahrhundert später nicht ohne einen wohligen Schauder hören konnte; das Wort, das fast zum Synonym für dieses Gefühl sanften, sinnlichen Streichelns geworden war, war das Wort – wie zufrieden er es ausgesprochen hatte, als es ihm eingefallen war! – *prachtvoll* …

Eine Woche später mußte Bertil nach Schweden zurück; der Abschied war erregend bitter-süß. Sie warf ihren Rasierapparat weg.

Was nur ein Problem übrig ließ; sie haßte den Gedanken ans Fliegen. Sie schlenderte manchmal raus nach Narita, wo sie die Jets bei Abflug und Landung beobachtete. Das gefiel ihr, das war keine Qual. Aber der Gedanke daran, tatsächlich ein Flugzeug zu besteigen, erfüllte sie mit Schrecken.

Sie nahm am Vorspielen für das NHK teil, dasselbe

Orchester, das sie in Sapporo gehört hatte, als sie ein kleines Kind gewesen war und beschlossen hatte, daß sie ein Cello wollte. Das *machte* sie nervös.

Aber ihr Schicksal war nicht aufzuhalten. Sie schlüpfte durch ihre letzten Prüfungen an der *Todai*, genauso wie sie durch alle anderen geschlüpft war, aber trotzdem war es das Bestehen einer Prüfung, und hatte noch nicht richtig zu Ende gefeiert, als der Brief vom NHK kam.

Am Tag bevor ihre Mutter aus Sapporo kommen sollte, ging sie noch mal auf den kahlen Gipfel des Berges nördlich der fünf Fuji-Seen, saß mit gekreuzten Beinen in ihrem leichten Anorak, lauschte dem Regen, der von den Bäumen tropfte und auf ihre Kapuze spritzte und beobachtete, wie die Wolken sich wie Röcke um den Fuß des Fuji schlangen. Sie nahm den Brief einige Male und las ihn erneut. Darin stand immer noch, ja, sie hatte die Stelle; sie gehörte ihr. Sie dachte die ganze Zeit, daß irgend etwas schiefgehen würde und betete, daß ihre Mutter nicht im letzten Moment ihre Meinung geändert hatte und in einem Anflug von Extravaganz nach Tokyo fliegen würde.

»In der Karibik«, sagte Herr Mandamus während des Sturms, wobei er den Namen auf britische Weise aussprach, mit der Betonung auf der dritten Silbe, »muß man sich auf einer tiefer liegenden Insel oder am Strand vor in langsamen Rhythmus auflaufenden Wellen in acht nehmen. Normalerweise brechen sich pro Minute sieben oder acht Wellen am Strand, aber wenn die Frequenz auf vier bis fünf Brecher sinkt, muß man fliehen oder sich darauf vorbereiten, seinem Schöpfer gegenübertreten. Zuerst einmal wird der Himmel wolkenlos und nimmt die Farbe von Messing an, der Wind erstirbt, und hinterläßt eine bleierne Hitze. Die See bekommt ein seltsam öliges Aussehen, wird gleichförmig und ruhig, mit Ausnahme langer, schwerfälliger Wellen; alle anderen Bewegungen werden erstickt. Die Brecher treffen mit langsamer Monotonie auf den Strand, gleichmäßig, maschinenartig und sinnlos.

Dann hoch oben am Himmel; hohe Wolkenbänder wie ausgefranste Strahlen dunklen Sonnenlichts, die von einer Stelle über den Horizont aus zu imanieren scheinen. Sie dehnen sich über einem, während sich in der Ferne unter ihnen Wolken bilden, und die Sonne milchig aussieht und von einem aschefarbenen Halo umgeben ist, so daß sie nach und nach das Aussehen eines Auge annimmt.

Mit der Zeit wird die Sonne von den Wolken ausgelöscht, und es wird langsam dunkler; schnelle, dunkle Wolken füllen die mittleren Luftschichten, während am Horizont eine Wolkenwand den Himmel zu verschlingen beginnt. Zuerst ist sie kupferfarben. Wenn sie näher kommt und größer wird, wird sie finsterer, über Braun zu Schwarz, und sie bedeckt den Himmel zur Hälfte. Es ist wie eine unmöglich große Welle aus Dunkelheit, gewaltig wie die Nacht; die Winde um einen herum sind noch leicht und unbeständig, aber die Brandung hämmert auf den Strand wie Donner, langsam und schwer, wie der Schlag des mächtigen Herzens eines grausamen Gottes.

Die dunkle Woge fällt, die Windböen kommen wie Hammerschläge; Regen fällt vom Himmel wie aus einem Ozean; Wellen wie Wände.

Wenn man glaubt – wenn man überhaupt noch am Leben ist, um noch glauben zu können – es könnte nicht schlimmer kommen, zieht sich die See zurück, wird aufgesogen von der Dunkelheit, gibt die Küste bis weit über der Grenze der niedrigsten Ebbe frei und schwindet dahin in die gewalttätige Nacht. Dann kommt das Meer zurück, in einer Welle, die alle vorherigen wie Zwerge erscheinen läßt; ein schwarzer Berg, der sich über das Land ergießt, als sei das das Ende der Welt.

Vielleicht haben Sie Satellitenfotos von Hurrikans

gesehen; aus dem All wirkt das Auge klein und schwarz im Zentrum der weißen Fedrigkeit des Sturms. Es wirkt zu schmal, und zu perfekt rund, um natürlich zu sein; man glaubt, der Film sei manipuliert worden. Die Hurrikans erinnern stark an Galaxien, die ebenfalls schwarze Löcher in ihren Zentren haben, wie ich gehört habe. Das Auge hat etwa dreißig Kilometer Durchmesser. Der Luftdruck kann, wie Seeleute berichtet haben, plötzlich so niedrig sein, daß einem das Blut in den Mund schießt und die Trommelfelle schmerzen. Das Wasser am Boden des Auges wird auf drei Meter Höhe über dem Meeresspiegel gehoben. Von einem Schiff aus gesehen, das die Winde überstanden hat, ist es wie in einem großen Kessel; Wände aus Dunkelheit wirbeln um einen herum, aber die Luft innerhalb des Auges ist ruhig, feucht und entsetzlich heiß. Auf allen Seiten heult der Wirbelsturm. Die Wellen auf dem Wasser schäumen und branden und schießen hoch, stürzen von allen Seiten heran, stoßen aufeinander und versprühen ihre Gischt in die kochende, windstille Luft. Meistens fliegen zerzauste, erschöpfte Vögel, die nicht vom Sturm getötet wurden, verwirrt und angeschlagen ziellos im Auge herum und füllen die heulende Luft mit ihren Schreien. Ein Kreis klaren Himmels über einem sieht aus, wie die Erde vom Weltall aus gesehen; blau, und weit weg, und unwirklich; Sonne und Sterne scheinen hindurch wie durch Gaze, weit entfernt und unwirklich. Dann beginnt alles von vorne: die heulenden Winde, die Schwärze und der fallende Regen.«

»Sind Sie je in einem Hurrikan *gewesen*, Mandamus?« fragte Broekman.

»Du lieber Himmel, nein«, Mandamus schüttelte schwerfällig seinen großen Kopf. »Aber ich habe davon gelesen.«

Hisako lauschte dem Klang des *aguacero*, der draußen heulte, und dachte, daß Herr Mandamus genau die Art Mensch war, der während eines unruhigen Fluges über Abstürze redete, und versuchte, nervöse Passagiere damit zu beruhigen, daß sie möglicherweise überhaupt nichts spüren würden. Sie beschloß, ihn bezüglich ›imanieren‹ nicht zu korrigieren.

Der Sturm ging schnell vorbei, wie *aguaceros* das immer taten. Hinter den zugezogenen Vorhängen der stickigen Lounge wirkte es wie ein angenehmer Tag.

Gordon Janney hatte schlecht geschlafen und sprach undeutlich. Frau Bleveans wechselte seinen Kopfverband. Ihr Mann auf dem Boden schlief immer noch tief und fest. Ständig waren zwei und manchmal drei *venceristas* hinter der Bar. Einer las einen Superman-Comic auf spanisch.

Dann nahmen die *venceristas* einen der Köche mit; einige Zeit später kam er mit einem Servierwagen mit Hamburgern, Kartoffeln und Salat zurück. Die Bewaffneten beobachteten sie beim Essen und gaben Wasser- und Colaflaschen aus.

Frau Bleveans überredete Sucre dazu, daß sie etwas Zahnpasta, einige Zahnbürsten und eine Flasche Antiseptikum holen durfte. Bevor sie ging, besprach sie sich mit Marie und Hisako, ob eine von ihnen Hygieneschutz brauchte; das war nicht der Fall.

»Herrgott, ich denke, das wird es sein«, sagte Broekmann, und rieb sich mit der Hand die Lippen. Philippe, Endo und Hisako hatten ihm von der Theorie erzählt, daß die *venceristas* hergekommen seien, um das Flugzeug abzuschießen. Die Lautstärke von Herrn Mandamus' Schnarchen bei seinem Verdauungsschlaf übertönte – abgesehen von einem Schrei – jedes Geräusch, das sie hätten machen können.

»Es ist nur eine Überlegung«, sagte Philippe.

»Flug heute«, bekräftige Endo.

»Verrückte Bastarde; was haben die vor?«

»Vielleicht sind wir paranoid«, sagte Hisako. »Wir werden es sowieso bald erfahren.«

»Wenn der Flug heute *stattfindet*«, sagte Broekman. »Gestern war in den Nachrichten die Rede von einem Problem in letzter Minute; vielleicht gibt es eine Verzögerung.«

»Wirklich?« Hisako sah zu Philippe und Endo. Niemand sonst hatte davon gehört.

»Im World Service, kurz bevor unsere Freunde ankamen.«

Philippe wirkte besorgt. »Kapitän Bleveans; er erzählte die *venceristas* hätten sich ... aufgeregt? Aufgeregt, als sie etwas im Radio hören. Gestern abend.«

»Scheiße«, sagte Broekman. »Klingt unangenehm stimmig, oder?« Er rieb sich seine stoppelige Wange. »Ich hätte nicht gedacht, daß die *venceristas* so verrückt wären.«

»Ich meine, wir müssen ans Funkgerät kommen«, sagte Philippe.

»Und wie stellen wir das an?« fragte Broekman und klopfte die Taschen seines Overalls auf der Suche nach Zigarren ab, die es dort nicht gab. »Sich auf den Typ an der Bar zu stürzen wäre Selbstmord, und alles, was wir bekommen, sind ein oder zwei Gewehre und ein paar Granaten, außerdem alarmieren wir die anderen. Wenn wir Zeit und einen Schraubenzieher hätten, könnten wir vielleicht die Fenster aufschrauben«, er deutete mit einem leichten Nicken zu den Vorhängen, »wenn sie nicht festgerostet sind. Aber wir müssen sie für einige Minuten oder noch länger ablenken. Es gibt von außen keinen Zugang zu den Toiletten; nirgendwo ein Zugang. Die Alternative wäre, daß jemand von uns versuchen könnte, unter einem Vorwand rauszukommen, in der Absicht, die zu überwältigen, die sie mitschicken. Das ist wahrscheinlich unsere beste Chance. Und das wissen sie vermutlich.«

Philippe zuckte die Achseln. »An welchen Vorwand dachten Sie?«

»Versuchen vorzugeben, wir hätten etwas auf einem

der Schiffe zu tun; ihnen erzählen, wir müßten die Bilgepumpen anwerfen, weil wir sonst sinken; oder Treibstoff für den Generator nachfüllen, weil wir sonst keinen Strom mehr haben; irgend etwas in der Art.«

»Und Sie denken, die werden uns glauben?«

»Nein.« Broekman schüttelte den Kopf.

»Also gibt es nicht viel Hoffnung?«

Broekman schüttelte den Kopf. »Das heißt nicht, daß es den Versuch nicht wert ist. Vielleicht haben wir Glück. Sie waren bisher sehr lässig; vielleicht sind sie nicht so selbstsicher und professionell, wie sie aussehen; vielleicht sind sie einfach nachlässig.« Broekman fuhr sich mit der Hand durchs Haar, sah sich in die Richtung um, wo der Kapitän der *Nadia* lag, einen Arm über dem Kopf, um die Augen vor dem Licht zu schützen. »Wir sollten besser Kapitän Bleveans einweihen; es ist sein Schiff, das wir zerstören könnten, wenn es schiefgeht. Wecken wir ihn, oder lassen wir ihn schlafen, bis er von selbst aufwacht?«

Hisako bestätigte, daß Endo verstanden hatte. »Lassen ihn«, sagte Endo.

Philippe verzog das Gesicht. »Ich weiß nicht… wenn dieses Flugzeug …«

Die Tür zur Lounge ging auf. Sucre stand da und richtete mit einer Hand das Gewehr auf Hisako. »*Señora* Onoda«, rief er. Bleveans bewegte sich ein wenig bei dem Geräusch. Mandamus schnarchte laut und murmelte etwas auf arabisch vor sich hin. Hisako erhob sich in einer Wolke von Rauch, wobei sie den Geruch von Gitanes wahrnahm.

»Ja?« Sie bemerkte, daß alle sie ansahen.

Sucre winkte mit dem Gewehr. »Sie kommen mit mir.« Er stellte sich neben die Tür. Ein zweiter bewaffneter Mann befand sich hinter ihm im Korridor.

Philippe machte Anstalten, ebenfalls aufzustehen; sie legte ihm eine Hand auf die Schulter.

»Ist in Ordnung, Philippe-*chan*.«

Er streichelte ihre Hand. »Hisako, nicht …«, setzte er an, aber sie ging schnell weg.

»Es ist nur ein Anruf, *Señora* Onoda«, sagte Sucre ihr auf dem Weg rauf zur Funkkabine. Er hatte etwa ihre Größe, war aber viel muskulöser. Seine Haut hatte die Farbe von kupferfarbenem Olivgrün, und auf seinem Gesicht war keine Spur der Schwärze mehr, es wirkte frisch rasiert. Er roch nach Eau de Cologne. Sie nahm an, daß sein schwarzes, lockiges Haar nachgeschnitten und vielleicht sogar in Locken gelegt worden war, damit er Guevera-mäßig aussah.

»Herr Moriya?«

»Klingt so«, bestätigte Sucre, und trieb sie die Treppe hoch.

Sie überlegte, ob sie fliehen könnte; vielleicht nach unten treten, Sucre außer Gefecht setzen, und sein Gewehr nehmen. Aber es war besser abzuwarten, bis sie in der Funkkabine war. Ihr Mund war wieder trocken, aber zur selben Zeit war es, als würde irgendein eigenartiger elektrischer Strom durch ihre Zähne und ihr Zahnfleisch fließen, der einen scharfen metallischen Geschmack hinterließ. Ihr zitterten ein wenig die Beine, als sie durch den Hauptkorridor gingen, der zur Brücke des Schiffs führte, zu den Quartieren der höheren Offiziere und zur Funkkabine. Zwischen ihr und der Brücke lehnte ein *vencerista* draußen an der Wand. Sie roch Tabakrauch; Zigarren oder Zigarillos.

Sucre packte sie am Ellbogen und hielt sie auf; drehte sie herum, so daß sie gegen die Metallwand des Korridors stieß. Er preßte sich an sie, in seiner Hand erneut die automatische Pistole, die er am Vorabend auf sie angelegt hatte. Er hielt ihr die Pistole unters Kinn. Sie legte den Kopf zurück, sah in seine dunklen Augen.

»*Señora* …«, begann er.

»*Señorita*«, sagte sie zu ihm, wünschte dann, sie hätte das nicht gesagt.

»He, Sie sind cool«, sagte Sucre grinsend. Er bewegte seinen Daumen. Es gab ein Klicken, das sie zugleich hörte und in ihren Nacken und Kiefer spürte. »Hören Sie das, *Señorita?*«

Sie nickte langsam.

»Jetzt keine Sicherung. Sicherung aus. Wenn Sie irgend etwas über Funk erzählen, blase ich ihnen das Gehirn raus. Dann überlasse ich die beiden anderen Frauen meinen Männern; wir haben lange Zeit im Dschungel verbracht, yeah? Und danach schneide ich Ihrem *francés*-Mann die *cojones* ab.« Er legte seine freie Hand zwischen ihre Beine, betastete sie durch den dünnen Stoff des *yukata*. Er lächelte breit. Ihr Herz pochte. Sie fühlte sich, als verlöre sie die Kontrolle über ihre Eingeweide. Die Pistole war hart unter ihrem Kinn, erstickte sie fast, löste einen Brechreiz aus.

»Verstanden?« fragte Sucre.

»Ja.«

»Ja, gut. Und machen Sie's kurz.«

»Er wird Japanisch sprechen wollen«, sagte sie zu ihm. Moriya würde in Englisch nach ihr gefragt haben, aber natürlich erwarten, daß er sich mit ihr auf japanisch unterhalten würde.

Sucre wirkte überrascht und dann kurz verärgert. Schließlich grinste er. »Sagen Sie ihm, Ihr *francés*-Mann wolle auch zuhören.«

Sie nickte vorsichtig. »Alles klar.«

Er nahm seine Hand weg, trat zurück, bedeutete ihr mit einer Geste, daß sie die Funkkabine betreten sollte.

Der Funker der *Nadia* überließ ihr seinen Platz. Sucre saß rechts von ihr, sah ihr ins Gesicht, die Automatik an ihrem rechten Ohr. »OK«, sagt er leise, ließ dabei die Augen nicht von ihr.

Sie nahm den Hörer auf, legte ihn an ihr linkes Ohr. Das war die falsche Seite; es fühlte sich komisch an. »Hallo«, sagte sie und schluckte dabei.

»Hisako, warum brauchen diese Leute so lange. Und

wo waren Sie überhaupt? Macht nichts, es wird langsam lächerlich ...«

»Herr Moriya, Herr Moriya ...«

»Ja?«

»Bitte sprechen Sie Englisch. Ich habe hier einen Freund, der kein Japanisch versteht.«

»Was ...?« sagte Moriya auf japanisch, wechselte dann zum Englischen. »Oh ... Hisako ... muß ich?«

»Bitte. Mir zuliebe.«

»Sehr gut. Sehr gut. Lassen Sie mich sehen ... Vielleicht müssen wir alles absagen. Sie wollen immer noch ... sie wollen immer noch, daß Sie irgendwann auftreten, aber ... oh, Entschuldigung. Ich bin unhöflich. Wie geht es Ihnen?«

»Gut. Und Ihnen?«

»O meine Liebe, Sie sind mir gegenüber kurz angebunden. Ich weiß immer, daß ich was Falsches sage, wenn Sie schroff zu mir sind. Entschuldigung.«

»Mir geht's gut, Moriya-*san*«, sagte sie zu ihm. »Ich fühle mich gut. Wie geht's Ihnen?«

»Geht's Ihnen wirklich gut? Sie klingen so anders.«

Sucre rammte ihr die Pistole ins Ohr, zwang ihren Kopf nach links. Sie schloß die Augen. »Herr Moriya«, sagte sie, versuchte dabei ruhig zu wirken. »Bitte glauben Sie mir, mir geht's gut. Warum haben Sie angerufen? Bitte; ich muß zurück ...« Heiße Tränen traten ihr in die Augen.

»Ich will nur wissen ob irgendwas ... irgendwas, umm ... da draußen passiert. Umm ... was gibt's? CNN sagt, die *venceristas* greifen vielleicht Panama Stadt an. Das ist wahr? Sie müssen raus. Müssen weggehen.«

Der Druck auf ihrem Ohr ließ ein wenig nach; sie nahm den Kopf hoch, drückte gegen die Pistole, blickte verstohlen und verärgert zu Sucre, der sie konzentriert anstarrte, nicht lächelte.

Sie blinzelte, und schniefte die Tränen weg, beschämt, daß sie geweint hatte. »Also nein«, sagte sie zu Moriya. »Nicht gerade jetzt. Vielleicht später. Wahrscheinlich später. Ich kann jetzt nicht raus. Tut mir leid.«

Sie hatte sich entschieden; sie würde irgendwas sagen. Nicht als Warnung, sondern um etwas herauszufinden. Sie würde etwas darüber sagen, daß sie darauf warteten, daß das Flugzeug mit den Kongreßabgeordneten sie überfliegen würde. Ihre Herz hämmerte schlimmer in ihrer Brust als in dem Moment, da Sucre seine Pistole an ihrer Kehle gehabt hatte. Sie begann den Satz zu formulieren, damit sie versuchen konnte, etwas zu sagen, das Herrn Moriya dazu brächte, ihr zu antworten und ihr zu sagen, ob das Flugzeug Verspätung hatte oder nicht. Wenn es etwas wäre, bei dem ihr nicht das Gehirn rausgeblasen würde, wäre das auch ein guter Plan.

»Sehen Sie«, sagte Herr Moriya, »Ich rufe zurück, wenn wir allein miteinander sprechen können. So ist es zu schwierig, OK?«

»Ich ... uh, ja«, sagte sie, zitterte plötzlich und war unfähig, einen klaren Gedanken zu fassen. Die Hand am Hörer schmerzte; sie begriff, daß sie den Hörer so hielt, als ob sie über einer Klippe an ihm hinge.

»Auf Wiedersehen, Hisako«, sagte Herr Moriya.

»J – ja, Auf Wiedersehen ... *sayonara* ...« Sie konnte ihr Zittern nicht kontrollieren. Ihre Augen waren geschlossen. Aus dem Hörer kamen klickende Geräusche. Jemand nahm ihr den Hörer ab, bog ihre Finger auf; sie löste sie sofort, als sie die Hand auf ihrer spürte. Sie öffnete die Augen, als Sucre den Hörer zurück auf die Gabel legte.

»Sie haben es richtig gemacht«, sagte er zu ihr. »Das war OK. Jetzt gehen wir zurück.«

Nachher, als ihr noch die Ohren klangen, fiel es ihr schwer, sich alles zusammenzureimen. Es schien, als seien die Dinge auf eine seltsame, ungeordnete, unzusammenhängende Weise geschehen, als ob sich eine solch gewaltsame Aktion in ihrem eigenen Mikroklima der Realität abgespielt hätte.

Sie ging gerade den Korridor hinunter, immer noch ein bißchen zittrig. Sucre ging hinter ihr. Da sah sie den Anschein einer Bewegung am hinteren, am Achterende des Korridors, wo er auf die Aufbauten eines äußeren Decks führte. Sie nahm keine Notiz davon, dachte immer noch darüber nach, was sie Moriya hätte sagen können, und fühlte sich schuldig wegen ihrer Erleichterung, daß sie keine Chance gehabt hatte, irgendwas zu sagen und sich damit zu gefährden.

Sie waren fast am Niedergang, der zurück auf die unteren Decks führte, da hörte sie einen erstickten Schrei vom Ende des Korridors. Sie blickte auf. Dann folgte ein Schuß, wie von einem Schlagzeug und hallend. Sie erstarrte. Sucre sagte etwas, das sie nicht mitbekam. Ein weiterer Schuß. Sie wurde von hinten gestoßen. Die Treppe war rechts von ihr.

Steve Orrick tauchte aus einem Kabineneingang direkt vor ihr auf, gekleidet in eine Badehose, und hielt eine Handfeuerwaffe und eine Uzi. Sie spürte, wie ihr der Kiefer runterklappte. Seine Augen weiteten sich. Er nahm die Pistole hoch, zielt über ihre Schulter. Sie wurde von hinten geschlagen, gegen das Geländer am oberen Ende des Niedergangs gestoßen, fast darüber hinaus auf die Treppe geworfen. Sie drehte sich herum und erhaschte einen Blick auf Orrick, der das Gesicht verzog und vergeblich am Abzug der kastenförmig aussehenden Uzi klickte. Sucre hob seine Waffe.

Sie trat mit dem Fuß zu, traf Sucres Gewehr. Es entlud sich in die Decke, erfüllte den Korridor aus Metall mit erstaunlichem Krach. Im selben Moment hatte sie ihre Balance zurückgewonnen; sie schlug Sucre mit offener Hand in den Nacken, aber er war schon im Begriff, sich zu entfernen. Es war erst das zweite Mal, daß sie jemand aus Wut geschlagen hatte. Sucre torkelte, wirkte vor allem überrascht, und stolperte gegen die Wand auf der anderen Seite. Orrick fummelte an dem kleinen Gewehr rum. Dann duckte er sich, und feuerte zwischen sie und Sucre, hinunter in Richtung Brücke. Ihr klangen die Ohren. Die Uzi machte ein Geräusch wie das Reißen schweren Stoffes, aber hundertmal stärker. Der Feuerstoß hallte den Korridor herunter; Orrick sprang in den Kabineneingang zurück, aus dem er gekommen war. Etwas zerrte plötzlich am Saum des *yukata*. Sie drehte sich um, warf einen kurzen Blick die Treppe hinunter, und sah, wie einer der *venceristas* ein Gewehr auf sie richtete. Sie tauchte durch den Korridor in die Kabine, in der sich Orrick befand.

Sie war dunkel, die Vorhänge geschlossen. Beißender Pulvergeruch füllte den Raum. Da lag ein toter Mann im Bett. Hinter ihr erklangen Feuerstöße; sie zuckte zurück; Orrick kniete an der Tür, sah hinaus, und schoß.

Sie erkannte den toten Mann. Es war einer der Männer, die sie während der Nacht bewacht hatten. Der, der Bleveans mit der Cola-Flasche zugewinkt hatte. Ihm fehlte fast die ganze linke Kopfhälfte, und ein großer Fleck glitzernder Dunkelheit befleckte die weißen Laken um seine Taille. Erneut klang das Geräusch von Gewehrfeuer durch die Kabine und füllte sie aus. Ihr war schlecht, und sie mußte sich zwischen Orrick und dem Bett auf den Boden setzen. Orricks breiter Rücken war voller Wasserspritzer und füllte den Eingang fast vollständig aus. An der Badehose war ein kleiner Gürtel; daran war ein großes Messer in seiner Scheide befestigt. Sie erkannte die Hose; sie erinnerte sie an einen Tag, an dem sie ein Picknick gemacht hatten …

Sie schüttelte den Kopf. Orrick feuerte mit der Pistole, die Uzi lag auf seinem Knie. Hisako sah sich in der Kabine um. Die Magazine der Uzi lagen auf einem kleinen Tisch, auf einem Stapel neben einer offenen Ausgabe des *Hustler*. Sie griff sie sich, warf sie mit einem Klappern neben Orrick auf den Boden und stieß ihn an. Sie erhob sich. Das reißende Geräusch der Uzi begann von neuem.

Auf dieser Ebene schlossen die Aufbauten an der Seite bündig mit dem Deck darunter ab, aber um sicher zu gehen, lehnte sie sich über das Bett, öffnete die Vorhänge und sah aus dem Bullauge. Sie überlegte, ob sie sich durchzwängen könnte und begann die Flügelmutter aufzudrehen, mit der das Glas befestigt war.

»Granate!« schrie Orrick, und ließ sich in die Kabine zurückfallen. Er versuchte die Tür zuzutreten, es gelang ihm fast. Sie explodierte nach innen in einer Rauchwolke und mit einer Druckwelle, die in jedem Atom von Hisakos Körper nachzuhallen schien.

Sie war gestürzt; sie lag auf der warmen Klebrigkeit des Toten, und Blut zog in ihren *yukata* ein. Sie kämpfte sich frei, während die Kabine um sie herum wie eine Glocke hallte. Dahinter mehr Feuer, als Orrick sich wieder an die Tür hockte. Sie sah wild um sich, erblickte die Kampfjacke des toten Mannes. Sie nahm sie an sich, spürte ihre Schwere und drehte sie suchend um. Sie fand Granaten und zog sie aus den Klettverschlüssen. Orrick war zurück an der Tür, anscheinend unverletzt. Sie sank neben ihm auf die Knie, stieß ihn erneut an und bot ihm die Granaten an. Er sah sie, ergriff eine, ließ die andere fallen, wobei er mit der anderen Hand weiterfeuerte.

»... Raus! ...« hörte sie. Sie fühlte sich, als steckte in jedem Ohr ein Preßlufthammer. Sie schüttelte den Kopf. »... Sie zuerst! ...« Orrick schrie sie an. Er sah auf die Granate, die er hielt, nahm den Ring zwischen die Zähne und zog; es funktionierte. Er warf sie den Korridor Richtung Brücke entlang, nahm die andere Granate und ein Magazin vom Boden. Nach der ersten Granate leerte er die Uzi in den Korridor, sprang dann hinaus, verschwand achtern, überraschte sie; eine plötzliche Zunahme von Licht aus dieser Richtung, dann wieder dunkel und eine zufallende Metalltür. Die Granate detonierte augenblicklich, eine Explosion und ein klapperndes Kreischen von vorne.

Ein Rauschen wie von einem Wasserfall erfüllte ihre Ohren. Sie fand sich auf dem Boden sitzend wieder. Ihr Schädel dröhnte; alles wurde grau und blaß, die Realität löste sich in dem stinkenden Rauch und dem alles übertönenden Krach auf.

Sie merkte, wie sie seitlich nach hinten wegzukippen begann, aber ihr Arm bewegte sich in Zeitlupe, als bewegte er sich durch Sirup, während sich der Rest ihres Körpers durch die Luft bewegte. Sie schlug auf dem Boden auf.

Blinzelte.

Sie wußte, daß sie sterben würde. Vielleicht sie alle. Zumindest war Sucre wahrscheinlich der erste gewesen. Die übrigen würden nicht wissen, daß sie ihn geschlagen hatte.

Sie konnte Sucres Gesicht sehen; so sanft und strahlend; der adrette schwarze Kampfanzug – als wären sie gar nicht wochenlang im Dschungel (Dschungel?) gewesen – das kecke kleine Barett mit dem schicken roten Abzeichen, diese schwarzen Locken … Sein Gesicht schien vor ihren Augen aufzutauchen und wieder zu verschwimmen. Diesmal kein Barett. Locken in Unordnung. Er sah auf sie herab, mit verzerrtem Mund.

Das wär's. Ich bin tot.

Man warf sie auf den Korridor heraus. Man stieß sie ins Sonnenlicht heraus. Sie stand blinzelnd im grellen Licht, geblendet. Unter ihr die Achterluken der *Nadia*; jenseits davon glitzerte das Wasser, darin der grünen Schatten einer Insel. Sucre stieß sie zur Reling. Männer liefen übers Achterdeck, in Richtung Heck. Sie trugen Waffen.

Sie sah an der Reling die Schiffshülle hinab. Ein paar Männer lehnten sich über die Decks unter ihr, feuerten in Richtung Heck. An der Landebrücke der *Nadia*, mittschiffs, lag ein schwarzes Schlauchboot im Wasser, das schlaff und platt und zerknautscht aussah, mit abgesacktem Heck. Ihr fiel das Jagdmeser an Orricks Badehose ein.

Die Männer, die zum Bug liefen, sahen hin und wieder über die Reling, richteten ihre Gewehre nach unten, manchmal feuerten sie.

Sucre drehte ihr den Arm schmerzhaft hoch auf den Rücken, zwang sie auf die Zehenspitzen. Sie seufzte auf vor Schmerz. Er rief den Männern am Heck des Schiffes etwas zu. Sie schulterten ihre Gewehre und griffen nach ihren Granaten.

Sie beugte sich über die Reling, erleichterte so ein wenig den Druck auf ihren Arm. Ja, sie konnte noch die kleinen Wellen sehen. Orrick mußte gesprungen sein. Schwamm – wahrscheinlich so weit wie möglich unter Wasser – zum Heck, wo ihn der Überhang vor den Gewehrschüssen schützen würde. Aber nicht vor den Granaten.

Sie beobachtete, wie sie rund um das Heck des Schiffes in die Wellen platschten. Sie sah hinauf in den blauen, leicht bewölkten Himmel. Kein Anzeichen eines Flugzeugs. Was für ein schöner Tag zum Sterben, dachte sie. Sucre hinter ihr schrie immer noch. Männer und ihr Krach.

Plötzlich schwoll das Wasser an einem Dutzend Stellen rund um das Heck des Schiffes an und wurde weiß, wie eine Reihe riesiger wäßriger Blutergüsse. Die Blutergüsse platzten auf, stiegen im hohen Bogen auf, weiße Röhren explodierten ins Sonnenlicht, und fielen zurück. Dann wurde es nahezu still. Die Reling des Schiffes unter Hisakos Brustbein vibrierte bei jedem Schlag.

Sucre schrie wieder. Dann herrschte Stille. Sie spürte das Sonnenlicht auf ihrem Nacken und ihren Unterarmen, konnte das entfernte Land riechen. Weit entfernt summte ein Insekt durch das unaufhörliche Klingen in ihren Ohren.

Nach einer Minute tauchte Orricks Körper auf; blaß, mit dem Gesicht nach unten, ausgebreitet wie ein Fallschirmspringer im freien Fall. Die *venceristas* jubelten und leerten ihre Gewehre in den Körper des Mannes, der in einem kleinen Wäldchen aus roten und weißen Spritzern verschwand, bis Sucres Schreien ihnen Einhalt gebot.

Er drehte sie wieder zurück, damit sie ihn ansah. Er wirkte unverletzt, aber erschüttert und zerzaust. Er nahm die Pistole aus dem Holster.

Sie mußte etwas tun, aber sie konnte nicht. Ihr Kampfgeist war erloschen. *Ich werde die Augen nicht schließen. Ich werde die Augen nicht schließen.*

Sucre hob die Pistole vor ihr Gesicht, vor ihr Auge, drückte sie nach vorne. Sie schloß die Augen. Die Pistolenmündung preßte sich auf ihr Augenlid, zwang ihren Kopf zurück. Sie sah ein Halo aus Licht vor dem Schwarzbraun, wie ein Abbild des Pistolenlaufs und des gedrehten Loches, durch das sich die Kugel bewegen würde.

Die Pistole wurde weggenommen. Eine Ohrfeige schleuderte ihren Kopf zur Seite, dann noch eine. Ihr dröhnte der Schädel, ein weiteres Instrument in dem Orchester inneren Lärms, das sich in ihren Schädel drängte.

Sie öffnete die Augen. Sucre stand grinsend vor ihr.

»Yeah, Sie sind ganz schön cool, *Señorita*«, sagte er zu ihr. Er fuchtelte mit der Pistole herum. Sie glänzte in der Sonne. »Sie ein Mann, ich würde Sie töten.« Er steckte die Pistole ins Holster zurück, warf einen Blick zum Heck des Schiffes, atmete tief durch und pfiff. »Wow, das war was, häh?«

Sie schluckte etwas Blut hinunter und nickte.

Da drang das Geräusch schnellen, automatischen Gewehrfeuers durch die offene Tür hinter ihnen, von unten aus dem Schiffsinnern.

7

Bergungsgut

Sie stand da, stellte sich schließlich ihrer Angst. Alles hatte hierher geführt. Sie war schon ewig näher gekommen, wie ein weit entfernter Sturm, und nun war sie da, und sie war schwach und machtlos, wand sich ohne Ausweg im Angesicht der Angst, der sie sich immer wieder zu stellen versucht hatte, sie aber nie zu fassen bekommen konnte.

Einmal hatte sie in der Schule im Physikunterricht versucht, zwei sehr starke Magnete zusammenzubringen, Nordpol an Nordpol, Südpol an Südpol, und sie hatte geschwitzt und die Zähne zusammengebissen und die Arme auf den Labortisch gestützt und zugesehen, wie ihre überanstrengten und zitternden Arme die zwei großen U-förmigen Metallstücke zusammendrückten, in dem stetigen Versuch sie am Abgleiten zu hindern, wenn sie auf die Seite glitten, darum kämpften, sich aus ihrem Griff zu drehen, und sie spürte, wie ihre Stärke sie verließ, und so legte sie schließlich alles in einen letzten explosiven Kraftstoß und schrie auf, wie wenn sie bei einem Kendo-Stoß den Namen des Körperteils rief, auf den sie zielte. Die Magnete glitten übereinander, wanden sich in ihren Händen wie etwas Lebendiges, mit einem dumpfen Geräusch verband sich ein Südpol mit einem Nordpol, die anderen Enden der Us standen heraus, so daß ein festes S-förmiges Metallstück zurückblieb. Es kostete sie eine noch größere Anstrengung als zuvor, den Magneten nicht auf den Boden zu werfen, oder einfach auf die hölzerne Tischplatte zu knallen. Statt dessen legte sie das blaugraue Metallstück ruhig ab, und senkte ein wenig den Kopf, als grüße sie einen siegreichen Gegner.

Genauso war es mit ihrer Angst gewesen. Sie hatte versucht, eine Konfrontation zu erzwingen, sie festzunageln, mit ihr zu ringen ... aber sie war ihr immer entglitten, wand sich mit aller Kraft, gerade wenn sie versuchte, sie zu bekämpfen, und war wieder im alltägliche Ablauf ihres Lebens versickert.

So stand sie nun am Flughafen von Narita, und wartete mit dem Rest des NHK-Orchesters darauf, an Bord der 747 der JAL nach Los Angeles gehen zu können. Sie hatte mit ein paar von ihnen in der Abflughalle gesessen, nervös mit ihnen geplaudert, und Tee getrunken, und die Wanduhr beobachtet und ständig kurz auf ihre Armbanduhr geschaut, dabei ihre neue Ledertasche gestreichelt, die sie für die Reise gekauft hatte, und so versucht, das kalte, verkrampfte Gewirr in ihrem Bauch zu vertreiben.

Die anderen wußten, daß sie noch nie zuvor geflogen war, und daß sie Angst hatte. Sie scherzten mit ihr und versuchten, sie davon abzulenken, aber sie konnte nicht aufhören, an das Flugzeug zu denken; das zerbrechliche Aluminiumrohr seines Rumpfes; die heulenden, Feuer einschließenden Triebwerke; die gebogenen Tragflächen, von Treibstoff schwer; das Fahrwerk, das ... es war dieser Augenblick, der sichtbare Moment, wenn die sich drehenden Räder vom Boden abhoben, und das Flugzeug seine Nase gen Himmel erhob und aufstieg, der sie niederstreckte. Weiter konnte sie nicht denken. Sie hatte diesen Moment viele Male im Fernsehen und im Kino gesehen und sie konnte erkennen, daß es darin tatsächlich eine gewisse zeitlupenhafte Grazie lag, und konnte recht vergnügt das Geschick des Flugzeugkonstrukteurs und des Piloten bewundern und wissen, daß dasselbe Manöver stündlich Tausende von Malen auf der ganzen Welt durchgeführt wurde ... aber der Gedanke in einem dieser empfindlichen und gewaltigen Apparate zu sein, wenn er sich in die Lüfte erhob, erfüllte sie immer noch mit Schrecken. Er bereitete ihr Schmerzen in den Knochen.

Die anderen redeten mit ihr. Einer der jüngeren Männer im Orchester erzählte ihr, daß er zuerst auch Angst vorm Fliegen gehabt, sich dann aber die Statistiken angesehen hatte. Ob sie wüßte, sagte er, daß man viel wahrscheinlicher bei einem Autounfall sterben würde als in einem Flugzeug?

Aber nicht, wenn man in einem Flugzeug sitzt! wollte sie ihn anschreien.

Chizu und Yayoi, ihre Zimmergenossinnen, die auch bei den Streichern im Orchester waren, erzählten von einer vorherigen USA-Reise als Studentinnen. Wie groß die USA waren und wie schön; Yosemite, die Mohave, die Redwoods... ein einziger Staat wie ein ganzes Land, riesig und leer und unversäumbar, noch vor den Rockies und dem Grand Canyon, die fruchtbare Einöde aus Kornfeldern, eine Ebene von Horizont zu Horizont, wie ein Getreidemeer, die Farben des Herbstes in Neuengland, und die schwindelerregenden Vertikalen von Manhattan.

Unversäumbar. Nicht zu versäumen. Sie durfte es nicht versäumen.

Die Zeiger der Uhr stürmten vorwärts; unmöglich dünne Flügel.

Die Zeit kam. Sie stand mit dem Rest auf, umklammerte ihre neue Ledertasche. Sie gingen zum Terminal. Sie hob die Tasche hoch, wiegte sie sanft in ihren Armen. Sie roch luxuriös, und süß, und beruhigend. Sie sah das Flugzeug draußen in der Sonne; massiv, sicher, wie verankert wirkend. An Nase und Schwanz war es durch die fugenlosen Kragen der Zugangsbrücken mit dem Terminal verbunden, und Benzinschläuche aus Tankwagen schlängelten sich unter seinen Tragflächen. Auf einer Seite stand der angehobene Rumpf eines Versorgungsfahrzeugs gestützt auf ein X aus Streben über dem abgestützten Chassis, die Plattform ausgefahren zu einer offenen Tür an der Seite des Flugzeugs; lange dünne Handwagen wurden von zwei Männern in hellroten Overalls vom Lastwagen zum Flugzeug gerollt. Ein gedrungener, flacher Lastwagen saß unter der Knollennase der 747, war dort mit einer dicken gelben Anhängerkupplung befestigt. Verschiedene andere Fahrzeuge hasteten wie Spielzeuge um die gelassene, massive Form des großen Flugzeugs, Junker und Waffenmeister für den gelassenen Kriegerkönig über ihnen, der darauf vorbereitet wurde, sich der Schlacht mit der Luft über dem Ozean anzuschließen.

Sie ging auf den Tunnel zu. Ihre Beine fühlten sich an, als würde jemand anders sie betätigen. Die Ledertasche roch nach tierischem Tod. Sie wünschte, sie hätte die Pillen genommen, die der Arzt verschrieben hatte. Sie wünschte, sie hätte sich betrunken. Sie wünschte, sie hätte zu Beginn gesagt, daß sie nicht mit dem Orchester ins Ausland gehen könnte. Sie wünschte, sie hätte den Job abgelehnt. Sie wünschte, sie wäre jemand anders oder woanders. Sie wünschte sich ein gebrochenes Bein oder einen Blinddarmdurchbruch; irgend etwas, das sie davon abhalten würde, in das Flugzeug steigen zu müssen.

Der Tunnel gab ihr den Rest. Der Treibstoffgeruch, der Triebwerkslärm, der ruhige Strom von Menschen in dem fensterlosen Korridor, der sich zu der Ecke neigte, von wo aus er ins Flugzeug führte. Sie blieb stehen und ließ die Leute an sich vorbeigehen, starrte nach vorne; Chizu und Yayoi blieben ebenfalls stehen, vor ihr, redeten mit ihr (aber sie konnte nicht hören, was sie sagten). Sie faßten sie an, führten sie an die Seite des Korridors, wo sie zitternd in kaltem Schweiß stand, den Treibstoffgeruch roch und das stärker werdenden Heulen der Triebwerke hörte und die Schlagseite im Boden fühlte, die sich in Richtung auf den

Flieger neigte, in den die Menschen hineinmarschierten und sie konnte nicht denken, und sie konnte nicht glauben, daß das ihr passierte.

Also gut. Es war alles so gut gelaufen. Sie hatte sich angepaßt, sie hatte Freunde gefunden, die Konzerte hatten ihr gefallen und sie war, außer beim ersten, nicht sehr nervös gewesen, und Aufnahmen konnten langweilig sein, aber man konnte bis zu einem gewissen Grad abschalten; niemand erwartete, daß sie ihre inspirierteste Arbeit ablieferten, nachdem sie einen Satz dreißigmal gespielt hatten … Sie hatte Geld, und ein neues Cello, und ihre Mutter war stolz auf sie; ihr Leben schien geregelt und sicher, und ihre Zukunft strahlend und aufregend, und sie hatte sich gefragt, was schiefgehen könnte, weil sie dran gewöhnt war, daß sich die Dinge ausglichen, und das war es.

Die Ironie dabei war, daß das ausgleichende Unglück von innen kam, wo sie am verwundbarsten war. Sie hatte nie das Gebäude aus falschen Rechtfertigungen und Entschuldigungen entwickeln müssen, das so viele andere aufbauen mußten, um mit dem Leben fertig zu werden.

Sie hatte mit einer inneren Gewißheit gelebt, die sie nicht gehabt hatten, innerlich sicher, die Verteidigungsanlagen nach außen gewendet, die Waffen auf außerhalb ihres engsten Raumes gerichtet … und nun büßte sie ihre Hybris.

Sie bekamen sie schließlich ins Flugzeug; Herr Yano, der Tourmanager des Orchesters, und der Dirigent, Herr Okamoto, kamen, um mit ihr zu sprechen, und führten sie sanft die Gummischräge hinunter, zwischen den metallischen Wellen der weißen Wände, zu der offenen Flugzeugtür, wo Stewardessen warteten, und das Flugzeug war groß, und innen voller heller Sitze und die dicke Tür lehnte, eine gebogene Platte, an der gewölbten Außenhaut des Flugzeugs. Sie zitterte. Sie führten sie hinein.

Sie wollte schreien. Sie stöhnte statt dessen, ging in die Hocke, und krümmte sich um ihre Tasche zusammen, als versuche sie, sich in sie hineinzudrehen und zu verstecken. Sie weinte in ihre verschränkten Ellbogen, griff sich mit den Händen auf den Kopf. Sie war blöd. Sie mußte sich vernünftig verhalten. Sie mußte an die anderen im Orchester denken. Was würde ihre Mutter sagen? Ihr Cello war bereits an Bord. Da warteten dreihundert Passagiere auf sie, ein ganzes Flugzeug. Amerika, stell dir das mal vor! All diese großartigen Städte, die Tausende von Menschen, die warteten. Ihr Ticket war bezahlt, all ihre Tickets waren bezahlt, Hotelzimmer reserviert, Programme gedruckt. Es war unerhört, so selbstsüchtig zu sein, so mit sich selbst beschäftigt.

Sie wußte das alles. All diese Dinge hatten sie davon überzeugt – während der Monate, seitdem die Tournee angekündigt worden war, und die diversen Arrangements getroffen worden waren – daß, wenn es soweit wäre, sie es einfach undenkbar finden würde, sich umzudrehen und nicht zu fahren. Natürlich wäre es entsetzlich, erbärmlich, unbeschreiblich geringschätzig gegenüber allen anderen im Orchester, unverzeihlich egozentrisch. Sie war jetzt erwachsen, und manche Dinge mußte man einfach tun; Ängste waren dazu da, überwunden zu werden. Jeder verließ sich auf sie, erwartete von ihr, daß sie sich wie alle anderen verhielte, wie jeder normale Mensch; das war nicht zuviel verlangt.

All das wußte sie; es half nicht. Es hatte keine Bedeutung – eine Gruppe irrelevanter Symbole in einer Sprache, dissonant mit dem nachhallenden Ton ihrer Angst. Bloßes Gekritzel, geworfen auf eine Seite, die zitternd dem Resonanzboden der Angst entgegenschwebte.

Sie versuchten sie hochzuheben, aber sie dachte, sie würden sie zu einem Sitz zerren und sie angurten, sie mit dieser hohlen Maschine verbinden, die nach Flugzeugbenzin und heißem Essen roch, und dann weinte sie, ließ die Ledertasche fallen, und klammerte sich an jemanden, und flehte sie an. Bitte nicht. Sie ließ alle im Stich. Bitte tun Sie's nicht! Sie benahm sich wie ein Kind. Ich bitte um Verzeihung, ich bitte um Verzeihung, ich kann nicht. Ein verzogenes Kind, ein verzogenes, fremdes Kind. Bitte tut mir das nicht an. Eine *gaijin*-Göre, die einen Wutanfall wegen Keksen hatte. Bitte tun Sie's nicht. Sie würde in Ungnade fallen. Bitte.

Schließlich führte man sie hinaus, die Biegung der Landungsbrücke hinauf, die sie willkommen hieß, zurück in die Halle, dann in den Waschraum. Eine Frau vom JAL-Bodenpersonal kümmerte sich um sie.

Die Maschine verspätete sich um eine halbe Stunde. Sie wollte den Waschraum nicht verlassen, bevor sie abgehoben hatte.

Im Taxi zurück zu dem winzigen Apartment, das sie mit Chizu und Yayoi teilte, durchströmten sie abwechselnde Gefühle von Erleichterung und schuldbewußter Furcht. Es war vorbei. Das Martyrium hatte endlich sein Ende.

Aber zu welchem Preis. Welche Schande sie über sich und die anderen im Orchester gebracht hatte! Man würde sie rausschmeißen. Sie mußte jetzt kündigen. Sie würde. Konnte sie jemals einem von ihnen wieder ins Gesicht sehen? Sie glaubte nicht.

An diesem Abend fuhr sie nach Hause, machte sich mit der Tasche, die sie für die Reise gekauft und beinahe im Flugzeug gelassen, und dann beinahe im Waschraum gelassen hatte, auf den Weg zum Bahnhof, und nach Hokkaido; eine schöne Tasche aus weichem Naturleder für Handschuhe, die noch ihren jungfräulichen Reisepaß und den Reiseführer für die Vereinigten Staaten enthielt, und als sie rotäugig und elend in dem Zug saß, der Richtung Norden durch die Nacht fuhr (ihre Freunde, ihre Arbeitskollegen, waren jetzt gerade irgendwo über dem Nordpazifik, dachte sie, überquerten die Datumslinie, trotzten der Sonne und gewannen einen Tag, während sie ihre Karriere verloren hatte), sah sie herunter auf die leuchtende, hellbraune Haut der Tasche, und bemerkte die tiefen dunklen Flecken, die ihre seidenweiche Oberfläche trübten, und konnte sie nicht wegwischen, und erkannte, mit einer weiteren Drehung in der sich vertiefenden Spirale der Depression, in die sie sich fallen ließ, daß die Flecken von ihr stammten, von ihren Tränen.

* * *

Sucre sah sie einen Moment lang mit geweiteten Augen an. Sie starrte zurück. Das Feuern im Schiffsinnern ging weiter. Sucre ergriff ihre Hand, drehte sie vor sich um und warf sie durch die Tür, zurück in den Korridor, aus dem er sie ein paar Minuten zuvor geschafft hatte. »Runter!« schrie er, rammte ihr das Gewehr in den Rücken, zwang sie zu rennen. Sie fiel halb die Treppe runter, hinter ihr trappelte Sucre. Das Feuern unter ihnen hörte auf, als sie den nächsten Niedergang hinabstiegen.

Grauer Rauch trieb durch die Tür aus dem Salon der *Nadia* in den Korridor. Sie konnte Weinen und Schreie hören. Sucre schrie sie an, sie solle weitergehen; das Gewehr traf sie wieder im unteren Rückenbereich.

Der Salon war voller beißendem, stechendem Rauch. Leichen lagen zwischen den Plüschsesseln und Sofas wie obszön verstreute Kissen. Sie stand hinter einem der *venceristas;* er schrie und fuchtelte mit seiner Kanone herum. Ein anderer *vencerista* stand hinter der Bar, hielt das schwere Maschinengewehr, aus dem sich Rauch kringelte.

Sie sah auf die Leichen. Das Klingeln in ihren Ohren machte es schwer, etwas zu verstehen, aber sie glaubte, daß jemand ihren Namen rief. Die Leichen bedeckten beinahe den gesamten Fußboden, fast von einem Ende des Raums bis zum anderen. Ein paar der dunkelhäutigen Männer befanden sich immer noch am anderen Ende des Saals, standen da mit den Händen hinter ihrem Kopf, und wirkten verschüchtert und verängstigt.

»Hisako!« Sie hörte ihren Namen und hob den Kopf. Es war Philippe. Sie wurde sowieso in seine Richtung geschubst, in den Rücken gestoßen, so daß sie keine Wahl hatte, als vorwärts zu gehen, und so lief sie über den blutigen Teppichboden, stolperte über Leichen zu ihm. Er umarmte sie, nuschelte auf französisch in ihr Haar, aber das klingelnde Geräusch erstickte all seine Worte.

Sucre schrie die beiden anderen *venceristas* an. Dann lief er durch den ganzen Salon, und schrie die Marokkaner und Algerier an, die da standen. Er ohrfeigte einen, schlug einem in den Magen, und knüppelte auf einen anderen mit seinem Gewehr ein, schlug den Mann, der sich krümmte, zu Boden. Weitere *venceristas* drängten sich durch die Tür herein, schwangen ihre Gewehre. Sucre trat einen der Algerier gegen das Bein; der hopste herum und versuchte, die Balance zu halten, und dabei nicht die Hände von seinem Hinterkopf zu nehmen; Sucre trat ihm gegen das andere Bein, brachte ihn zu Fall.

»Hisako, Hisako«, sagte Philippe. Sie lehnte den Kopf an seine Schulter und blickte durch den Saal; zu Sucre, der den sich zusammenrollenden Algerien trat, der neben der Wand auf der anderen Seite am Boden lag; zu Mandamus, der unter einem hochkant liegende Sessel kauerte, darunter hervorquoll wie eine Schnecke, die zu groß für ihr Haus ist; zu Broekman, der auf dem Boden lag, jetzt aufsah; zu Janney und den Bleveans, Kapitän Bleveans hielt den Kopf seiner Frau am Boden an der Seite der Couch, auf der der bewegungslose Janney lag; zu Endo, der mit gekreuzten

Beinen mit dem Rücken an der Wand saß wie ein Diät-Buddha.

»Hisako ...«

»Diese Männer waren sehr dumm!« kreischte Sucre sie an, und schwang sein Gewehr vor den Marokkanern und Algeriern. »Sie starben, seht ihr!« Er trat einen der Körper auf dem Boden. Sie waren nicht alle tot; Hisako konnte ihr Stöhnen hören. »Das, was ihr wollt?« schrie Sucre. »Das, was ihr wollt? Sie starben wie dieser blöde Gringo-Junge da draußen!« Hisako fragte sich, ob einer derjenigen, die Sucre anschrie, verstehen würde, daß er Orrick meinte. »Ihr wollt das, oder? Ihr wollt sterben? Ist es das, was ihr wollt, häh? Ist es das?«

Er schien wirklich eine Antwort zu wollen. Bleveans sagte »Nein, Sir«, mit ruhiger gemessener Stimme.

Sucre sah ihn an, atmete tief durch. Er nickte. »Yeah, gut. Wir waren zu lange freundlich. Ihr werdet jetzt gefesselt.«

Bleveans und Philippe versuchten zu diskutieren, aber es half nichts. Sie mußten sich alle hinsetzen. Drei *venceristas* bewachten sie, während Sucre für fünf Minuten verschwand. Er kam mit einer Schachtel Plastikfesseln zurück; mit Zähnen besetzte Nylonschlingen, die an ihren Handgelenken angebracht und fest angezogen wurden. Sucre und einer der anderen *venceristas* begannen mit den verbliebenen Algeriern und Marokkanern. Hisako sah zu; sie mußten zunächst ihre Hände hinter den Rücken nehmen, bevor die Fesseln angelegt wurden. Philippe versuchte mit ihr zu sprechen, aber einer der *venceristas* fauchte ihn an, als er sprach, und schüttelte den Kopf. Philippe hielt Hisakos Hand.

Ein dritter Guerillero schleppte die Leichen weg, nahm sie bei den Händen oder Füßen, und zog sie raus durch die Tür. Sie war sich sicher, daß sie sogar durch das Klingeln in ihren Ohren Seufzer hören konnte, als die Algerier und Marokkaner hinausgezerrt wurden. Der *vencerista* war jedesmal ein paar Minuten weg. Sie überlegte, ob sie die Leichen einfach über Bord warfen, nahm das aber nicht an.

Sie saß auf dem Boden des Salons und versuchte sich darüber klar zu werden, wie es ihr ging. Mißtönend; so als sei ihr Körper eine Montage aus fein ausbalancierten, hochgradig überlasteten Komponenten, die hart durchgeschüttelt, und mit den nachklingenden Folgen des Schocks zurückgelassen worden waren. Ihr Gesicht brannte auf beiden Seiten, wo Sucre sie geohrfeigt hatte. Sie spürte Blut im Mund, aber nicht sehr viel, und sie konnte nicht herausfinden, woher es kam. Die Atmosphäre im Saal war schlecht; die Luft schmeckte nach Rauch und Blut, und der Ort wirkte alt und verbraucht, nach nur einer Nacht bereits schmuddelig. Sie fühlte, wie sie in ihrem *yukata* zitterte, auch wenn es nicht kalt war.

»Genosse Major«, sagte Bleveans zu Sucre, nachdem die *venceristas* die Koreaner in der Mitte des Saals gefesselt hatten und nun auf die anderen zukamen. »Verschonen Sie die Frauen?«

Sucre sah auf Bleveans herab, der ihn genauso ruhig ansah. Sucre lächelte schwach. Frau Bleveans saß zusammengerollt zwischen ihrem Mann und der Couch, auf der Janney lag, hatte die Augen wieder geöffnet, und blinzelte verwirrt hoch zur Decke. Sucre hielt eine der Plastikfesseln in der Hand. Er spielte damit, drehte sie in der Hand herum, als ob er eine Münze würfe.

Bleveans streckte seine Hände Sucre entgegen, die Handgelenke gekreuzt. »Wollen Sie?«

Sucre nahm Bleveans Hände in seine Hand und zog den Amerikaner herum, als ob er mit einem Tanzpartner eine Pirouette drehen würde. Als Sucre losließ, nahm Bleveans zuerst eine und dann die andere Hand hinter sich; Sucre schob eine Fessel über seine Handgelenke und zog sie fest an. Er legte seinen Mund nahe an Bleveans Ohr und sagte: »Sag *bitte*, Kapitän.«

»Bitte, Genosse Major«, sagte Bleveans gelassen. Sucre drehte sich ausdruckslos weg. Er sah auf Gordon Janney, der mit halb geöffneten Augen unter den unförmigen Verbänden lag, sich aber bewegte – und seine Lippen arbeiteten – wie jemand, der einen schlechten Traum hat. Sucre nahm zwei Fesseln, um die Knöchel des Mannes an der Armlehne des Sofas zu befestigen. Er ignorierte Frau Bleveans.

Philippe ließ sich fesseln. Sucre sah einen Moment zu Hisako und rieb sich die Seite seines Nackens, wo sie ihn zuvor geschlagen hatte. Sie fragte sich, was er vorhatte. Vielleicht würde er sie schließlich doch fesseln.

Sucre ergriff ihren rechten Knöchel, zog sie einen halben Meter oder so zu sich über den Boden. »Su – Genosse Major …«, setzte Philippe an. Sucre ergriff auch seinen Knöchel. Er legte eine Nylonschlinge um Philippes und eine weit geöffnete Fessel um Hisakos Bein, zog dann eine durch die andere und zog sie fest, ließ sie und Philippe mit aneinandergefesselten Beinen zurück.

Broekman ließ sich kommentarlos fesseln.

»Genosse Major, das ist wirklich unnötig«, sagte Mandamus. Er schwitzte stark, und auf einer Seite seines Gesichts tanzte ein Zucken. »Ich bin keine Bedrohung für Sie. Ich habe weder die Größe, noch bin ich in der Form, durch Bullaugen zu kriechen, oder mich an anderen Handlungen von Tollkühnheit zu beteiligen, und auch wenn ich nicht allen Methoden der *venceristas* zustimme, stehe ich im allgemeinen auf ihrer Seite. Bitte, lassen Sie mich Sie darum bitten …«

»Halt die Klappe, oder ich klebe dir auch den Mund zu!« befahl Sucre. Er fesselte Mandamus, danach Endo, der bereits ruhig mit den Händen hinter dem Rücken dasaß. Er ließ auch Marie Boulard ohne Fesseln an den Händen zurück.

»Das war dumm«, sagte Sucre zu ihnen, als er fertig war. Er legte seinen Stiefel unter die letzte Leiche, die auf dem Boden lag, und drehte sie um. Der *vencerista*, der die Leichen rausschleifte, kam zurück in den Salon; Sucre nickte ihm zu, und er zog auch diesen Leichnam weg, hinterließ dabei auf gemustertem Teppich eine weitere Blutspur.

Sucre sah Hisako an. »Ich will wissen, wer der blonde Junge war.« Er sah kurz zu Bleveans, aber sein Blick wandte sich wieder ihr zu.

Sie betrachtete die wie eine 8 geformten Nylonbänder, die sie an Philippe ketteten. »Steve Orrick«, antwortete sie.

Sie mußte den Namen wiederholen. Sie erklärte, wer er gewesen war; die anderen bestätigten, was sie gesagt hatte, als Sucre sie fragte. Er schien ihnen zu glauben.

»OK«, sagte er ihnen. »Diesmal wir gut zu euch, OK?« Er sah in die Runde, so wollte er, daß man ihm widersprach. »OK. Ihr bleibt so, bis wir gehen.«

»Äh, was ist, wenn wir auf die Toilette müssen, Genosse Major?« fragte Bleveans.

Sucre wirkte amüsiert. »Du brauchst nur Hilfe, Kapitän.«

»Es war uns nicht erlaubt, mit jemand anders auf die Toilette zu gehen«, erinnerte ihn Bleveans.

Sucre zuckte die Achseln. »So was!«

»Wie lange werden Sie uns hier festhalten, Genosse Major?« fragte Bleveans.

Sucre lächelte nur.

* * *

Der *vencerista* hinter der Bar zählte Patronenhülsen in eine Reihe von Biergläsern. Die Klimper-Klimper-Geräusche erzeugten einen Hintergrund wie der Klang von Münzen, die in eine Kasse geworfen werden. Sie durften sich leise unterhalten. Sie waren in deutlich unterscheidbare Gruppe aufgeteilt worden; die Offiziere und Passagiere bildeten eine, die verbliebenen Marokkaner und Algerier die kleinste, und die Koreaner die größte; die übrigen waren bunt zusammengewürfelt. Sie durften mit den Leuten ihrer Gruppe sprechen, aber nicht mit den anderen in Verbindung treten.

»Sobald sie den Schußwechsel hörten, sprachen sie miteinander und einige begannen ... aufzusteigen, aufzustehen«, berichtete Philippe, als sie ihn fragte, was passiert war. »Sie müssen das schon für einen früheren Zeitpunkt geplant haben, nehme ich an. Es schien, als wollten sie schon anfangen, aber sie machten es nicht, und der Mann mit der Maschinenpistole schrie sie an; uns alle, aber dann, als das Feuern aufhörte, da sprangen sie auf ... und liefen auf das Gewehr zu.« Philippe atmete tief ein, schloß die Augen. Sie legte ihm die Hand in den Nacken, streichelte ihn. Er öffnete die Augen und nahm mit einem reuevollen Lächeln ihre Hand. »War nicht sehr schön. Sie fielen.« Er schüttelte den Kopf. »Fallen überall. Ist großes Maschinengewehr«, er sah zur Bar. »Große Kugeln, auf ... einer Kette. So schießt er einfach, und schießt, und schießt.«

Seine Hand ballte sich zur Faust, zerquetschte ihre fast dabei. Sie spannte ihre Hand.

Der Salon war ruhig. Es war später Nachmittag, die Hitze begann nachzulassen. Die drückende Atmosphäre im Salon lag wie ein Gewicht auf ihnen allen. Der blutgetränkte Teppichboden verströmte einen starken, eisernen Geruch. Einige Leute versuchten zu schlafen, lehnten an Sesseln und Sofas oder lagen auf dem Boden, wälzten sich unbequem hin und her, versuchten ihre gefesselten Arme zu bewegen und den Schmerz in den Schultern zu lindern. Mandamus' Schnarchen klang irgendwie klagend.

»Vielleicht«, sagte Philippe und sah rüber zur Bar, »wenn wir alle *en masse* gelaufen wären ... Vielleicht hätten wir das Gewehr erobert. Aber wir taten es nicht ... wir liefen nicht ... zusammen.« Er drehte sich zu ihr um, und Hisako hatte ihn noch nie so gesehen, wie er jetzt aussah; jünger als er war; fast jungenhaft, und irgendwie verloren, ziellos.

Sie hatte ihm mehr Einzelheiten darüber berichtet, was nach Herrn Moriyas Anruf geschehen war; der Rest war nur eine kurze Zusammenfassung von Orricks vergeblichem Versuch, ihnen zu helfen. Philippe hatte sie bewundert und gescholten, war beeindruckt, daß sie es gewagt hatte, auf Sucre loszugehen, aber um ihre Sicherheit besorgt; schließlich waren sie diesen Leuten auf Gedeih und Verderb ausgeliefert.

Sie hatte das Gespräch der Männer verfolgt. Man war jetzt der Ansicht, daß man nichts tun konnte; sie mußten einfach nur warten und darauf hoffen, daß, was auch immer die *venceristas* zu erledigen gekommen waren, bald vorbei sein mochte. Die Guerilleros hatten gezeigt, daß sie sowohl mit einer Einzelaktion als auch mit einem Massenangriff fertig werden konnten; jetzt irgendwas zu versuchen, wenn sie nach den beiden Vorfällen darauf eingestellt waren, wäre selbstmörderisch. Davon hatten sie sich überzeugt, während sie die Luft der Lounge der *Nadia* atmeten, mit ihrem Geruch nach Rauch und Blut. Niemand hatte von der Flugzeugladung Kongreßabgeordneter gesprochen, außer um zu sagen, daß das möglicherweise ein weiterer Grund für die *venceristas* war, die Schiffe kapern zu wollen.

Die unruhige Siesta setzte sich in den späten Nachmittag fort; das Sonnenlicht erzeugte Streifen durch die Jalousien hinter den Vorhängen. Gordon Janney murmelte in dem, was sein Schlaf gewesen sein mochte; es wurde schwierig zu unterscheiden, wann er wach war und wann nicht, so als ob sein Gehirn – so verwirrt, daß es jedwede Form von Stabilität akzeptierte – versuchte, sein Bewußtsein Tag und Nacht lang im Gleichgewicht zu halten, und den Mann dabei die ganze Zeit auf dem gleichen dösigen Level zwischen Wachen und Schlafen wie gestrandet zurückließ.

Die Patronenhülsen machten *klimper klimper klimper.*

Philippe unterhielt sich leise mit Bleveans und Broekman. Hisako saß gegen einen Sessel gelehnt, versuchte, sich an jede Sekunde zu erinnern zwischen dem Moment, als sie Orrick zum ersten Mal an diesem Morgen gesehen hatte und ihrem letzten Blick auf ihn, als er mit dem Gesicht nach unten trieb, der Körper zuckte von Kugeln, das Wasser um ihn herum weiß. Sie hatten die Granaten hier drinnen gehört, sagte Philippe.

»Sie OK?« Frau Bleveans kniete vor Hisako. Ihr Gesicht sah verhärmt aus, die verbliebenen Spuren von Make-up zeitigten einen Effekt, der schlimmer war als gar keins.

Hisako nickte. »Ja.« Sie dachte, daß mehr von ihr erwartet wurde, aber sie wußte nicht, was sie noch sagen sollte. Ihre Ohren waren noch nicht wieder in Ordnung.

»Sie sicher?« sagte die Amerikanerin, und runzelte ein wenig die Stirn. Hisako dachte, daß Frau Bleveans nie menschlicher gewirkt hatte. Sie wollte das sagen, aber sie konnte nicht.

Hisako nickte erneut. »Wirklich, ja.«

Frau Bleveans tätschelte ihr Bein. »Sie ruhen sich ein wenig aus.« Sie bewegte sich zurück zu ihrem Ehemann, ging dann rüber zu Marie Boulard.

Hisako lauschte auf das Klingeln in ihren Ohren und die *Klimper klimper klimper*-Geräusche, die von der Bar kamen, wie eine Währung des Todes.

Der Kopf sank ihr runter, zuckte wieder hoch. Die Geräusche um sie herum erschienen ihr weit weg, und irgendwie dumpf. Sie wollte das Bein bewegen, aber es ging nicht.

Unter dem Schiff war eine Treppe; sie wurden durch das Schiff runtergeführt, vorbei an Laderäumen voller

Pflanzen, und Gärten, und riesigen Räumen voller Möbel, durch einen anderen Laderaum, wo Hunderte von Autos standen, mit dröhnenden Motoren, tönenden Hupen, Fahrer lehnten sich schreiend und fluchend mit großen roten Gesichtern aus Fenstern und Türen, und schwangen die Fäuste in der Luft. Sie konnte nicht ausmachen, mit wem sie da war, oder wer sie führte, aber das lag wahrscheinlich an dem schlechten Licht. Sie glaubte, daß sie wahrscheinlich träumte, aber auch Träume waren real und manchmal war zu real, was kein Traum war; zuviel, als daß die Realität es tragen konnte, zuviel, als daß sie damit fertig werden könnte. Ein Traum konnte tatsächlich viel wirklicher sein und das reichte ihr.

Unter dem Schiff war die Luft drückend und feucht; es war, als ginge man in einer dicken Decke, die durchnäßt war von etwas Dickflüssigem und Warmem. Die Oberfläche des Sees war aus rotem Glas und wurde über dem hügeligen dunklen Grund des Sees durch enorme, grotesk-unförmige, rote Säulen gestützt; sie sahen wie riesige mit Wachs bedeckte Flaschen aus, Halter für tausend gigantische Kerzen, deren jede einzelne abgebrannt war und ihren erstarrten Fluß hinterlassen hatte. Eine der Säulen trug das Schiff, von dem sie herunterstiegen.

Die Stufen endeten in der dunklen Asche am Grund des Sees. Darin zu laufen fiel schwer, und sie alle mühten sich ab. Sie sah durch das Glas auf – da war ein Loch, eingebrannt, als wäre das Glas aus Plastik – und sah Steve Orrick, wie er auf einem kleinen Holzbalken stehend den Bug der *Circle* anstrich. Er arbeitete sehr langsam, wie in Trance, und bemerkte die Menschen unter sich nicht. Ein paar Leute bei ihr ließen kleine flatternde Ballons los, ließen sie frei wie Tauben; sie zappelten nervös durch die Luft und stiegen auf, vorbei an den großen roten Säulen, durch das geschmolzene Loch im Glas und nach oben in Richtung auf den jungen Mann, der die Hülle rund um den Namenszug der *Nakado* strich.

Die Ballons wurden größer, als sie aufstiegen, und als sie bei Orrick ankamen, waren sie größer als er; sie breiteten ihre Flügel aus und hüllten ihn ein; er ließ den Pinsel fallen, ließ den Farbtopf fallen, und wurde auf dem kleinen Holzbalken festgehalten, zuerst von einem, dann von zwei, dann von vielen aufgeblähten Ballons ergriffen, die ihn mit ihren Flügeln immer fester umklammerten, und dann – lautlos – auseinanderplatzten, aufbrachen in einen Haufen weißer Federn, die langsam herabregneten, während Orricks ausgetrockneter Körper langsam radschlagend vom Bug fiel, und durch die Oberfläche des roten Sees krachte. Er fiel in einem Hagel aus schnellem roten Glas und langsamen weißen Federn. Da wo der Farbtopf gegen den Bug des Schiffes gefallen war, hatte er einen langen Streifen aus roter Bleifarbe über einem der Buchstaben des Namenszuges hinterlassen, so daß die Buchstaben nun *NAD A* ergaben.

Sie sah nicht, wo Orrick aufschlug. Die Luft war voller weißer Federn. Wo er durchgefallen war, heilte die Oberfläche des Sees wieder zu.

Am Ende des Sees, wo der Damm gewesen war, hörte die Oberfläche über ihnen abrupt auf, während der Grund sich ins Freie fortsetzte, entlang eines lange ausgetrockneten Flusslaufes. Sie war froh, daß sie zurück war und daß sie die anderen zurückgelassen hatte. Die weißen Wolken über ihr ließen ein diffus scheinendes Sonnenlicht durch.

Auf die Wolken war ein Gitter geschrieben; dunkle Linien erstreckten sich Nordsüd und Ostwest. Sie ging über den trockenen, dunklen Staub, passierte in einiger Entfernung auf jeder Seite zertrümmerte und verlassene Häuser, und beobachtete das Himmelsgitter, wie es sich allmählich mit riesigen Kreisformen füllte; sie besetzten die Zwischenräume des Gitters; einige waren dunkel wie die Asche unter ihren Füßen, und einige waren milchig wie die Wolken, und kaum zu sehen; nur gigantische Halos aus Licht im Himmel. Es wurde dunkler, als mehr der riesigen Formen auf ihren Platz flossen. DNA ergaben die Formen.

Dies mußte überall passieren, dachte sie. Wie ein gigantisches *go*-Spiel. Hell und dunkel; überall. Sie fragte sich, wer gewinnen würde. Sie wünschte sich, daß die hellen gewinnen würden. Anscheinend gewannen sie. Sie ging weiter, und bemerkte, daß die Stadt um sie zu wachsen schien. Die Häuser waren weniger zerstört, und nicht so weit entfernt wie zuvor. Der Himmel wurde wieder heller, als die milchigen Formen über ihr die dunklen umgaben und übernahmen. Jetzt drängte sich die Stadt herein, Häuser bewegten sich knirschend nach oben, während sie zusah. Es gab sogar Menschen. Sie waren klein und noch weit weg, sie räumten das Gitter der Stadt um; unter den sich auftürmenden, sich ausstreckenden Häusern.

Der Himmel war milchig, der Himmel war klar. Die himmelweiten Kreise hatten ihn übernommen. Ein schrecklicher Wind kam auf und heulte um die Häuser, während der Himmel heller wurde, und die Sonne herunterknallte. Sie ging weiter, sah aber, wie alle andern Menschen weggefegt und durch die Luft gewirbelt wurden, weißlich flatternd. Die Sonne blinkte durch eine der großen Linsen am Himmel, wurde kurz schwächer, loderte dann auf, explodierte, blendete sie und wickelte einen Umhang aus Hitze um ihr Gesicht.

Als sie die Augen öffnete, waren die Häuser geschmolzen und standen wie Säulen über der grauen Asche unter ihren Füßen; sie trugen einen Himmel aus zerbrochenem roten Glas, wie etwas Altes und Verbranntes und mit Blut Beschmiertes.

Die graue Asche bebte, und sandte ein Zittern durch ihre Füße herauf, das sie schüttelte. Der Himmel rief ihren Namen.

Sie erwachte und stellte fest, daß Philippe sie an der Schulter schüttelte. Sucre stand zu ihren Füßen, trat sie, und sah gelangweilt aus. In einer Hand hielt er ein großes Messer, in der anderen ihren Cellokasten. Sie starrte ihn mit geweiteten Augen an und setzte sich auf. Sucre steckte das Messer in die Scheide und hob sein Sturmgewehr. Die Plastikfessel, die Hisako mit Philippe verband, war durchgeschnitten worden; sie war frei.

Sucre drehte den Kopf blitzartig zur Tür. »Sie kommen mit mir; wir gehen zu einem Konzert.«

8

Conquistadores

Sie setzten sie in dem Schlauchboot der *Le Cercle* zur *Nakado* über, das Philippe und sie bei ihren Tauchgängen benutzt hatten. Durch die Wolkenlücken fiel das Sonnenlicht hell aufs Wasser, und sie umarmte ihren Cellokasten, der Geruch des Leders beruhigte sie ein wenig. Sucre saß im Bug, mit dem Gesicht zu ihr, die verspiegelte Sonnenbrille zeigte den Cellokasten, sie und den *vencerista* am Außenborder. Auf seinem Gesicht lag ein kleines, dünnes Lächeln; er hatte keine ihrer Fragen beantwortet, warum sie mit dem Cello in Richtung der *Nakado* unterwegs waren. Während der gesamten Überfahrt hielt er die Kalaschnikow auf sie gerichtet. Sie überlegte, was passieren mochte, wenn sie den Cellokasten nach ihm werfen würde. Würde er die Kugeln aufhalten? Sie glaubte nicht. Sucre würde wahrscheinlich das Schlauchboot durchlöchern, wenn das Gewehr auf Automatik gestellt war; vielleicht würde er sogar den *vencerista* am Heck treffen, aber ihre eigenen Überlebenschancen wären gering.

Dennoch stellte sie sich vor, ihn nach ihm zu werfen, hinter ihm herzuspringen; Sucre würde irgendwie danebenschießen, sie griffe sein Gewehr, würde ihn vielleicht von Bord stoßen (aber wie das schaffen, ohne das Gewehr zu verlieren, das er über die Schulter geschnallt trug?), oder ihn nur bewußtlos schlagen, ihm dennoch das Gewehr schnell genug wegnehmen, damit sie sich umdrehen und schießen konnte, bevor der Mann am Heck seine eigene Maschinenpistole ergreifen und schießen konnte … ja, und sie könnte von dem wahrscheinlich sinkenden Schlauchboot wegschwimmen, den Cellokasten als Rettungsfloß benutzen, und all die andern retten, oder Hilfe von draußen holen, und alles wäre gut. Sie schluckte heftig, als ob sie die Kühnheit der Vorstellung in sich aufnehmen würde. Ihr Herz schlug heftig, pochte gegen den Cellokasten.

Sie überlegte, wie oft Menschen in so einer Situation gewesen waren; nicht wissend, was ihnen geschehen würde, aber so voll furchtsamer Hoffnung und hoffnungsloser Furcht, daß sie sich auf alles einließen, was ihre Bewacher arrangierten, betend, daß es ohne Blutvergießen enden würde, verloren in dem erbärmlichen menschlichem Vertrauen, daß ihnen kein schreckliches Unheil angetan wurde.

Wie viele Menschen waren am frühen Morgen vom Hämmern an der Tür geweckt worden, und waren in ihren Tod gegangen – vielleicht unter Protest, aber letztlich lammfromm? Vielleicht gingen sie stumm, um ihre Familie zu schützen; vielleicht, weil sie glaubten, daß, was ihnen passierte, nichts anderes war – nichts anderes *sein konnte* – als ein schrecklicher Irrtum. Hätten sie gewußt, daß auch ihre Familie verdammt war, hätten sie gewußt, daß sie selbst bereits zutiefst verdammt und ohne Hoffnung waren, unausweichlich bestimmt für eine Kugel in den Nacken in den nächsten Stunden, oder für Jahre – oder sogar Jahrzehnte – von Qualen und Leiden in den Lagern vor einem kalten und unbeachteten Tod, hätten sie vielleicht damals widerstanden, am Anfang, als sie noch eine Chance hatte, wie sinnlos auch immer ihr Widerstand am Ende wäre. Aber nach allem, was sie wußte, leisteten nur wenige Widerstand. Hoffnung war ansteckend, und manchmal brachte die Realität Verzweiflung mit sich.

Wie konnte man glauben, sogar noch in den Viehwaggons, daß, was einst die zivilisierteste Nation der Erde gewesen war, sich darauf vorbereitete, dich –

euch alle, die ganze Zugladung – zu nehmen, auszuziehen, Prothesen, Brillen, Kleidung, Perücken und Schmuck auszusortieren, euch zu Hunderten zu vergasen wie in einem Fließband des Todes und euch dann die Goldzähne aus dem Schädel zu brechen. Das war Stoff aus Alpträumen und nicht Wirklichkeit. Es war zu schrecklich, um wahr zu sein; selbst einem Volk, das sich über die Jahrhunderte an Vorurteile und Verfolgung gewöhnt hatte, mußte es schwer gefallen sein, zu glauben, daß das wirklich im zwanzigsten Jahrhundert im Westen passieren könnte.

Und der Arzt, Techniker oder Politiker in Moskau, Kiew oder Leningrad, der von den Fäusten an der Tür aus dem Schlaf gerissen wurde; ohne zu wissen, daß er, soweit es den Staat betraf, bereits tot war. Wer konnte ihm vorwerfen, daß er ruhig mitgegangen war, in der Hoffnung, durch seine Kooperation Eindruck zu schinden, um seine Frau und seine Kinder zu retten (was er vielleicht tat)? Nervös von seinem Wissen überzeugt, daß er nichts Unrechtes getan und immer die Partei und den großen Führer unterstützt hatte; konnte es da überraschen, daß er ruhig einen kleinen Koffer packte und seiner Frau die Tränen vom Gesicht küßte und versprach, bald zurück zu sein.

Die Bewohner Kamputscheas hatten die Stadt verlassen, sahen zuerst eine verzerrte Logik darin, hielten es für das Beste, den Männern aus dem Dschungel ihren Willen zu lassen. Wie hätten sie wissen können – wie hätten sie den Gedanken daran ernst nehmen können –, daß die Brillen auf ihren Nasen ihnen die Eisenstange einbringen würden, die sie zu Brei schlagen würde, sie im Dreck landen lassen würde.

Selbst wenn man wußte, was passieren würde, würde man vielleicht noch hoffen, oder konnte einfach nicht glauben, daß es einem wirklich passieren würde, in (zu ihrer Zeit) Chile, Argentinien, Nicaragua, El Salvador ... Panama.

Sie wandte sich von ihrem Spiegelbild in Sucres lächelndem Gesicht ab. Das Ufer war weit weg und wirkte wie unter den Horizont geduckt. Vielleicht würde von dort Hilfe kommen. Vielleicht hatte Orrick auf eine Art und Weise Erfolg gehabt; jemand an Land könnte die Schüsse und Explosionen gehört haben, als sie ihn getötet hatten. Die Nationalgarde würde kommen, und die *venceristas* würden fliehen, ihre Geiseln am Leben lassen; es wäre absurd noch mehr zu töten, oder nicht? Internationale Meinung; Aufschrei, Verurteilung, Vergeltung.

Sie umarmte den Kasten fester, spürte, wie sie zitterte. Die rechteckige, massige Silhouette der *Nakado* füllte den Himmel vor ihr aus, verdeckte die Sonne.

Sie stieg hinter Sucre die Treppe vom Landungsponton hoch, hielt dabei immer noch das Cello in seinem Kasten vor sich. Auf Deck stieß ein weiterer *vencerista* zu ihnen und brachte sie ins Schiff. Sie wurde in die Offiziersmesse geführt. Die Vorhänge waren zugezogen; zwei Scheinwerfer schienen von der anderen Seite des Tisches. Sie konnte undeutlich eine Gestalt ausmachen, die dort saß. Einen Meter oder so am Ende des Tisches, der ihr am nächsten stand, hatte man einen Stuhl herausgezogen. Sucre bedeutete ihr, dort Platz zu nehmen, ging dann zu der undeutlich erkennbaren Gestalt, die hinter den Scheinwerfern saß. Sie kniff die Augen zusammen, starrte nach vorne. Die Scheinwerfer waren Architektenlampen, die auf dem Tisch standen und genau auf sie gerichtet waren. Der klimatisierte Raum ließ sie erneut frösteln, und sie wünschte sich, sie trüge etwas Substantielleres als nur den *yukata*.

»Frau Onoda«, sagte Sucre hinter den Lampen. Sie bedeckte die Augen. »Der *jefe* will, daß Sie für ihn spielen.«

Sie verharrte. Es herrschte Stille, bis sie sagte: »Was soll ich spielen?«

Sie sah, wie Sucre sich zu dem anderen Mann hinunterbeugte, sich dann wieder aufrichtete.

»Was immer Sie wollen.«

Sie dachte darüber nach. Sogar zu fragen, ob sie eine Wahl hatte, erschien sinnlos. Sie konnte um ihre Noten bitten und die Sache so verzögern, aber sie konnte keinen Sinn darin erkennen. Sie würde lieber spielen, und so schnell sie konnte zu Philippe und den anderen zurückkehren. Darüber nachzudenken, wer der Mann hinter den Lampen war und warum er seine Identität geheimhalten wollte, erschien gleichermaßen sinnlos. Sie seufzte, öffnete den Kasten und nahm das Cello und den Bogen heraus, legte den Kasten auf den Boden.

»Es wird eine kleine Weile dauern, es zu stimmen«, sagte sie, während sie den Dorn auf die passende Größe für den kleinen Stuhl einstellte, dann das Cello an sich zog, es zwischen ihren Schenkeln, und an ihren Brüsten, und ihrem Hals fühlte.

»Ist OK«, sagte Sucre zu ihr, als sie den Bogen über die Saiten strich. Die A-Saite war ein bißchen zu tief; sie brachte sie in Einklang mit den anderen, schloß die Augen und lauschte. Sie hatte sich den Vorgang des Stimmens immer bildlich vorgestellt. In ihrer Vorstellung war der Klang eine vibrierende Farblinie, eine Säule in der Luft, die sich wie Öl auf Wasser veränderte, dabei aber immer kohärent und irgendwie fest. Wenn an einer Kante ein Schatten zitterte, wie bei einem schlechten Farbfotoabzug, mußte es neu justiert werden, wieder in Einklang gebracht werden. Das Cello sang, summte an ihr; die Farbsäule hinter ihren Augen war hell und klar.

Sie überprüfte es, indem sie sich durch ein paar Übungen fingerte, fand dabei heraus, daß ihre Knöchel und Gelenke weniger steif waren, als sie befürchtet hatte.

Sie öffnete die Augen. »Das ist… Tung Lois ›Lied des Abschieds‹«, sagte sie zu den Lampen.

Keine Reaktion. Es war kein klassisches Stück, und sie fragte sich, ob der schüchterne Mann, der sie gefangen genommen hatte, vielleicht etwas gegen ein modernes Stück hätte, aber der *jefe* hinter den Lampen sagte gar nichts. Vielleicht wußte er nicht genug, um einen Kommentar abzugeben, oder vielleicht kannte er das Stück und billigte es; es war, was als Neuklassik bekannt geworden war, Teil der melodischen *fin de siècle*-Reaktion auf die mathematische Atonalität.

Sie beugte sich über das Instrument, schloß langsam die Augen beim ersten breiten Bogenstrich, der das Erwachen der Frau und die Morgendämmerung bedeutete, von dem das Stück singen würde.

In technischer Hinsicht war es ein recht anspruchsloses Stück, aber die Gefühle, die es erforderte, daß man alles rausholte, was man der Musik abringen konnte, machte es nicht leicht, es zu spielen, ohne dabei entweder lässig oder prätentiös zu wirken. Sie war sich nicht sicher, warum sie es ausgesucht hatte; sie hatte es über die Monate seit ihrer Abreise aus Japan geübt, und es klang voll und gut in seiner Solofassung, aber das galt auch für andere Stücke, und dies war eins, bei dem sie in der Vergangenheit nie überzeugt gewesen war, ihm gerecht geworden zu sein.

Sie hörte auf, sich darüber Gedanken zu machen, und vergaß die Lampen, und den Mann dahinter, und das Gewehr an Sucres Hüfte, und die Menschen, die auf der *Nadia* eingeschlossen und gefesselt waren, und spielte einfach, versenkte sich in die samtenen Tiefen der Hoffnung und Trauer der Musik.

Als es vorbei war und die letzten Noten erstarben, sich schließlich der Luft überantworteten, dem Fleisch ihrer Fingerspitze und dem uralten Holz des Instruments, hielt sie ihre Augen eine Zeitlang geschlossen, noch in ihrer tiefen roten Höhle aus Kummer und Verlust. Hinter ihren Augenlidern waren seltsame Muster, schwimmend und pulsierend zum starken Takt ihres Blutes. Die Musik schien sie in eine eigene Melodie der Bewegung versetzt zu haben, und nun entwirrten sie sich wieder in ihr natürliches Semi-Chaos. Sie beobachtete sie.

Klatsch Klatsch Klatsch. Das plötzliche Geräusch des Beifalls schockierte sie. Sie öffnete schnell die Augen. Ein flüchtiger Blick auf weiße Hände, die im Licht klatschten, bevor sie sich zurückzogen. Die Gestalt beugte sich nach einer Seite zu Sucre, und auch er begann zu klatschen, machte es dem anderen Mann nach. Sucre nickte energisch, warf einen kurzen Blick von ihr zu dem Mann im Stuhl neben ihm.

Klatsch Klatsch Klatsch. Der Beifall ließ nach, hörte auf.

Hisako saß blinzelnd im Licht.

Sucre beugte sich zu dem Mann hinunter. »Schön«, erklärte er, während er sich aufrichtete.

»Danke.« Sie entspannte sich, ließ die Bogenspitze den Boden berühren. Würde er mehr wollen?

Sucre beugte sich wieder, sagte dann: »Drehen Sie sich bitte um, *Señorita,* mit dem Gesicht in die andere Richtung.«

Sie machte große Augen. Dann drehte sie sich verlegen mit dem Cello um, verschob den Stuhl, sah zurück zur Tür auf den Korridor hinaus.

Warum? überlegte sie. *Sicherlich nicht um mich zu erschießen? Spiele ich für ihn, vollführe ich somit gehorsam diese letzte Geste, die es ihnen leichter machen wird, mich zu töten?* Hinter ihr flammte Licht auf. Sie wurde steif.

»OK«, sagte Sucre gelassen. »Drehen Sie sich jetzt um.«

Sie drehte sich auf dem Stuhl, drehte das Cello vor sich um. Das rotglühende Ende einer Zigarre leuchtete schwach hinter den Lampen. Eine Rauchwolke trieb vor den Strahlern, verschlechterte die Sicht dahinter noch mehr. Sie roch Schwefel.

»Der *jefe* will wissen, woran Sie gedacht haben, als Sie das Stück spielten«, sagte Sucre.

Sie dachte nach, war sich bewußt, daß sie die Stirn runzelte, und von den Lichtern wegsah in die Dunkelheit und dort ihre Antwort suchte.

»Ich dachte daran … wegzugehen. Daran, aus Japan wegzugehen. An Abschied …« – sie zögerte, begriff dann, daß es keinen Sinn machte, sich etwas vorzumachen. »Ich dachte daran … die Leute auf dem Schiff zu verlassen; der *Nadia*.« Sie hatte vorgehabt ›eine Person‹ oder ›jemand‹ auf dem Schiff zu sagen, aber etwas hatte sie davon abgehalten, genau in dem Moment, als sie gesprochen hatte, auch wenn sie wußte, daß Sucre bereits über Philippe Bescheid wußte. Sogar in diesen winzigen, hoffnungslosen Ausprägungen versuchen wir, die zu schützen, die wir lieben, dachte sie, und sah hoch in die Lampen. »Ich dachte daran, aus dem Leben zu scheiden; daran, daß das meine letzte Möglichkeit war, zu spielen.« Sie setzte sich gerade im Stuhl auf. »Daran habe ich gedacht.«

Sie hörte, wie der Mann hinter den Lampen den Atem einzog. Vielleicht nickte er. Sucre zog einen Stuhl heran, und setzte sich neben den anderen Mann. »Der *jefe* will wissen, was Sie von uns halten.« Es war, als würde eine der Lampen sprechen.

»Von den *venceristas?*«

»*Si.*«

Sie überlegte, was sie jetzt am besten sagen sollte. Aber sie würden wissen, daß sie versuchte, das Richtige zu sagen, also wozu? Sie zuckte die Achseln, sah runter auf das Cello, griff in die Saiten. »Ich weiß nicht. Ich weiß nicht, wofür Sie stehen.«

Nach einer Pause: »Freiheit für das Volk von Panamá. Vielleicht ein Großkolumbien. Die Marionettenschnüre der *yanquis* zerschneiden.«

»Also, das könnte etwas Richtiges sein«, sagte sie und sah nicht auf. Schweigen am anderen Ende des

Tisches. Die Glut der Zigarre leuchtete einen Moment hell auf. »Ich bin keine Politikerin«, erklärte sie. »Ich bin Musikerin. Jedenfalls ist das nicht mein Kampf. Tut mir leid.« Sie blickte auf. »Wir wollen alle nur lebend hier rauskommen.«

Die Glut der Zigarre senkte sich zu Sucre. Sie hörte eine tiefe Stimme, rauchig, als habe sie ein wenig vom Wesen der stechenden blauen Dämpfe angenommen, die sie auf dem Weg zu ihr durchquerte.

»Aber die *yanquis* zwangen Sie, ihr Land zu öffnen ja? 1854; die US-Marine zwang Sie dazu, Handel zu treiben.« Sie spürte, daß sich Sucre erneut nahe zu dem anderen Mann lehnte, hörte noch mal das Grollen seiner Stimme. »Und dann, weniger als ein Jahrhundert später, greifen sie Sie mit Atombomben an.« Die Glut der Zigarre ragte an einer Seite heraus; sie konnte sie so eben unter dem Schein der linken Lampe erkennen, und sie konnte sich die sitzende Gestalt vorstellen, den Arm auf der Armlehne des Sessels. »Häh?« sagte Sucre.

»Das alles ist geschehen«, sagt sie. »Wir …« Sie suchte fieberhaft nach Worten, die anderthalb Jahrhunderte des radikalsten Wandel beschrieben, den ein Land je erlebt hatte. »Wir waren stark in unserer Isolation, aber sie konnte nicht ewig andauern. Als wir gezwungen wurden … uns zu verändern, änderten wir uns und fanden neue Stärken … oder neue Ausformungen der alten. Wir wollten zuviel; wir versuchten uns den Völkern draußen anzupassen; uns wie sie zu verhalten. Wir besiegten China und Rußland, und die Welt war erstaunt, auch erstaunt, daß wir unsere Gefangenen so gut behandelten … dann wurden wir … vielleicht arrogant und glaubten, wir könnten es mit Amerika aufnehmen, und die … ausländischen Teufel behandeln, als wären sie Untermenschen. So wurden wir auf dieselbe Weise behandelt. Das war falsch, aber auch wir handelten falsch. Seitdem sind wir aufgeblüht. Wir haben Kümmernisse, aber ...« – sie seufzte erneut, sah runter auf die Saiten, ließ ihre Finger auf ihnen ruhen, stellte sich den Akkord vor, den sie erzeugten – »wir können kaum klagen.« Die Lampen brannten immer noch. Die Zigarre wanderte wieder in die Mitte und glühte auf.

»Glauben Sie, daß uns die Leute auf dem anderen Schiff unterstützen werden?« fragte Sucre nach einer Pause.

»Sie wollen leben«, antwortete sie. »Ein paar wollen vielleicht, daß sie Erfolg haben, andere vielleicht nicht. Sie alle wollen leben. Das ist stärker.«

Ein Laut, der ein ›hmm‹ gewesen sein könnte. Rauch wogte wie ein Segel in die Zwillingslichtkegel, und wallte in einem langsamen, flüssigen Gemisch über den Tisch.

»Werden Sie in Amerika spielen?« fragte Sucre.

»Ich habe zugesagt, daß ich nach Europa darüber nachdenken wollte. Vielleicht.« Sie überlegte, wieviel der Mann hinter den Lampen begriff. Sie wählte ihre Worte nicht danach aus, damit sie sich wohl fühlten.

»Sie spielen für die *yanquis?*« fragte Sucre und klang amüsiert.

»Ich schwöre, daß ich nicht tun werde, wenn das ihnen etwas bedeuten würde.«

Eindeutiges Amüsement am anderen Ende des Tisches. Wieder die grollende Stimme. »Das möchten wir gar nicht, *Señorita*«, sagte Sucre lachend.

»Was möchten Sie?«

Sucre wartete auf die leise Stimme, sagte dann: »Wir möchten, daß sie noch ein ...«

Die Lampen flackerten und gingen aus; ein Ton im Schiff, noch nie zuvor bemerkt, weil immer präsent, veränderte sich, heulte leiser. Für einen Moment ging das Licht schwach wieder an, erlosch langsam, die Glühfäden veränderten sich über Gelb zu Orange, zu Rot; die gleiche Farbe wie die Zigarre. Sie gingen aus.

Aus den Ecken des Saales glomm die Notbeleuchtung; sie erfüllte die Messe mit einem schwachen Glühen von Neon.

Sie erblickte einen Mann in olivfarbenem Kampfanzug; eckige Schultern, eckiges Gesicht. Eine Sekunde lang glaubte sie, er wäre kahl, dann erkannte sie, daß er blonde Haare hatte, kurzgeschnitten. Seine Augen waren von glänzendem Blau. Sie sah, wie Sucre schnell aufstand. Hinter ihr ertönte ein Geräusch, und die Tür ging auf. Eine Stimme hinter ihr sagte: »*Jefe* ...«, verstummte dann.

Erstarrt, erschien die Szenerie klischeehaft und aller Farbe beraubt, fast monochrom. Sucre bewegte sich unsicher auf sie zu. Der Mann, der die Zigarre hielt, hob sie an dünne Lippen unter einem dünnen, blonden Schnurrbart; das rote Glühen brachte Farbe auf sein Gesicht.

Die Stimme hinter ihr gab ein Räuspern von sich. »*Jefe?*«

Der *jefe* sah Hisako ruhig an. Die tiefe Stimme grollte: »Sucre, überprüf den Maschinenraum! Wenn jemand ... den Generator falsch bedient hat ... will ich ihn sehen.«

Sucre nickte und ging schnell weg. Der Mann an der Tür mußte immer noch da gewesen sein; sie sah, wie der *jefe* über sie hinweg schaute, geringfügig seine Augenbrauen hochzog, und nur eine ganze leichte Neigung seines Kopfes andeutete. »*Si*«, sagte die Stimme. Die Tür schloß sich, und sie fühlte sich allein; allein mit dem *jefe*.

Der blonde Mann seufzte, sah auf die Spitze seiner Zigarre. Er schnippte ein paar Zentimeter Asche in einen Aschenbecher auf dem Tisch direkt vor ihm.

»Havanna«, sagte er und hielt die Zigarre einen Moment lang hoch. Er studierte erneut die Spitze. »Sie können die Qualität einer Zigarre ... also, aus dem Deckblatt erkennen ... aber auch daran, wieviel Asche sie trägt.« Er rollte die Zigarre ein paar Sekunden lang zwischen den Fingern. »Gerollt auf den Schenkeln von *Señoritas*.« Er lächelte sie an, und rauchte.

Er griff sich an die Hüfte, zog eine automatische Pistole hervor und legte sie sanft neben dem Aschenbecher auf den Tisch. Er sah sie an. »Erschrecken Sie nicht, Ma'am.« Er legte eine Hand auf die Pistole, fuhr mit den Fingern über den Lauf und das Magazin, wobei er die Waffe ansah. Seine Hände waren breit, mit langen Fingern und doch berührte er die Pistole mit einer Art Feinfühligkeit. »Colt 19-11 A 1«, sagte er und seine Stimme füllte den Saal, tief und voll. Sie stellte sich Zigarrenteer in seiner Lunge vor; vom Rauch vernarbte Stimmbänder.

Die großen Hände streichelten wieder die Pistole. »Immer noch eine verdammt feine Waffe, nach all den Jahren. Das ist ein 73er Modell.« Er sah zu ihr hoch. »Nicht so alt wie Ihr Cello, vermute ich.«

Sie schluckte. »Nein. Nicht bei ... zweieinhalb Jahrhunderten.«

»Yeah?« Er wirkte belustigt, lehnte sich zurück in den Stuhl. »So viel, huh?« Er saß nickend da. Der Zigarrenrauch bildete eine gezackte Linie, die in die Luft stieg.

Sie wollte fragen, ob sie jetzt tot war, ob sein Anblick ihre Verurteilung bedeutete, und das Licht ihr Henker war, aber sie brachte es nicht fertig. Sie biß sich auf die Lippe, sah wieder runter auf die Saiten des Cellos. Sie versuchte einen stummen Akkord zu greifen, aber ihre Hand zitterte zu sehr.

»Sie haben wirklich gut gespielt, Fräulein Onoda.« Die tiefe Stimme ließ sie erzittern, eine Frequenz, die mit ihren zitternden Händen in einem mitfühlenden Gleichklang schwang.

»Danke«, flüsterte sie.

»Ma'am«, erklärte er gelassen. »Ich möchte nicht, daß Sie sich Sorgen machen. Es lag nicht in meiner Absicht, daß Sie mich sehen, aber nun, da Sie es getan haben, bedeutet es nur, daß Sie nicht zu den anderen zurückgehen können, bis unser Job hier beendet ist.«

Seine Ellbogen lagen auf dem Tisch, zwischen den Lampen, überbrückten den Abstand zwischen dem Aschenbecher und der Waffe. Seine Augen verschwanden hinter einem Rauchschleier. »Ich möchte nicht, daß Sie sich irgendwelche Sorgen machen, verstehen Sie?«

»Oh«, sagte sie und sah ihn direkt an. »Gut, werd ich nicht.«

Er gab ein kehliges Lachen von sich. »Verdammt, Sucre sagte, Sie wären cool, Fräulein Onoda. Jetzt verstehe ich, was er meinte.« Er lachte erneut. Der Sitz knarrte, als er sich zurücklehnte. »Ich würde wirklich gerne wissen, was Ihrer Meinung nach hier vorgeht, wissen Sie? Ich habe den Eindruck, als hätten Sie alle möglichen Vorstellungen.«

»Keine davon ist es wert, wiedergegeben zu werden.« Das Zittern in ihren Händen ließ nach. Sie konnte einen Akkord greifen.

»Nein; ich möchte es gerne wissen.«

Sie zuckte die Achseln. Ein Akkord nach dem anderen; der Wechsel paßte gerade so.

»Was, wenn ich sagen würde, daß nichts, was Sie sagen, mir etwas ausmacht?« Die Stimme schien sich ein wenig zu heben, als ob sie sich ausdehnte. »Es ist mein Job, Leute zu durchschauen, Ma'am und ich glaube ernsthaft, ich habe Sie schon seit einiger Zeit durchschaut, also warum ...« – sie hörte das Einatmen, sah, wie das Glühen der Zigarre reflektiert wurde – »... sagen Sie mir einfach, was Sie denken?« Die Hand wedelte die Zigarre umher, nie weit weg von der liegenden Waffe. »Kann nicht schlimmer sein als das, was Sie jetzt schon meiner Meinung nach glauben.«

All die Menschen, die lammfromm gegangen waren; all die Menschen, die schwach gegangen waren. Jetzt bin ich tot, dachte sie. Na gut, es mußte sein.

Sie sah in die blauen Augen, legte den Bogen auf eine Seite das Cello auf die andere, und faltete die Hände im Schoß. Sie sagte: »Sie sind Amerikaner.«

Keine Reaktion. Der Mann wie ein Standfoto, eingefangen im Licht.

»Sie sind wegen des Flugzeugs und der Kongreßabgeordneten hier. Ich konnte nicht verstehen, warum die *venceristas* das Flugzeug runterholen wollten; es wäre Wahnsinn; die ganze Welt würde sie verachten. Für die US-Flotte wäre es eine Chance, Vergeltung zu üben. Für die Marines eine, einzumarschieren. Da läge kein Sinn drin. Aber für Sie? … Für die CIA? … Das Opfer könnte sich lohnen.«

Es war gesagt. Die Worte schienen ihr den Mund auszutrocknen, als sie ausgesprochen wurden, aber sie kamen heraus, erblühten wie Blumen in der kalten verrauchten Raumluft. »Sie haben uns alle getäuscht«, fügte sie hinzu, versuchte immer noch, die anderen zu retten. »Niemand vermutete, daß Sie Ihr eigenes Flugzeug runterholen würden. Steve Orrick wurde getäuscht; der junge Mann, den Ihre Männer mit Granaten töteten.«

»O Yeah; schade drum.« Der blonde Mann wirkte betroffen. »Der Junge berechtigte zu den größten Hoffnungen; er dachte, er täte das Richtige für Amerika. Das kann man ihm nicht vorwerfen.« Der *jefe* zuckte die Achseln, und seine Schultern bewegten sich wie eine große Welle, die aufstieg, fiel. »Es gibt immer Verluste. So ist das eben.«

»Und die Menschen im Flugzeug?«

Der Mann sah sie eine ganze Zeit lang an, nickte dann bedächtig. »Also«, erklärte er, fuhr sich mit der Hand, die die Zigarre hielt, langsam durch sein kurzgeschorenes Haar, massierte seine Kopfhaut, »es gibt eine lange und ehrenvolle Tradition im Abschießen von Passagierflugzeugen, Fräulein Onoda. Die Israelis taten es damals in … oh, den frühen Siebzigern, glaube ich; ägyptisches Flugzeug über dem Sinai. KAL 007 wurde den Russen zugeschrieben, und wir holten über dem Persischen Golf einen Airbus runter, damals '88. Ein italienisches Flugzeug fing sich während eines Manövers vermutlich aus Versehen eine NATO-Rakete ein, ebenfalls damals in den Siebzigern … ganz zu schweigen von terroristischen Bombenattentaten.« Er zuckte die Schultern. »Diese Dinge müssen manchmal sein.«

Hisako blickte wieder nach unten. »Ich habe einmal ein Transparent gesehen, im Fernsehen«, sagte sie, »vor einer amerikanischen Raketenbasis in England. Auf dem Transparent stand: ›Nehmt den Jungs die Spielzeuge weg!‹«

Er lachte. »So sehen Sie das, Fräulein Onoda? Die Männer sind schuld? So einfach?«

Sie zuckte die Achseln. »Nur eine Überlegung.«

Er lachte wieder. »Zum Teufel, ich hoffe, wir sind noch eine Zeitlang hier; Fräulein Onoda; ich möchte mich mit Ihnen unterhalten.« Er streichelte die Waffe, klopfte mit der Zigarre auf den Rand des Aschenbechers, löste den grauen Kegel aber nicht. »Ich hoffe außerdem, daß Sie noch mal für mich spielen.«

Sie überlegte einen Moment, beugte sich dann runter und nahm den Bogen vom Boden auf und – sie hielt ein Ende in jeder Hand (und dachte, *Das ist bescheuert; warum tue ich das?*) – brach ihn entzwei. Das Holz gab nach, machte ein Geräusch wie ein Gewehrschuß. Das Pferdehaar hielt die Stücke zusammen.

Sie warf den zerbrochenen Bogen vor ihn auf den Tisch. Er glitt über den Tisch und blieb zwischen den dunkler gewordenen Lampen liegen, stieß mit einem dumpfen Geräusch gegen den Aschenbecher und die Pistole, über der schon seine Hand schwebte.

Er sah einen Moment lang auf den zertrümmerten Bogen, nahm ihn dann bedächtig in die Hand, die nach der Pistole gegriffen hatte, hob den dunklen, zersplitterten Bogen hoch, ein Ende hing der Länge nach an einem Pferdehaar. »Hmm«, sagte er.

Die Tür hinter ihr ging auf. Einer der anderen kam herein, eilte zum anderen Ende des Tischs, warf ihr nur einen kurzen Blick zu, lehnte sich dann runter, und sprach zu dem blonden Mann. Sie fing genug auf; *aeroplano* und *mañana*.

Er erhob sich, nahm den Colt auf.

Sie betrachtete die Pistole. *Ich weiß nicht,* sagte sie ruhig zu sich. *Wie bereitet man sich vor? Wie bereitete sich jemals jemand vor? Wenn es tatsächlich passiert, kann man es nie herausfinden. Frag einen Ahnen!*

Der blonde Mann – groß, knapp zwei Meter – flüsterte dem Soldaten, der ihm die Botschaft überbracht hatte, etwas zu. Das Hintergrundgeräusch im Saal veränderte sich, wurde lauter, summte. Das Licht ging flackernd an, aus, dann wieder an, überflutete den Saal mit hellem Glanz, zeichneten die Umrisse der zwei Männer. Sie wartete, um herauszufinden, worum es bei dem Flüstern noch ging; zu spät, um irgendeinen Vorteil aus der vom Licht erzeugten Überraschung zu ziehen. Immer zu spät.

Der andere Mann nickte, griff in die Tasche. Er ging um sie herum, während der *jefe* in sich hineinlächelte und seine Zigarre rauchte. Er nahm den Cellokasten, der an ein Schott gelehnt war.

Der Soldat hinter ihr nahm ihre Handgelenke, legte etwas Schmales und Hartes darum, und zog fest an.

Der blonde Mann nahm ihr Cello und legte es sanft in den Kasten. »Bring Fräulein Onoda zurück auf ihr Schiff, verstanden?« sagte er.

Der Soldat stellte sie auf die Beine. Der *jefe* nickte mit seinem Bürstenschnitt-Kopf. »Dandridge«, sagte er. »Earl Dandridge.« Er übergab dem Soldaten den geschlossenen Cellokasten. »Nett, Sie kennengelernt zu haben, Fräulein Onoda. Sichere Rückreise.«

Es war am Flughafen, wo sie einen Menschen tötete.

(Nach dem Fiasko mit der Amerikatour und nach ein paar tränenreichen Tagen mit ihrer Mutter, unfähig auszugehen, unwillig einen ihrer alten Freunde zu sehen, fuhr sie zurück nach Tokyo, hob ihre Ersparnisse ab und machte Urlaub, reiste per Zug, Bus und Fähre durch ihr Land, stieg in *ryokans* ab, wann immer sie konnte. Das Land stabilisierte sie durch seine Massen, Struktur und schieren Ausmaße; die Entfernung von einem Ort zum nächsten. Die ruhige, entspannte Förmlichkeit der alten, traditionellen Gasthäuser ließ sie langsam zur Ruhe kommen.)

Der Körper fiel in das matschige, zertrampelte Gras, die Augen immer noch vom Schreck geweitet, während die Füße stampften und Schreie erklangen und das Geräusch eines landenden Jets die Luft über ihnen erschütterte. Seine Beine traten einmal aus.

(Sie nahm den *Shinkansen* nach Kyoto, beobachtete, wie Meer und Land vorbeisausten, als der Zug mit der Geschwindigkeit einer Pistolenkugel über die Stahlschienen sang, in Richtung Süden und Westen. In dieser alten Stadt war sie eine Touristin, die ruhig durch das Straßennetz ging, Tempel und Schreine besuchte. Sie saß in den Hügeln am Nanzenji-Tempel und betrachtete den Wasserfall, den sie entdeckt hatte, indem sie dem Aquädukt aus roten Ziegelsteinen über das Anwesen gefolgt war. Am Kiyomizu sah sie so lange von der Holzveranda herunter, hinunter in die tiefe Kluft jenseits des Kliffs und der Holzlatten, daß ein Tempelführer kam und sie fragte, ob es ihr gut ginge. Es war ihr peinlich, und sie ging schnell weg. Sie ging zum Kinkakuji, zum einen, um den Schauplatz von Mishimas *Der Tempelbrand* zu sehen, aber auch um seiner selbst willen. Ryoanji war ihr zu voll und zu laut; sie verließ den berühmten Kiesgarten, ohne ihn gesehen zu haben. Todaiji schüchterte sie schon durch seine Größe ein; sie wandte sich draußen ab, fühlte sich schwach und töricht. Statt dessen kaufte sie eine Postkarte des Bronzebuddhas, der drinnen stand und schickte sie ihrer Mutter.)

Sie stach ihm die Finger in die Kehle, augenblicklich wütend geworden, außerhalb jeder Vernunft oder Normalität, der Druck all ihrer Frustration hämmerte ihre Knochen und ihr Fleisch in seinen Hals. Er ließ den Schlagstock fallen. Seine Augen wurden weiß.

(In Toba beobachtete sie die Perlentaucher. Manchmal tauchten sie noch nach Perlen, aber jetzt zumeist nach Meerespflanzen; Zuchtperlen waren billiger, und einfacher zu ernten. Sie saß den halben Tag auf den Felsen und beobachtete die Damen in den dunklen Badeanzügen, wie sie mit ihrem Holzeimer rausschwammen, dann ausloteten und für ein paar Minuten auf einmal verschwanden. Wenn sie auftauchten, dann mit einem seltsamen pfeifenden Geräusch, daß sie nie ganz in die übliche Tonleiter einreihen konnte, egal wie oft sie ihm zuhörte.)

Er kämpfte; in seinem Körperpanzer sah er hinter seiner Gasmaske hart und insektenhaft aus. Der orangefarbene Rauch hüllte sie ein. Das nasse Tuch um ihren Mund hielt den Rauch besser ab als das Tränengas. Zehn Meter vor ihnen über den Köpfen der Studenten, stiegen und fielen Schlagstöcke wie Dreschflegel. Aufsteigendes Schreien, der Druck der Masse warf sie um; sie taumelten, sanken beide auf die Knie. Durch ihre Feincordhosen spürte sie die Feuchtigkeit des Bodens. Der Bereitschaftspolizist streckte seine Hand aus, runter auf den Boden. Sie glaubte, er wolle sich damit abstützen aber er hatte den Schlagstock gefunden. Er hob ihn hoch und ließ ihn auf sie niedersausen; ihr Sturzhelm fing den Schlag ab, der sie in das nasse Gras schleuderte; jemand trampelte ihr auf die Hand, was sie mit Schmerz erfüllte. Wieder sauste der Schlagstock auf sie nieder, und sie wich aus; er traf den Boden. Die Schmerzen in ihrem Brummschädel, und in ihrer brennenden, aufgespießten Hand ergriffen Besitz von ihr, erstickten sie, erfüllten sie. Sie fing sich wieder, und erblickte durch ihre Tränen und den wirbelnden orangefarbenen Rauch des Polizisten bloßgelegte Kehle, als er den Schlagstock wieder hob.

(Und Hiroshima. Die Deckenträger und hohlen Augen der Fenster der zerstörten Markthalle. Sie ging durch das Museum, las die englischen Bildunterschriften, und konnte nicht glauben, daß das Mahnmal so unzulänglich war. Die nackten Mauern und der gebleichte Beton der zerstörten Markthalle waren sehr viel aussagekräftiger.

Sie stand mit dem Rücken zum Friedenspark am Flußufer, sah, wie ihr Schatten über den graubraunen Fluten länger wurde, während sich der Himmel rot färbte, und spürte Tränen ihre Wangen herunterlaufen.

Zu viel, wende dich ab.

* * *

Wieder im Zug fuhr sie durch Kitakyushu, wo die zweite Bombe abgeworfen worden wäre, wenn die Sicht an dem Tag besser gewesen wäre. Statt dessen traf es die verstreuten Hügel von Nagasaki. Das dortige Denkmal – im Mittelpunkt eine gigantische Statue eines Menschen – fand sie passender; was den zwei Städten geschehen war – beide wieder überfüllte und geschäftige Orte – lag jenseits der Abstraktion.)

Die Kette drückte vorwärts; sie sangen und schrien, die Stimmen durch die feuchten Tücher gedämpft, die viele über Mund und Nase hatten, um das Ärgste vom Tränengas abzuhalten. Sie hatte vergessen, eine Schutzbrille mitzunehmen, und der Sturzhelm hatte kein Visier. Ihre Arme wurden auf beiden Seiten festgehalten; eingehakt bei den Studenten. Sie fühlte sich gut; ängstlich, aber entschlossen, sie handelte mit den anderen, Teil eines Teams, größer als sie. Sie hörten Schreie von vorne. Wie ein Zaun erhoben sich vor ihnen Schlagstöcke in die Luft. Sie stürmten vorwärts; die Kette zerfiel und machte den Weg frei; Menschen stolperten vor ihr, etwas schlug auf ihren Helm, als sie über einen Haufen Leute stolperte, und sie erhaschte einen Blick auf eine Bereitschaftspolizeimontur; Visiere glitzerten im letzten Rest des Sonnenlichts. Ihre Arme wurde aus denen der Jugendlichen rechts und links von ihr gerissen, und der orangefarbene Rauch legte sich wie dichter Nebel um sie. Der Bereitschaftspolizist schoß rückwärts durch den orangefarbenen Dunst, krachte mit ihr zusammen. Sein rechter Handschuh war weg, und sie sah, wie der Lederriemen, der ihn mit seinem Schlagstock verband, von seinem Handgelenk glitt, als sie beide versuchten, ihre Balance zurückzugewinnen. Er grapschte nach dem fallenden Stock, als er sich umdrehte, dann schlug er sie ins Gesicht. Sie hörte etwas knacken und schmeckte Blut. Sie taumelte zurück, tauchte nach rechts ab, weil sie noch einen Schlag erwartete, konnte aber nichts sehen, machte einen Ausfall nach vorn, rang mit dem Mann.

(Sie aß *satsumas* auf der Überfahrt mit der Fähre von Kagoshima nach Sakurajima, wo sie den Vulkan besichtigen wollte. An diesem Abend fiel Staub auf die Stadt, und sie erkannte – ihre Haare waren voll von dem feinen grobkörnigen Zeug, und ihre Augen brannten –, daß es stimmte; in Kagoshima trugen die Leute jederzeit Schirme. Sie hatte das immer für einen Witz gehalten.

In Ibusuki beobachtete sie die im Sand Badenden, wie sie am Strand lagen, lächelten und miteinander schwatzten, während der heiße, schwarze Sand auf sie gehäuft wurde. Sie lagen wie dunkel gewickelte Säuglinge, die Nachkommenschaft irgendeines fremdartigen Gottes halb Mensch halb Schildkröte, schwerfällig auf dem schwarzen Sand.)

Orangefarbener Rauch und das Brennen des Tränengases. Der orangefarbene Rauch kam von ihnen und das Tränengas von der Bereitschaftspolizei. Die Luft war ein erstickend dickes Gemisch, und die Sonne schien durch dunkle Rauchstreifen, die sich aus brennenden Reifenstapeln am Rand der Demonstration durch die Luft wanden. Hohe Wolken vervollständigten diese Anordnung von Filtern. Mit hellen Westen und besonders gekennzeichneten Sturzhelmen ausgerüstete Ordner schrien ihnen über Megaphone zu, ihre Stimmen nur unterdrückt durch das gelegentliche Heulen der Flugzeuge. Zwischen ihnen und dem Grenzzaun des Flughafens rückte die Kette der Bereitschaftspolizei vor, dunkle Wellen über dem langen Gras und Schilf, wie Wind, der in einen festen Stoff verwandelt worden war. Schwere Wasserwerfer rumpelten rüber auf eine Seite, wo der Boden hart genug war, die Laster zu tragen. Das Signal zum Vorrücken kam, die Studenten jubelten, schritten nach vorne, Arme eingehakt, singend, ihre Flaggen, Banner und Transparente verfingen sich im Wind. Über ihnen zitterten die Schatten von Flugzeugen.

(In Bad Beppu, am Hang des Hügels, in dem großen, knallbunten, dampfigen Flugzeughangar des Dschungelbadehauses, umgeben von blauem Wasser, Bäumen, Farnkraut, einem stehenden goldenen Buddha, über ihr Tausende von Farbkugeln wie Weihnachtsbaumschmuck der *gaijin* und Bogenträger, in ihrer Nase der vage Schwefelgeruch, der kam und ging, nahm sie ein Bad. Sie landete an der Küste der Japan-See; über Hagi und Tottori, Tsuruga und Kanazawa. Sie besichtigte die Krähenburg, die schwarz auf ihrem Sockel aus zusammengefügten Felsen stand. Sie brachte den Mut auf und besuchte die Suzuki-Schule im nahegelegenen Matsumuto, sprach mit den Lehrern und beobachtete die kleinen Kinder, wie sie auf den Instrumenten spielten. Es deprimierte sie; wieviel besser sie gewesen wäre, wenn sie wirklich früh angefangen hätte, und mit dieser faszinierenden Methode. Sie war gegenüber diesen Kindern sowohl um Jahre zurück als auch um Jahre voraus.

Sie wartete mit der Rückkehr nach Tokyo, blieb aber in der Nähe; kehrte zu den Fünf Fuji-Seen zurück, als ihr langsam das Geld ausging, dann zur Halbinsel von Izu, dann mit der Fähre rüber nach Chiba. Schließlich wurde sie unruhig und begriff, daß sie sich nur in ihrer eigenen Warteschleife im Kreis bewegte, und so kehrte sie zurück in die Hauptstadt. Auf dem Weg passierte sie Narita. Dort fanden Demonstrationen gegen die Pläne zur Flughafenerweiterung statt.

Als sie in die Stadt zurückkehrte, war das Orchester immer noch auf Tour. Es gab mehrere Mitteilungen und Briefe, die sie baten und dann aufforderten, den Geschäftsführer des Orchesters zu kontaktieren, der in Tokyo geblieben war. Statt dessen ging sie aus und traf einige ihre alten studentischen Freunde in einer Bar in der Nähe des Bahnhofs Akasaka Mitsuke. Sie demonstrierten am Sonntag gegen die Flughafenerweiterung. Sie fragte, ob sie mitkommen könne.)

Ich werde dafür bezahlen, dachte sie, als sich die Augen des Polizisten schlossen, und um sie herum der orangefarbene Nebel wirbelte. Ich werde dafür bezahlen.

Ihre Hände schmerzten. Sie zog das Blut in die Nase hoch.

Etwas klapperte über ihr, und sie kämpfte sich unter einem gefallenen Banner hervor. Wieder strömten die Menschen an ihr vorbei, auf dem Rückzug. Das Tränengas wurde dichter; wie eine Million winziger Nadeln, die in Nase und Augen getrieben werden und in Mund und Kehle brennen. Ihr tränten die Augen. Das Banner, das den Polizisten bedeckte, flatterte im orangefarbenen Wind. Sie drehte sich um und rannte, zurückgetrieben mit den übrigen.

Hisako saß mittschiffs im Schlauchboot, wobei der Cellokasten zu ihren Füßen lag. Der Außenborder tuckerte im Leerlauf. Sie spürte, wie die kleinen Augen des Soldaten im Heck sie beobachteten, während sie über den See zu dem zerfurchten grünen Hügel am Westufer starrte.

Sucre erschien am Ende der Treppe und polterte herunter. Er kam breit grinsend ins Schlauchboot. Er langte nach vorne und schlug sie so hart auf die Wange, daß ihre Zähne schmerzten und sie fast aus dem Boot geflogen wäre, setzte sich dann lachend im Bug zurück, und befahl dem Soldaten am Außenborder, zurück zur *Nadia* zu steuern.

Ihr Schädel hämmerte, ihre Ohren klangen. Sie schmeckte Blut. Das Boot bockte und klatschte über die glitzernde Seeoberfläche. Ihr war schlecht, auch noch, als sie am Schiff ankamen. Sucre stützte sie am Ellbogen, als sie wackelig vom Schlauchboot auf den Ponton der *Nadia* stieg. Wo die Fessel einschnitten, fühlten sich ihre Handgelenke taub an. Sucre sagte etwas zu dem anderen Soldaten, boxte ihr dann in den Magen, daß es ihr den Atem verschlug. Sie ging auf den Holzplanken in die Knie. Sucre ergriff sie von hinten während der andere Mann ihr ein großes Stück schwarzes Kreppband über den Mund legte.

Dann, benommen, und verletzt, und voller Angst, sie könnte erbrechen, und ersticken, wurde sie den Aufgang zum Deck hinaufgestoßen und -gezogen. Sie erhaschte einen letzten Blick auf ihren Cellokasten, der auf dem Boden des Schlauchboots lag. Sucre und der andere Mann trafen einen dritten Soldaten an der Tür zum Salon der *Nadia*. Sucre öffnete sie. Sie erblickte Philippe und die übrigen. Er wirkte erleichtert. Sie schloß die Augen, schüttelte den Kopf.

Sucre brachte sie in den Saal, dann ging er rüber zu Frau Bleveans, nahm sie am Ellbogen und mit ihr im Schlepptau sammelte er Marie Boulard ein. Er ließ sie an der Bar stehen, legte auch ihnen Fesseln an.

Keiner im Saal redete. Sucre ließ die zwei Frauen vor dem Halbkreis aus niedrigen Hockern knien, wie Betende mit dem Gesicht zur Bar. Hinten am anderen Ende des Saals hatte man die Koreaner, die Nordafrikaner und die restlichen Crewmitglieder in drei riesigen Kreisen versammelt; auch sie knieten mit dem Gesicht nach außen, anscheinend waren ihre Handgelenke an denen der Männer rechts und links von ihnen angebunden. Einer der falschen *venceristas* vollendete gerade die Fesselung der Koreaner, die die größte Gruppe bildeten. Die Männer sahen mit furchtsamen Augen hinaus in den Saal. Sucre wechselte ein paar Worte mit dem Mann hinter der Bar mit dem schweren Maschinengewehr, ging dann den Saal runter zum dritten Kreis, klopfte dem Soldaten auf die Schulter, der gerade die Fesselung der Männer beendet hatte. Sie sah zu, die Augen voll Angst und Schrecken, ihr war, als müsse sich ihr Darm entleeren, und wegen ihrer Verletzung drehte sich ihr der Magen um. Sie sah, wie Sucre so tat, als inspiziere er die Fesseln der Männer, die den weiten Kreis bildeten. Sie sah, wie er die Granate nahm, auch wenn niemand sonst es zu sehen schien. Sie sah, wie er von der Gruppe weg- und auf die zweite zuschlenderte. Der Soldat hinter ihr festigte seinen Griff an der Fessel.

Einer der Männer im ersten Kreis mußte es gespürt haben. Er rief etwas auf koreanisch, schrie auf, versuchte verzweifelt aufzustehen, zog beinahe einen Teil des Kreises mit sich, während die anderen sich verwirrt umsahen. Sucre sprang zum zweiten Kreis und ließ die Granate in dessen Mitte fallen, wiederholte den Vorgang beim letzten Kreis von Männern, und rannte zur Tür. Der Salon füllte sich mit Schreien. Sucre duckte sich mit dem Soldaten, der die Männer gefesselt hatte, hinter ein Sofa. Der Soldat, der Hisako festhielt, trat zurück, so daß er von der Tür abgeschirmt wurde, der Soldat hinter der Bar tauchte weg.

Das Geräusch war gedämpfter, als es zuvor gewesen war, als Orrick angegriffen hatte. Sie sah zu. Ihre Augen schlossen sich für den Augenblick der Detonation, aber sie sah den Kreis der Männer aufstehen, sah die rote Wolke an einer Seite aufplatzen, an der anderen Seite. Der zweite Männerkreis hatte es fast geschafft, aufzustehen; einige waren von Splittern der ersten Explosion getroffen worden, aber irgendwie waren sie beinahe auf den Beinen. Dann erblickte sie Lekkas, der die anderen anschrie und versuchte, hinter sich zu treten, wo sich die Granate befinden mußte. Das tönende Schmettern der ersten Granate machte gerade den Schreien und Seufzern der Verletzten der ersten Gruppe Platz, als die zweite explodierte, Männer durch den Raum schleuderte, Beine abriß, Blut und Fleischfetzen klatschten von der Decke. Etwas pfiff an ihrem rechten Ohr vorbei. Der Männer in der dritten Gruppe waren fast auf den Beinen; die Granate sprengte die Beine unter ihnen weg.

Das Maschinengewehr eröffnete das Feuer; Sucre und der Soldat, der die Männer gefesselt hatte, krabbelten an die Seite des Saales und begannen ebenfalls zu feuern. Der Mann, der sie festhielt, schubste sie nach vorne und begann mit einer kleinen Uzi zu feuern, die ein krachendes, bohrendes Geräusch in ihrem Kopf erzeugte.

Philippe, Broekman, Endo und Bleveans kämpften darum, auf die Beine zu kommen. Marie Boulard und Frau Bleveans knieten zitternd, als würde der Lärm an sich sie durchschütteln. Frau Bleveans versuchte sich dahin umzublicken, wo ihr Ehemann war. Hisako konnte Mandamus nicht sehen. Der Salon füllte sich mit Rauch wie bei dichtem Nebel auf See.

Sucre sah die stehenden Offiziere und richtete sein Feuer auf sie. Sie sah, wie Broekman zurückgeschleudert wurde, als würde er von einer Trosse gezogen, die an seinem Rücken befestigt war, und sie sah, wie Philippe in den Magen getroffen wurde, zusammenbrach: Sie schloß die Augen.

Sie öffnete sie wieder, als sie Frau Bleveans durch den Krach der Schüsse schreien hörte. Die Frau stürzte durch die Barriere aus Hockern zu ihrem Ehemann, der auf seiner Seite am Boden lag, das Hemd blutbedeckt. Seine Frau fiel zu ihm, auf ihn. Sucre feuerte weiter; Frau Bleveans' Bluse platzte an vier oder fünf Stellen auf.

Marie Boulard war im selben Moment aufgesprungen, warf sich auf Sucre; der Soldat, der Hisako hielt, schwenkte die Uzi zur Seite, und brachte die Frau in einer Wolke aus Rauch und Krach zu Fall.

Sie töteten alle Männer. Herr Mandamus war wundersamerweise unverletzt und protestierte bis zum Schluß, bevor er durch einen einzelnen Schuß aus Sucres Pistole zum Schweigen gebracht wurde. Die Soldaten entschieden, daß die beiden anderen Frauen tatsächlich tot waren. Sie warfen Hisako auf den Boden und rissen den *yukata* herunter.

Sie wollten sie an Ort und Stelle vergewaltigen, zogen sie aber statt dessen an den Füßen raus, über den Korridor in den Fernsehsaal des Schiffes, weil die Luft im Salon mit erstickendem, beißendem Rauch gefüllt war.

FORCE MAJEURE

force majeure: Unwiderstehlicher Druck oder Zwang, unvorhersehbarer Ereignisablauf, der von der Erfüllung von Verträgen befreit. (franz.; dt.: Höhere Gewalt)

9

Aguaceros

Ihre Finger schmerzten jedesmal, wenn sie das Cello anfaßte.

Bevor sie auseinander gingen, traf sich die Gruppe nach der Demonstration wieder, um zu sehen, wer verhaftet oder verletzt worden war. Einer der Studenten meldete sich freiwillig als Mitglied der Gruppe, die den Polizeibussen zurück in die Stadt folgte, um herauszufinden, was mit den Vermißten passiert war. Die übrigen kehrten mit Autos und gemieteten Kleinbussen zurück.

Sie fand, es war einfach, den Mund zu halten; ihr Schock blieb unbemerkt. Alle anderen waren high vom Hochgefühl der Demonstration und der Tatsache, daß sie sie mit nichts Schlimmerem als roten Augen und laufenden Nasen überstanden hatten. Sie schwatzten, durchlebten noch einmal ihre Erlebnisse und erzählten sie sich. Niemand schien von dem toten Polizisten gehört zu haben.

Sie gingen wieder in dieselbe Bar, wo sie sie vor ein paar Tagen getroffen hatte. Sie ging auf die Toilette und übergab sich.

Im Fernsehen liefen Nachrichten; die Auseinandersetzung außerhalb des Flughafens war der Aufmacher, und der ermordete Bereitschaftspolizist lieferte die Schlagzeile. Die Studenten waren gespalten; einige hatten Blutergüsse von Schlagstöcken und kannten Menschen, denen die Bereitschaftspolizei an der Universität, am Flughafen oder bei Vietnam-Demos in den Straßen die Arme gebrochen hatte, und murmelten, daß der Mann es wahrscheinlich verdient hätte, oder daß es ein anderer Polizist gewesen wäre, der in der Hitze des Gefechts irgend eine alte Rechnung beglichen hätte… während der Rest so still wurde wie Hisako.

Sie ging so bald sie konnte, hustete, und beklagte sich über Kopfschmerzen. In ihrer Wohnung saß sie im Dunkeln, starrte auf die Lichtmuster, die die Stadt durch die Jalousien am Fenster an die Decke und auf die Wände warf. Sie starrte immer noch auf die weiß und orange gestreiften Dreiecke aus Licht, als diese allmählich unter dem durchdringenden Grau des neuen Tages verblaßten.

Sie wußte nicht, was sie machen sollte; gestehen, weglaufen, so tun, als sei nichts geschehen…

Sie wußte nicht, was sie dazu gebracht hatte, es zu tun. Wut und Schmerz vielleicht, na und? Es mußten Hunderte von Leuten da gewesen sein, die wütender und schwerer verletzt gewesen waren als sie. Sie hatten niemand umgebracht.

Was war in ihr, das so etwas tun konnte? Normalerweise war sie nicht gewalttätig; man hatte ihr manchmal vorgeworfen, daß sie die Musik angriffe, daß sie mit Bogen und Fingern zu aggressiv sei, aber (als sie die Hände in die Achselhöhlen legte und in den anbrechenden grauen Tag starrte) das war kein *Mord*.

Sie konnte immer noch kaum glauben, daß sie es getan hatte; aber die Erinnerung war da, rauh und wild, wie der Geschmack und das Brennen des Gases. Und die Erinnerung saß nicht nur in ihrem Hirn, hinter den Augen, sondern auch in ihren Knochen; ihren Fingern. Sie konnte wieder das Eindrücken und Knacken spüren, als sie sich in den Hals des Mannes bohrten; sie schmerzten wieder, als sie an ihre und seine Knochen dachte, die sich verbogen und zusammengepreßt wurden.

Sie umarmte sich fester und legte den Kopf auf die

Knie, schluchzte in die Jeans und preßte die Arme in die Seiten, als ob sie ihre Hände zerquetschen wollte.

Auch die nächste Nacht war an Schlaf nicht zu denken, und so wanderte sie bis Tagesanbruch durch die Stadt; durch das Viertel der schmierigen Massagesalons, vorbei an ruhigen Parks und entlang der Seitenstraßen, wo die Pachinko-Hallen klangen, als würde eine Million kleiner Nägel in eine Trommel geschlagen, und die *karaoke*-Bars von falsch singenden, betrunkenen Geschäftsleuten widerhallten, durch Straßen, in denen europäische Gipsmodels in hell erleuchteten Fenstern standen, behängt mit Millionen-Yen-Kleidern, und Elektronikkonzerne den neuesten Schwung Geräte wie glitzernden Schmuck ausstellten, und durch Vorstädte, wo die kleinen Häuser eng zusammengedrängt und dunkel standen, und das entfernte Grollen der Stadt und das Quietschen weit entfernter Züge über Weichen das einzige Geräusch war.

Danach fiel sie in einen unruhigen Schlaf, erwachte immer wieder mit dem Gefühl des Schocks, überzeugt, daß irgendein unglaubliches Geräusch kurz zuvor aufgehört hatte, nachzuhallen, daß eine titanische Explosion sie aufgeweckt hatte, und das Tönen in der Luft vom Nachbeben kaum aufgehört hatte. Einmal weckte sie ein schwaches Erdbeben, aber es reichte nur dazu, die Wohnung ein bißchen durchzuschütteln; nichts Bemerkenswertes. Sie war nie zuvor von Erdbeben gestört worden, aber jetzt lag sie wach, machte sich Sorgen, daß es nur das Vorspiel zu einem großen war; eine Erschütterung, die ganz Tokyo niederreißen würde, sie in ihrer Wohnung zerschmettern, unter Tonnen von Trümmern zerquetschen, auf dem Bett wie ein aufgespießtes Insekt ersticken, ihre Knochen zermahlen, sie vernichten würde, während sie zu schreien versuchte.

Sie stand auf, suchte erneut Rettung auf den Straßen.

Und als sie schließlich versuchte, Cello zu spielen, taten ihr die Finger weh.

Die linke Hand, auf die sie getreten worden war, tat ein bißchen weh, aber die rechte, die den Bogen halten mußte, erfüllte sie mit Qualen. Es war, als wären unlängst alle Knochen gebrochen worden, und der Versuch, den Bogen über die Saiten zu bewegen, bräche sie noch einmal. Immer wieder ließ sie den Bogen fallen. Schließlich gab sie auf. Sie ging spazieren, sie saß in der Wohnung, sie aß so gut wie nichts, sie versuchte zu schlafen, konnte aber nicht, schlief dann plötzlich ein und mußte sich mit Gewalt ihren Weg aus Träumen voller Grausamkeit und Schmerz bahnen, und sie wartete darauf, daß die Polizei käme. Sie kam nie.

Nachher fiel es ihr schwer herauszufinden, wie sie ins Krankenhaus gekommen war. Das Orchester kehrte zurück und die zwei Mädchen, mit denen sie die Wohnung teilte, aber sie bekam es kaum mit. Zu der Zeit war sie in eine Art Routine verfallen, und die Mädchen beeinflußten diese kaum. Ohne auf die Uhr zu blicken, wußte sie ungefähr, wann sie versuchen mußte, zu schlafen, wann zum Rundgang rauszugehen, wann zu üben und Cello zu spielen und sich die Finger weh zu tun (manchmal dachte sie nur daran, Cello zu spielen, und ihre Finger schmerzten schon), wann ein wenig aus kalten Blechdosen zu essen, wann zu sitzen und erschöpft zu warten, daß der Schlaf von ihr Besitz ergriffe, in dem Wissen, daß Träume und Furcht sie aufwecken würden, während pure Erschöpfung sie zu überwältigen versuchte.

Die Mädchen versuchten, mit ihr zu reden (sie erinnerte sich, wie sie ihr Fotos von der Tour zeigten; heiter, sehr farbenfroh, aber sie hatte den Eindruck, all das Lächeln sei irgendwie plump aufgeklebt und sie konnte nicht herausfinden, warum sie ihr diese traurigen, offensichtlich gefälschten und peinlichen Fotos zeigten), und später kam auch noch einer der Orchesterdirektoren, aber er ging wieder und es kam ein weiterer Mann, der sehr ruhig und still und professionell war, und sie vertraute ihm und versuchte, mit ihm zu sprechen, und am nächsten Tag kamen zwei junge Männer, die *tatsächlich* weiße Kittel trugen und nahmen sie ohne Probleme mit. Ihre zwei Mitbewohnerinnen waren dabei, und schienen zu glauben, daß sie ihr Cello mitnehmen sollte, aber sie lehnte ab, erlaubte es ihnen nicht, machte eine Szene, und ließ die unmittelbare Quelle ihrer Schmerzen zurück.

Das Krankenhaus befand sich in den Bergen nahe Uenohara. Tagsüber konnte man, wenn es nicht bewölkt oder neblig war, den Fuji sehen. Abends lag der Glanz von Tokyo auf der Ebene gen Osten. Sie verbrachte die erste Woche mit Weinen, unfähig zu sprechen, jede ihrer Äußerungen ein Strom von Tränen, weil sie überzeugt war, daß das hier so viel Geld kostete und sie ihre gesamten Ersparnisse im Eiltempo verbraucht hatte und ihre Mutter sich bei der Bezahlung des Ganzen in Schulden und Bankrott stürzen würde, bis es ihr gelang, ihre Sorge jemand aus dem Orchester gegenüber zur Sprache zu bringen, der zu Besuch gekommen war, und sie sagten ihr, daß die Krankenversicherung des Orchesters zahlte, nicht ihre Mutter. Sie weinte sogar noch mehr.

In der zweiten Woche kam ihre Mutter zu Besuch. Sie versuchte ihr zu erklären, daß sie etwas getan hatte, etwas Schreckliches, da war sie sicher, und sie konnte sich nicht daran erinnern, was es war, aber es war wirklich furchtbar und keiner würde ihr jemals vergeben, wenn sie es erführen; ihre Mutter barg ihr Gesicht in den Händen. Hisako ging zu ihr und umarmte sie, was sehr falsch war, viel zu offen und offensichtlich, aber sie tat es mit einer Art Schadenfreude, die weh tat, so als wäre es eine Art geheimnisvoller Angriff, ihre Mutter auf einer öffentlichen Terrasse mit Aussicht über die bewaldeten Hügel bei Uenohara, auf der andere Leute danebenstanden und ihnen höchstwahrscheinlich zusähen, in den Arm zu nehmen, und als ob sie ihre Mutter wirklich hassen würde, und dies war ein Weg, sich an ihr zu rächen, sie zu unterwerfen.

Sie versuchte spazieren zu gehen, verführt von den Lichtern der Stadt auf der Ebene und dem Berg, der wie ein riesiges schwarzweißes Zelt über den Hügeln im Süden stand. Aber sie fingen sie immer wieder ein, fanden sie wieder, und sie traf andauernd auf verschlossene Türen und hohe Zäune, die zu feinmaschig waren, um an ihnen hochzuklettern, und sie mußte dort warten, mit ihrer Handfläche oder Faust gegen die Tür oder den Zaun schlagen, bis ihre Hände genug schmerzten oder zu bluten begannen, und sie kamen und sie wegführten.

Sie schlief aufrecht sitzend, gestützt von *gaijin*-Kopfkissen, aus Angst, sich hinzulegen für den Fall, daß das Dach einstürzte. Die Decke des Krankenzimmers war zu breit und zu groß, und sie glaubte nicht, daß die Pfeiler oder Wände ausreichten, sie richtig abzustützen; ein richtiges Beben, und alles käme runter, krachte auf ihr Bett, schlüge sie dort zu Brei, und zermahlte ihre Knochen, bräche ihr das Genick mit Stahlbetonträgern und erstickte sie über die Jahre hinweg, während das Orchester Bankrott ginge, ihre Mutter sich der Prostitution ergäbe, und sie nicht lebend und nicht tot mit einem Halsband aus armiertem Beton, da läge, das sie langsam erstickte, für alle eine Last, verhaßt aber verwöhnt.

Herr Kawamitsu kam zu Besuch. Das verwirrte sie, denn er kam aus einer anderen Zeit, als sie noch jung und unschuldig war, und noch kein Blut an ihren Händen klebte, und keine solchen Träume in ihrem Kopf waren, und sie konnte nicht begreifen, wie er von dort hierher gekommen war; hatten sie den Verbindungstunnel bereits gebaut? Sie mußten ihr so etwas doch sagen.

An diesem Tag war sie ohnehin verstört. Am Abend zuvor hatten sie ferngesehen, und der Pfleger war während einer Sendung über Vietnam, die wirklich schreckliche Dinge zeigte, eine Zeitlang nicht im Zimmer gewesen; Szenen mit Leiden und Flammen und geschwärztem Fleisch und das orangefarbene Aufblitzen und weiße Pulsieren im grünen Dschungel; eine Wunde im Wald, während das dichte orangefarbene Feuer (Stöcke fielen träge aus dem hübschen Flugzeug), und der weiße Phosphor (Explosionswolke und winzige sich rankende Fäden, Meduse) sich durch die Olivenhaut ihren Weg zu den weißen Knochen fraßen, während die Rome-Pflüge* den Boden aufrissen und die Hercules Agent Orange versprühte (ha – Keuchen, stoßweises Atmen, und sie sah das Bild des Wortes für Baum vor ihren Augen mutieren; und dachte in Englisch, ginge es trees ree re e ...) und nur die Schreie einiger Patienten brachten den Pfleger zurück, der Seine Kleider Zurechtzog (ho, sie nahm wahr), und er schaltete um zu einer Gameshow und alle schienen zu vergessen, was sie gesehen hatten.

Außer ihr. Sie erinnerte sich, und träumte diese Nacht, aufgestützt, murmelnd, gequält, schweißnaß, und als sie es wieder vor sich ablaufen ließ, und sich daran erinnerte, und es neu durchlebte, lachte sie mit jedem flüchtigen Einzelbild von Leid und Schmerz, weil das alles bereits geschehen war und *Demonstrieren* jetzt nichts helfen würde, und weil sie sich dadurch wohl fühlte, wodurch sie sich schlecht fühlen ließ, aber am Ende fühlte sie sich dann doch gut.

Am nächsten Morgen war der Tagesanbruch strahlend, klar und blau. Herr Kawamitsu brachte ein Cello mit.

Er legte ihre Hände darauf, zeigte ihr, wie man das Instrument halten mußte. Das Sonnenlicht warf Strah-

---

* Im Vietnamkrieg speziell für die Dschungelrodung entwickelte Bulldozer der ›Rome Caterpillar Company‹ aus Rome in Georgia – *Anm. d. Übers.*

len aus Gold auf die Wände des Zimmers, und Fuji war hinter den Hügeln und in den Wolken nicht zu sehen. Sie streichelte das Instrument, als sie sich daran erinnerte. Es war nicht ihres, aber sie erinnerte sich nicht nur daran, daß sie auf einem Cello gespielt hatte, irgendwie erinnerte sie sich an dieses Cello, auch wenn sie es nie zuvor gesehen oder gehalten hatte. Es roch gut, fühlte sich gut an, klang tief, voll und sinnlich. Es spielte mehr auf ihr als umgekehrt, so daß ihre Finger nicht weh taten. Sie war sich sicher, daß sie mit Herrn Kawamitsu gesprochen hatte, aber sie erinnerte sich nicht, was sie gesagt hatte.

Er ging weg und nahm das schöne Cello mit. Die Kopfkissen waren unbequem in dieser Nacht und die Zimmerdecke wirkte etwas sicherer. Sie fegte die Kissen vom Bett und schlief mit dem Kopf auf dem Arm, tief und fest bis in das Licht des Morgens.

Sie träumte, ihre vier Finger wären Saiten und ihr Daumen ein Bogen. Im Traum streckten sich die Saiten und knallten, sprangen auf, entwirrten sich und verschwanden in einer Dunstwolke. Der Bogen schrammte gegen den Hals des Instruments und zerbrach, fuhr wie ein Dreschflegel umher; die Sehne noch fest, der Stab zerbrochen. Es hätte wehtun sollen, aber das tat es nicht, und sie fühlte sich, als seien die Fesseln gelöst worden, freigelassen. Am nächsten Morgen untersuchte sie ihre Finger. Sie sahen gut aus; alles in Ordnung mit ihnen. Sie formte ein Zelt mit ihnen und tippte sie mit den Spitzen gegeneinander, überprüfte das Regenwetter und überlegte, was es wohl zum Frühstück geben würde.

Sie führten es auf ihre Furcht zurück und die Vorstellung, daß sie so beschämt gewesen wäre, alle im Stich gelassen zu haben, daß sie verrückt geworden war. Sie fühlte sich erniedrigt durch eine solche Beurteilung, akzeptierte sie aber als milde verglichen mit dem, was sie dafür verdient hatte, das wirklich ihr Antrieb gewesen war.

Das Cello gehörte einem Geschäftsmann in Sapporo, der das Instrument als Geldanlage gekauft hatte und weil er fand, es habe eine hübsche Farbe. Herr Kawamitsu kannte ihn. Er hatte den Mann davon überzeugt, daß die Stradivari eher benutzt als aufbewahrt werden sollte. Herr Kawamitsu meinte immer, daß Hisako die Chance haben sollte, auf dem Instrument zu spielen und es vielleicht eines Tages zu besitzen. Er dachte, das einzige, was ihr helfen könnte, war, es ihr zu bringen. Er hatte recht, aber sie sagte zu ihm, er solle es nach Sapporo zurückbringen. Wenn sie es sich leisten könnte, würde sie es kaufen.

Er ging. Ihre Mutter blieb; dann ging auch sie.

Ihre Mutter schlief mit ihr im selben Zimmer während der ersten Wochen, nachdem sie nach Tokyo zurückgekehrt war, zurück in dieselbe Wohnung zu den beiden Mädchen (sie konnte es nicht glauben, aber sie wollten, daß sie bei ihnen wohnte. Sie fragte sich, ob sie vielleicht auch verrückt waren). Dann fuhr ihre Mutter zurück nach Hokkaido, und sie besuchte den Orchesterdirektor.

Sie konnte bleiben, als Gastsolistin. Man würde nicht von ihr erwarten, daß sie auf Auslandstournee ginge, sie konnte nicht erwarten, daß sie ein vollbezahltes Mitglied des Orchesters wäre – von jetzt an keine weiteren subventionierten Aufenthalte in exklusiven Nervenkliniken – aber sie konnte spielen; mit dem Orchester spielen, wenn es in seinem Stammhaus in Tokyo oder sonst irgendwo in Japan war. Es war mehr, als sie erhofft hatte, viel mehr, als sie verdiente. Sie nahm an, fragte sich dabei, was die Kehrseite wäre, wie sich das Leben für diese offensichtliche Milde an ihr rächen würde.

Sie blieb und spielte. Sie fand sich in einem anderen Quartett ein, sogar noch gefragter als das erste, und man bat sie um Plattenaufnahmen. Sie wurde einem Mann namens Moriya vorgestellt, der als Profi entsetzt war, als er herausfand, wieviel ihr bezahlt wurde, besonders für Aufnahmen, und der ihr dazu verhalf, mehr zu verdienen.

Das Leben ging weiter; sie besuchte ihre Mutter oder wurde von ihr besucht, sie nahm den gelegentlichen Liebhaber entweder aus dem Orchester oder von außerhalb, sah ihre Ersparnisse anwachsen und fragte sich, was sie eigentlich mit ihrem Leben anfing und warum. Ihre Hände schmerzten fast nie und selbst wenn sie manchmal am frühen Morgen erwachte, ihre Hände zu schmerzhaften Fäusten zusammengedrückt und so verkrampft und zusammengepreßt, daß ihr die Tränen in die Augen traten, die Nägel in die Handflächen gegraben, oder gefangen zwischen ihren Armen und ihrem Brustkorb, unter die Achseln gesteckt, während sie davon träumte, daß ihre Finger in Autotüren zerquetscht worden waren (große, viel zu dicke Autotüren, mit vielen Griffen und Hebeln und mit lückenhaften Schriftzügen von obskurer Bedeutung versehen), und selbst wenn sie hin und wieder keuchend und schwitzend erwachte, bedeutete das alles nichts; normal und fair und besser als das, was sie verdiente.

Es kam der Tag, wo sie die Anzahlung für die fabelhafte Stradivari aufbringen konnte. Sie reiste nach Sapporo um sie und Herrn Kawamitsu zu treffen sowie Herrn Kubota, den Eigentümer. Da; sie war in ihren Händen.

Es war wie das Treffen mit einem Ehemann, den die Eltern ausgesucht haben, den man aber bereits – heimlich – gekannt und geliebt hatte.

Sie nahm das Cello für Wochen mit zu einem *ryokan* gerade außerhalb von Wajima. Sie hatte ein Doppelzimmer in einem Außengebäude gegenüber des Hofes der alten Herberge. Dort spielte sie. Es war eine Art Flitterwochen.

Das Cello war uralt, gebaut irgendwann zwischen 1729 und 1734. Es hatte einem Komponisten aus San Marino am Hof der Habsburger gehört, war knapp der Verwendung als Feuerholz durch Napoleons Armee entgangen, als diese 1796 durch Piemont fegte, reiste mit einem italienischen Virtuosen nach Amerika, um 50 Jahre amerikanische Unabhängigkeit zu feiern, beim Boxeraufstand in Beijing wurde sein Dorn abgeschossen; im Zweiten Weltkrieg überlebte es ein ganzes Streichquartett, weil es in die falsche DC 3 gebracht wurde, die nach Algier und nicht nach Kairo flog (die Dakota, die mit dem Streichquartett nach Kairo flog, stürzte in der Quattâra-Senke unterhalb des Meeresspiegels ab, während der verwirrte Pilot herauszufinden versuchte, was mit seinem Höhenmesser schiefgegangen war) und verbrachte dreißig Jahre in einem Banktresor, bevor es bei einer Auktion bei Sotheby's in London verkauft wurde, an Herrn Kubota.

Herr Kubota brachte das Cello in einer 747 der JAL aus England zurück, festgeschnallt im Sitz zwischen ihm und seiner Frau; er blickte aus seinem Fenster der Ersten Klasse, als das Flugzeug über Narita zur Landung ansetzte, und sah, was wie eine mittelalterliche Schlacht aussah, die sich unter ihm abspielte; zwei Armeen; Banner, Rauch und Gase und rumpelnde Kanonen. Er erinnerte sich daran, daß er seine Frau darauf aufmerksam gemacht hatte.

Es war der bewußte Tag, die bewußte Demonstration, hatte sie herausgefunden, als sie ihn – stotternd, ungläubig, kaum zu glauben wagend, daß das Schicksal solch unverdienten Balsam austeilen konnte – gefragt hatte. Aber es stimmte.

Sie hatte Herrn Kubota umarmt, damit ihn und Herrn Kawamitsu in Erstaunen versetzt.

Sie sah wie das Cello von Feuerstößen aus AK47 und Uzis ausgelöscht wurde, am Vordersteven der *Nadia* im diesigen Sonnenlicht des späten Nachmittags in Splitter gerissen wurde.

Saiten zerrten, knallten, fuhren wie Dreschflegel umher. Holz platzte auf und zersprang, verwandelte sich im Feuerhagel in Staub und Splitter. Am Metall des Bugs hinter dem Instrument sangen die Kugeln und sprühten Funken, als es sich in einer dunklen Wolke dunkler und hellbrauner Splitter auflöste und verendete, Saiten wedelten wie Anemonenstiele, wie die Finger eines untergehenden Menschen. In ihrem Mund war Blut, und um ihre Augen waren Blutergüsse, und Verbrennungen von Zigaretten brannten auf ihren Brüsten, und der Samen einer Bootsladung Männer lief ihre Schenkel hinab, und sie sah immer wieder, wie Philippe unter der ersten Kugel zusammenbrach, aber es war das Cello; die unnötige, die (außer zum Zwecke der Verletzung) sinnlose Zerstörung des Cellos, die sie endgültig tötete. Altes Holz, Neues Metall. Rat mal, wer gewonnen hat? Keine Überraschung. Getötet, sie war frei.

Sie hörte das Heulen der Maschine in dem Raspeln der Gewehre. Der Himmel war voller Donner und Feuer und sie spürte, wie etwas starb.

Jetzt konnte sie nicht mehr sein, wer oder was sie gewesen war. Sie hatte nicht darum gebeten, hatte es nicht gewollt, aber es war da. Nicht ihr Fehler. Es gab keine Nachsicht, keine Rache, nur Zufall. Aber es war trotzdem geschehen, und sie glaubte nicht, daß sie sich einfach beugen müsse; Hinnahme war bei weitem nicht genug und viel zu viel.

Dies entfernte den Schorf. Wahrheit schmerzt immer, sagte sie zu sich; Schmerz gebiert manchmal Wahrheit. Sie zwangen sie zuzusehen, als der Nachmittag ausklang und die Wolken segelten, und der Wind wehte, wie er es immer getan hatte, und das Wasser glitzerte einfach so, und die Kalaschnikows und Uzis bellten und rappten, und das Cello löste sich unter ihrem Feuer auf.

Sie vermutete, daß sie sie enttäuscht hatte; sie hatten ihr das Kreppband vom Mund gerissen, damit sie schreien hören konnten, als sie das Instrument erschossen, aber sie blieb stumm.

Sie brachten sie weg. Aber es war nicht mehr derselbe Mensch, den sie wegführten, und etwas von ihr lag dort in den Saitengewirr-Trümmern des zerstörten Instruments, das durch die Treffer zu weniger als Sägemehl geworden war.

Sie war ein Spielzeug, ein Maskottchen; sie fickten sie, und darin fanden sie sich, gemeinsam. Aber Spielzeuge konnten verderben, dachte sie (als sie sie aus dem Sonnenlicht wegbrachten, zurück in ihren Käfig und ihre Gefangenschaft und Folter), und Maskottchen könnten zurückbeißen.

Sie zeigten ihr ihre anderen Spielzeuge, den BLR-Werfer (sie taten so, als würden sie ihn zum Abschuß vorbereiten und auf sie zielen; einmal steckten sie ihn ihr zwischen die Beine, machten Witze darüber, ob sie da unten heiß genug wäre, die Raketen anzuziehen), die Ladungen aus Plastiksprengstoff, mit denen sie mindestens eines der Schiffe versenken würden, wenn sie erst mal das Flugzeug runtergeholt hätten, das Schriftgut und die Ausrüstung der *venceristas*, die sie zusammen mit ein paar von deren Uniformen zurücklassen würden, so daß, wenn die Nationalgarde zu Untersuchungen käme, kein Zweifel daran bestünde, wer die Amerikaner abgeschossen und die Menschen auf den Schiffen massakriert hatte.

Auch die Funker waren tot. Sie hatte die Leichen in der Funkkabine der *Nadia* gesehen, als sie sie da entlang zur Brücke zerrten, vorbei an den Brandflecken und Spurrillen des Feuergefechts, das Orrick angezettelt hatte. Offiziell war der Schiffsfunk außer Funktion; die Amerikaner blockierten jede mögliche Frequenz, um die Funksignale der *venceristas* zu stören; wie sie sagten, aus Angst vor einem großangelegten Angriff. Die Soldaten ließen sie eine der unregelmäßigen Nachrichtensendungen hören. Abgesehen von den Nachrichtensendungen, die stündlich kommen sollten, es aber es nicht taten, spielte Radio Panama Marschmusik. Die Störgeräusche näherten sich der Frequenz des Senders von beiden Seiten, erzeugten einen Hintergrund aus Pfeifen und Knacken und einem Geräusch irgendwo zwischen einem schweren Maschinengewehr und einem Hubschrauber.

Als sie auf der Brücke angekommen waren, hatten sie sie an das kleine Ruder der *Nadia* gefesselt, sie so gezwungen unbeholfen dazustehen, unfähig ihre Beine zu entspannen, ihre Arme am Holz und Blech des Ruders festgeschnallt. Ihr Kopf hing nach unten und war hinter ihren fettigen, ungewaschenen Haaren verborgen. Sie sah auf den verletzten, verbrannten Körper, der durch den zerrissenen *yukata* enthüllt wurde, und hörte auf die Klänge einer Welt, die den Kopf verlor.

Panama Stadt stand unter Kriegsrecht. Der Präsident von Kolumbien war erschossen worden und fünf Gruppen hatten die Verantwortung übernommen. Zusätzliche US-Trägerverbände kamen zur Pazifikküste vor Zentralamerika und in die Karibik. Kuba erklärte, es bereite sich auf eine Invasion vor. Der Kreml drohte mit einer neuen Berlinblockade. Amerika und Rußland hatte beide eine Dringlichkeitssitzung der UNO beantragt. Die US-Friedensmission war wieder am Zug; das Flugzeug würde am folgenden Morgen von Dallas abfliegen. In Hongkong waren tausend Randalierer tot, und die Armee von Azania hatte einen riesigen Glaskrater in der Wüste dreihundert Kilometer östlich von Otjiwarongo entdeckt, von dem sie behauptete, es sei der Ort von Johannesburgs plumpem Warnschuß mit einem Cruise Missile. Die Nachrichten schlossen mit amerikanischen Baseballergebnissen, dann kam wieder Marschmusik.

Hisako lachte, bis sie so fest schlugen, daß sie für einen Moment wegtrat. Sie kicherte immer noch, auch als die Plastikfesseln ihr in die Handgelenke schnitten und das Gewicht ihres Körpers an ihren Armgelenken zerrte; sie beobachtete, wie das Blut wie kleine Bomben aus ihrem Mund auf die Decksverkleidung der Brücke fiel, und spürte, wie sie kicherte. Die Musik, die sie jetzt spielten, war ein Marsch von Sousa; er erinnerte sie an eine Gruppe von Dozenten, die sie am Fachbereich Anglistik der Todai gekannt hatte, die jede Woche eine kleine Party für Angestellte und Studenten gaben. Sie hatten auch andere Leute eingeladen, die Englisch sprachen; Geschäftsleute, Wissenschaftler, Politiker und manchmal jemand von der amerikanischen oder britischen Botschaft. Einmal erschien ein britischer Diplomat mit einem Video und ein paar sahen es sich an. Nicht jeder fand das Programm komisch oder auch nur verständlich, aber sie liebte es, wollte mehr davon. Es bildete sich eine Untergruppe, die sich das jeweils neueste Video ansah, das jede Woche aus London in einer Diplomatenkoffer eingeflogen wurde. Sie wurde ein Fan der Sendung. Die Musik – diese Musik – hatte fast ein Vierteljahrhundert lang das und nur das für sie bedeutet.

Und so spielte Radio Panama den Marsch von Sousa, der die Titelmusik von *Monty Python's Flying Circus* geworden war, und sie konnte nur noch lachen, egal, wie fest sie sie schlugen. Die Welt war absurd, beschloß sie und der Schmerz und die Grausamkeit und die Dummheit waren alles nur Nebeneffekte dieser grundlegenden Groteskheit, und immerhin nicht die beabsichtigten Resultate. Die Erkenntnis wirkte als Erleichterung.

Als Dandridge über eines ihrer ungestörten Walkie-Talkies anrief, legten sie ihr wieder ein Stück Kreppband über den Mund. Sie mußte ihr Blut schlucken. Dandridge sagte etwas vom Übersetzen auf die *Nadia*, und sie banden sie vom Ruder los, und führten sie nach einer kurzen Diskussion auf spanisch durch den Maschinenraum runter in den Bug des Schiffes, und sperrten sie in der dortigen Werkstatt ohne Licht ein.

Sie schlief.

Jemand hatte sie niedergestochen. Sie war gerade aufgewacht, und sie war niedergestochen worden; das Messer hing aus ihrem Bauch, Blut tropfte. Sie versuchte, es herauszuziehen, aber es ging nicht. Der Raum war dunkel, so groß, daß es hallte. In Höhe des Bodens befand sich auf jeder Seite eine Linie aus rotem Licht. Sie flackerte leicht.

Sie stand vom schmutzigen Bett auf, verfing sich in der Schmiere und im schmutzigen Schweiß der Laken. Sie trat sie weg, und stolperte auf den Metallboden, hielt dabei vorsichtig das Messer, damit es sich nicht bewegte und sie noch mehr verletzte. Da war nicht so viel Blut, wie sie erwartet hatte, und sie überlegte, ob es erst einen Strahl geben würde, wenn sie jemand gefunden hätte, der es rauszöge. Sie wollte schreien, stellte aber fest, daß es nicht ging.

Sie kam zur Wand des Raums und tastete unter dem Rand des Metalls, zwischen Boden und Wand, suchte eine Stelle, die sie anheben konnte. Sie bewegte sich hin und her, tastete mit einer Hand unter der Wand, hielt mit der anderen das Messer. Schließlich kam sie zu einer Reihe Stufen, die nach oben aus dem Raum in ein sehr gedämpftes Rot nach draußen führten, wo ein langanhaltendes, dröhnendes Geräusch Luft und Boden erschütterte. Die aus festgetretenem Sand bestehenden Stufen wurden von Holzleisten begrenzt, an deren Seiten kleine Pfählen mit spitzen Hauben herausstanden.

Sie kam aus dem Bunker heraus und nach oben in das blutige Glühen des späten Abends; Streifen dichtgepackter Wolken hingen am Himmel, wechselten mit

Strahlen von Rot, wie Blut, das auf schwarzen Laken Flecken erzeugte. Der Kanonendonner klang in der Ferne, und die Erde erzitterte. Unten im Graben fand sie die Männer, die sich erschöpft an die Wände aus bröckelnder Erde und verfaultem Holz lehnten. Rotes Licht fiel wie Öl auf ihre Gewehre. Sie waren bandagiert; jeder trug einen verdreckten grauen Verband; an Kopf oder am Arm oder über einem Auge oder beiden, oder über ihrer Brust, über der Uniform oder um ein Bein. Sie wunderte sich, warum sie sie nicht sahen und hielt inne und sah einem ins Gesicht, dessen Augen offen waren. Rotes Licht spiegelte sich im Schwarz seiner Pupillen. Er schniefte und wischte sich die Nase. Sie versuchte mit dem Soldaten zu sprechen, aber aus ihrem Mund kam kein Laut, und der Mann ignorierte sie. Sie begann sich Sorgen zu machen, daß sie niemand finden würde, der das Messer rausziehen würde.

Am Ende des Grabens waren Männer, die wie ihre Stiefel aussahen. Ihre Augen hingen an Fäden in ihren ledrigen Gesichtern. Ihre Münder waren weit aufgesperrt wie das obere Ende eines Schuhs, die Zungen zuckten spastisch, als sie versuchten, mit ihr zu reden. Ihre Arme waren wie dicke Schnürsenkel und konnten ihr das Messer nicht rausziehen. Einer hob den Fuß aus dem Schlamm, und sie sah, daß das obere Ende seines Stiefels natürlich und leicht mit einem nackten menschlichen Fuß verschmolz, übergangslos. Sie zerbrach sich darüber den Kopf, davon überzeugt, daß sie das schon mal gesehen hatte, aber dann legte der Stiefelsoldat den Fuß wieder unter den Schlamm, und es ertönte eine Pfeife. Die Stiefelsoldaten nahmen mit den anderen ihre Gewehre auf und legten wacklige Holzleitern an die Wände der Gräben. Sie stieg nach oben aus dem Graben heraus, zurück zu einer Reihe zerschmetterter Baumstümpfe, die wie Zähne auf der Kuppe eines kleinen Hügels lagen.

Das Dorf auf der anderen Seite des Hügels war zerstört; jedes Haus beschädigt. Dächer waren eingestürzt, Wände eingefallen, Türen und Fenster herausgesprengt, und der Weg und die Straßen waren voller großer Löcher. Auf dem Dorfplatz sah sie Menschen; sie blickten alle zur Platzmitte, wo ein rotes Licht schien.

Sie ging über die breiten, von Kratern durchlöcherten Straßen, vorbei an Menschen, die dastanden und auf den zentralen Platz sahen. Sie verwendete die Zeichensprache und bat so um Hilfe, aber niemand nahm von ihr Notiz.

Es dauerte eine lange Zeit, bis sie die Vorstädte durchwandert hatte; die Menge stiller, zerlumpt gekleideter Menschen wurde allmählich dichter, bis sie sich durch sie hindurch schieben mußte, was schwierig war, weil sie noch das Messer festhielt. In der Ferne hörte sie ein tosendes Geräusch. Die Menschen sahen erschöpft und hohläugig aus, und einige von ihnen brachen zusammen, als sie sich an ihnen vorbeidrängte.

Das tosende Geräusch klang tief und schwer, wie ein großer, gebremster Wasserfall. Um sie herum fielen die Menschen um, brachen auf dem Boden zusammen sobald sie sie berührte, egal wie vorsichtig sie auch zu sein versuchte. Sie wollte sich entschuldigen. Jetzt konnte sie gegen den blutroten Himmel die Silhouette des gigantischen Brunnens erkennen. Die Menschen standen dicht um sie herum; sie drängte sich zwischen ihnen durch, und sie fielen um, stießen ihre Nachbarn an, so daß diese ebenfalls umfielen und die Menschen in ihrer Nähe trafen, die ebenfalls umfielen und andere mit sich rissen. Die Welle zusammenbrechender Menschen breitete sich aus wie Wellen in einem Teich, riß alle zu Boden, bis nur sie allein stehengeblieben war, und da stand der Brunnen, riesig, direkt vor ihr, mit dem See darunter.

Der Brunnen war stufenförmig, geformt wie ein

Hochzeitskuchen. Blut schoß aus ihm heraus; tosendes, fallendes, dampfendes Blut in der kalten Abendluft. Als sie es sah, fiel sie auf die Knie, halberstickt von seinem Geruch, mit verschlossenem Mund. Ein Katarakt aus Blut floß von ihr zum Binnensee jenseits der Stadt. Sie stand auf, trat über die gestürzten Menschen, stolperte die Stufen an der Seite der violetten Stromschnellen, bis sie am Ufer des Sees stand, rote Wellen plätscherten zu ihren Füßen.

Sie zog das Messer heraus und warf es in den See. Aus der Wunde schoß kein Blut, aber das Messer klatschte, als es auftraf und etwas von dem Blut spritzte ihr aufs Gesicht und die Füße, und ein bißchen traf die Stelle, wo das Messer gesteckt hatte, und ein einzelner Strang tropfte runter in den See zu ihren Füßen, und der Strang wurden dicker und pulsierte und das Blut floß in sie hinein und nicht aus ihr heraus, stürzte aus dem See nach oben, als ob es unter Druck heraufgeschleudert würde.

Sie versuchte es aufzuhalten, schlug es mit den Fäusten herunter, aber das Blut verbrannte sie, brach ihr die Finger, sie fiel zurück, aber das Blut schoß aus dem See in sie hinein, der Strahl armdick, füllte sie aus, blähte sie auf, erstickte sie, versiegelte ihr den Mund. Sie hob ihre ruinierten Hände zum dunklen Himmel und versuchte zu schreien und der Himmel über ihr leuchtete einmal auf; der See erzitterte. Der Himmel wurde wieder dunkel. Schließlich rissen ihre Lippen auf, und sie schrie mit aller Kraft, und der Himmel hellte sich überall auf, als ob die Wolken Feuer fingen. Der See zuckte spastisch, peitschte auf den Strand, der sie mit ihm verband, zerbrach fast seinen dünnen Greifarm. Durch ihre zerstörten, ruinierten Lippen sog sie Luft ein, um mit der ganzen Kraft des Sees zu schreien, während der Himmel über ihr erbebte, glitzernd und funkelnd und am Rande der Auslösung, gelassen und bereit, Feuer zu fangen und zu explodieren.

Sie erwachte auf dem Boden. Der Ort war dunkel, das Deck hart und kalt. Der Atem klang laut und abgehackt im harten Stahlcontainer des Raums, aber es war nur ihr eigener, der durch ihre Nasenlöcher strömte. Das Klebeband über ihrem Mund preßte ihr immer noch die Lippen zusammen. Ihr Atem wurde leiser, als sie sich aufsetzte und versuchte, den Schmerz in ihren Schultern zu lindern.

Es war spät. Sie wußte nicht, wie lange sie geschlafen hatte, aber sie wußte, daß es ein paar Stunden gewesen waren; inzwischen früher Morgen, wenn nicht später.

Sie war an einer Werkbank aus Metall festgebunden worden, die Hände mit den Plastikfesseln ans Tischbein fixiert. Sobald sie aufwachte, hatte sie Schmerzen; ihr Hintern war so lange in derselben Position gewesen, daß sie sich vorkam, als sei er an Deck festgeschweißt; ihre Schultern schmerzten, ihre Handgelenke und Hände fühlten sich taub an, und die Stellen auf ihren Brüsten, wo sie ihre Zigaretten ausgedrückt hatten, brannten, als ob die glühenden roten Enden immer noch da wären, sich durch ihr Fleisch brutzelten. Zwischen ihren Beinen war es nicht so schlimm, wie sie erwartet hatte. Sucres Glied war klein gewesen, und der Rest hatte bei jeder Vergewaltigung seine eigene Schmierung hinzugefügt. Der Schmerz war nicht so wichtig; es war das Gefühl, daß man sie benutzt hatte, daß sie als Mensch so wenig und als warmer, glitschiger Behälter so viel bedeutet hatte, daß sie genommen und hämisch verspottet worden war; schau, was *Ich* getan habe, ich habe es sogar gemacht, obwohl sie es nicht wollte.

Das Schiff um sie summte. Sie konnte nichts erkennen. Das Licht im Korridor draußen, zwischen dem Maschinenraum und der Steuerungsanlage der *Nadia*, mußte ebenfalls ausgeschaltet worden sein. Sie versuchte sich zu erinnern, wie der Raum ausgesehen hatte, als sie sie hereingebracht hatten, aber sie konnte es nicht. Erst einmal zu kompliziert; voll mit Maschinen, Drehbänken, Bohrern und Werkbänken mit Schraubstöcken und Werkzeugen. Es müßte ein idealer Ort sein, um von ihm zu fliehen, aber sie wußte nicht, wie sie es anfangen sollte.

Sie prüfte, was ihr möglich war, angefangen bei ihren Fingern.

Und hielt inne.

Der hintere Flansch des L-förmigen Beins, das die Werkbank trug, um den die Fessel gelegt war, war schartig. Er kratzte an ihren Fingern, verletzte sie dabei. Blut quoll über ihre Finger, ließ sie schlüpfrig, dann klebrig werden. Sie erforschte die schartige Kante. Sie lehnte sich nach vorne, und bewegte ihre Handgelenke rauf und runter, hielt dann inne und befühlte die Innenseite der Fessel, wo sie gegen das Metall gerieben worden war. Das Material fühlte sich aufgerauht an. Sie legte es in dieselbe Position wie zuvor und sägte rauf und runter, so fest und so schnell sie konnte.

Sie konnte es hören, und nach einer Weile konnte sie es auch riechen, und das schien ein gutes Zeichen zu sein.

Sie war fast frei, als sie Schritte hörte und das Licht draußen im Korridor anging. Sie hielt für eine Sekunde inne, nahm dann ihr Sägen in höchster Anstrengung wieder auf. Die Schritte klangen auf Metall, hielten vor der Tür an. Sie warf die Hände rauf und runter, preßte ihr Rückgrat gegen die Metallkante der Werkbank in dem Bemühen, die Fessel gegen das Tischbein zu zwingen.

Die Tür ging genau in dem Moment auf, als die Fessel zerriß.

10

Dispacheur

Licht strömte hinein. Sie krabbelte nach links hinter eine andere Werkbank. Aber zu spät; sie wußte, es war zu spät. Es war zu hell, und man mußte sie gesehen haben.

Sie erwartete, daß der Soldat einen Schrei ausstieße, aber er tat es nicht. Da war ein Laut wie ein leises Lachen und das Geräusch einer Hand, die über Metall fuhr. Etwas klirrte an der hinteren Wand. Der Soldat redete auf spanisch mit ihr, aber sie konnte die Worte nicht verstehen. Sie spähte über die Werkbank. Die geöffnete weiße Schlaufe der Plastikfessel lag an dem Bein der Werkband, an die sie gefesselt worden war; es hätte offensichtlich sein müssen, aber der Mann hatte bisher nicht reagiert. Fluchend schlug er gegen die Spundwand neben der Tür. Er wartete auf das Licht, aber es ging immer noch nicht an.

Da begriff sie, daß ihre Augen sich über Stunden an die Dunkelheit gewöhnt hatten, während seine noch das schummrige Neonlicht draußen im Korridor und im Rest des Schiffes gewohnt waren. Sie suchte nach einer Waffe, konnte aber weder auf der Arbeitsplatte der Werkbank, hinter der sie sich versteckte, noch irgendwo in der näheren Umgebung etwas Geeignetes sehen. Ein Schraubenschlüssel, ein großer Schraubenzieher oder ein Stück Winkeleisen; es mußte Hunderte von Dingen geben, die sie benutzen könnte, aber sie sah keines davon. Sie blickte sich verzweifelt um, als der Soldat wieder etwas sagte und weiter in die Werkstatt hereinkam. Sie spähte von neuem über die Werkbank, hoffend, sie hätte auf deren Arbeitsplatte etwas übersehen.

Der Mann rauchte, sie konnte die rotglühende Zigarettenspitze erkennen, wie sie vom Mund in die Hand wanderte. »*Señorita* …«

Hinter sich erblickte sie etwas Langes, Dünnes und Blinkendes, irgend eine Art gestapelte Stangen. Sie faßte hinter sich, griff danach. Der Soldat stieß sich an etwas, fluchte im Halbdunkel.

Es war, als ergriffe man einen skelettierten Arm; zwei dünne Röhren, kalt wie ein Knochen, und eng beieinander, Humerus und Radius. Sie tastete nach oben zu einem verknoteten Bund, der kalt war wie ein Blechknöchel. Da erkannte sie, was sie festhielt. Der Soldat machte ein Geräusch, als ob eine Hand Fleisch durch Stoff riebe, und sagte noch mal: »*Señorita?*« Die rote Zigarettenspitze glühte heller, wedelte in der Dunkelheit vor dem Mann. Licht aus dem Korridor spiegelte sich auf seinem Gewehr.

Sie spürte das Ende des Blechstücks, dann die Doppelschläuche. Sie führten in Windungen ein paar Meter zurück zu den Flaschen. Die standen aufrecht, aber im Schatten der Tür. Sie war immer noch unter der Arbeitsfläche der Werkbank. Ihre Finger krochen nach oben zu den Ventilen. Sie hatte gesehen, wie Broekman das machte; und auch Philippe. Sie fand die Hähne, und drehte sie schnell auf. Das Zischen des ausströmenden Gases klang wie eine ganze Familie aufgescheuchter Schlangen. Der Soldat blieb stehen, zögerte, änderte dann die Richtung, kam auf sie zu. »Hallo …?« sagte er. Die glühende Zigarettenspitze kam näher, wurde wie ein Schwert geschwungen.

Als er nahe genug war, und der Gasgeruch zu ihr zurückzog und sie benommen machte, warf sie sich nach vorne, wobei sie immer noch die Blechglieder des Schweißbrenners hielt.

Das Gas loderte an der Zigarettenspitze auf; zündete mit einem Zischen und einer Flammenblase in Richtung des überraschten Soldaten, schoß in einem hellen gelben

Ball durch die Luft. Das Haar des Mannes fing Feuer; sie sah sein Gesicht, wie sich der Mund öffnete, die Augen schlossen, als seine Brauen verbrutzelten, und schrumpften, und blau leuchteten. Sein brennendes Haar beleuchtete das unter seine linke Epaulette gestopfte Barett, die zwei vor seiner Brust hängenden Granaten, die über seine rechte Schulter geschnallte Kalaschnikow, und den Gürtel mit dem öligen schwarzen Holster, das an seiner linken Hüfte hing. Er sog den Atem ein und schrie, als sein Haar zischte und knisterte und die ganze Werkstatt erleuchtete.

Er beleuchtete ihr den Raum so gut, daß sie einen massiven Schraubenschlüssel sehen konnte, der keinen Meter entfernt an der Wand hing. Sie ging rasch zu ihm, nahm ihn zur Hand und schwang ihn. Er hatte gerade zu einem Schrei angesetzt, sich aber kaum bewegt – die Zigarette, die er fallengelassen hatte, hatte noch nicht mal das Deck berührt –, als sich die Nüsse des Schraubenschlüssels in seinen Schädel gruben, und er auf das metallene Deck knallte, als habe er sich selbst zu Boden gestürzt. Einen Moment lang blähte sich sein Haar gelb und blau, brutzelte dann an seiner Kopfhaut aus und verkohlte sie stellenweise. Die Dämpfe stanken, daß es sie würgte, und erst jetzt zog sie langsam das schwarze Klebeband vom Mund.

Das letzte Lecken der Flammen, das langsam ein paar Locken über dem linken Ohr des Soldaten verzehrte, wurde von dem schwarzen Sickern des Blutes erstickt, das entsprang, wo das kreisförmige Ende des Schraubenschlüssels getroffen hatte.

Sie sah zu. Dachte: *Wie ist mir zumute?*

Mir ist kalt, entschied sie. So kalt. Sie drehte den Soldaten mit dem Fuß um, zog das Gewehr raus und hob es hoch, prüfte, ob es entsichert war. Kein Geräusch aus der offenen Tür. Sie wartete ein paar Sekunden, legte das Gewehr ab, und griff nach vorne, um dem Mann die Uniform auszuziehen. Sie zögerte, bevor sie ihn anfaßte, stand dann auf, hob den Schraubenschlüssel hoch, und schmetterte ihn in seine Stirn. Erst danach entkleidete sie ihn.

Dabei pfiff sie; Sousa.

Sie hatte nicht die Absicht, einen Soldaten zu verkörpern, sie war nur den zerrissenen, beschmutzten *yukata* leid. Sie wollte wieder etwas anhaben.

Sie riß ein paar relativ saubere Streifen aus dem *yukata*, wischte sich mit ein paar davon so sauber, wie sie konnte, und band ein schmales Band um ihren Kopf, hielt damit ihr Haar zurück. Der Soldat war nicht so viel größer als sie, so paßte die Uniform. Er war einer von denen, die sie vergewaltigt hatten; der, der ihr dabei in die Ohren gebissen hatte. Sie griff sich mit den Fingern an die Ohrläppchen; geschwollen und blutverkrustet.

Sie untersuchte eine der Granaten in dem Licht, das sich aus dem Korridor ergoß. Sie hielt sogar den kleinen glänzenden Griff nach unten, zog den Sicherungsstift raus, inspizierte ihn, setzte ihn wieder ein, ließ den Griff wieder einschnappen. Sie versuchte, sich ins Gedächtnis zu rufen, wieviel Zeit zwischen Sucres Granatwurf in eine der Männergruppen und der Explosion vergangen war. Etwas mehr als fünf Sekunden, schätzte sie.

Die Kalaschnikow war einfacher. Sie hatte zugesehen; Sicherung, Halbautomatik, Automatik. Das eingesetzte Magazin war voll und zwei weitere hingen an seinem Gürtel. Die Pistole war ein Colt, genau wie Dandridges; die Sicherung war ein einfacher Schalter, an und aus. Der Soldat trug am Gürtel ein Bowiemesser, also nahm sie auch das an sich. Ein Feuerzeug und eine Packung Marlboro in einer Brusttasche. Sie warf die Zigaretten weg. Sie suchte nach einem Funkgerät, aber er hatte keins.

Sie war schon an der Tür, bevor ihr einfiel, zurückzugehen und seine Uhr an sich zu nehmen. Die kleine Casio zeigte 6:04.

Sie starrte darauf. Es konnte noch nicht so spät sein.

Nächster Morgen, schon? Sie hielt das Display schräg. ^{P} stand auf einer Seite. ^{P}6:04.

Abend. Desselben Tages. Sie konnte es nicht glauben. Sie war fest davon überzeugt gewesen, stundenlang geschlafen zu haben. Sie schüttelte den Kopf, stopfte die Uhr in die Hosentasche.

Der Korridor erschien ihr sehr hell. Der Maschinenraum war noch heller und summte laut; es roch nach Öl und Elektrizität. Verlassen.

Sie schlich über das offene Gitterwerk des Laufstegs zwischen den beiden Hauptmotoren, hin zu dem hohen Winseln des Hilfsaggregats und dem heulenden Wechselstromgenerator. Auf der Treppe zum Hauptdeck fühlte sie sich exponiert und verwundbar, aber nichts geschah.

Die Abendluft war noch warm. In einem Zipfel des Himmels, weit im Westen, hing schwer und trüb ein einzelner Tupfer von Rot; darüber breitete sich über den ganzen Himmel eine gleichförmige Dunkelheit aus, sternenlos und ohne Mond. Schwere Wolken wie eine Schicht von etwas, das mehr war als nur Nacht. Sie sagte sich, daß die Uhr recht hatte, und ihre Sinne unrecht. Sie wartete einen Moment, spürte, wie der Ostwind ihr über Gesicht und Hände strich, und beobachtete wie das Wolkenlid sich über dem roten Loch schloß, wo noch die Sonne schien, bis Dunkelheit den See und das Land verschluckte.

Die äußeren Decks des Schiffes waren dunkler, als sie gewohnt war; sie hatten das Flutlicht am Mast ausgeschaltet, oder hatten erst gar nicht dran gedacht, es einzuschalten. Sie drückte sich an der Seite der Aufbauten entlang; vorbei an dunklen Bullaugen, in Richtung nach vorne. Sie wußte nicht, was sie tun sollte. Sie hatte sich wie ein Soldat gekleidet, aber sie war keiner. Sie hatte den echten Soldaten dort tot zurückgelassen, und sie würden wohl bald nach ihm suchen; so sollte sie es vielleicht bleiben lassen, sich wie ein Soldat zu kleiden, und sich wieder ausziehen, ins Wasser springen und wegschwimmen; sie war eine gute Schwimmerin, und die Küste war nicht weit ...

Sie gelangte zum vorderen Ende der Aufbauten. Licht kam von oben. Es war nicht das Flutlicht in den Mastkörben; es erschien sehr hell in der Dunkelheit, aber das war es nicht wirklich, nur das Licht von der Brücke. Sie kümmerten sich nicht darum, das Rotlicht zu benutzen, das ihre Augen an die Dunkelheit gewöhnt hätte; vielleicht wußten sie nichts davon. Sie sah in die undurchdringlichen Schatten, die die Luken erzeugten und zum Bug; zum Vordersteven. Fahle Splitter. Sie ging langsam vorwärts und blickte nach oben. Die Brücke leuchtete von einem Ende zum anderen. Sie sah niemand. Sie ging zurück, duckte sich in den Schatten.

Auf Händen und Knien kroch sie die Decksschräge hinauf zu den Winden und Spinden auf dem Vorderdeck. Sie sah wieder zurück zur Brücke; immer noch niemand; sie wirkte verlassen, bis sie eine Blüte aus grauem Rauch sah, die nahe mittschiffs in die Luft stieg, dann daneben eine weitere. Sie wartete darauf, daß die Raucher auftauchten, aber sie tauchten nicht auf. Sie schob sich vorwärts zu dem abgetrennten V des Bugs, und entdeckte, daß sie die Splitter bewegte.

Sie suchte nach den Saiten, konnte aber nur den Dorn finden. Der Rest war Kleinholz. Die Wirbel und die Saiten mußten über Bord gesprengt worden sein. Was auch immer, sie konnte sie nicht finden. Sie krabbelte zurück in die Schatten, den Cellodorn neben dem Colt ins Holster gestopft.

Bei den Aufbauten konnte sie wieder stehen. Sie versuchte immer noch, sich darüber klarzuwerden, was sie tun sollte. Sie zog den Dorn heraus, und kam sich idiotisch vor. Sie kauerte nieder, das Gewehr zwischen ihren Knien und blickte in die Dunkelheit jenseits des Bugs. Insekten tanzten über ihr, angezogen von den Brückenlampen.

Sie sah Philippe fallen, hörte, wie Mandamus von einem Pistolenschuß zum Schweigen gebracht wurde, beobachtete, wie das Cello auseinandergesprengt wurde und fiel, fühlte, wie die Soldaten in sie stießen, roch, wie ihr Fleisch brannte, als sie die Zigaretten auf ihr ausdrückten. Sie dachte an den Himmel in Flammen, und sah hinauf in die Nacht, versuchte, sich die Sterne jenseits der Wolken vorzustellen. Der Streifen Brückenlicht wurde von den tanzenden Insekten belebt.

Sie schlich ins Schiff.

Der Salon war dunkel, und still, und roch nach getrocknetem Blut und altem Rauch; das ganze untere Deck schien verlassen. Der Fernsehraum roch immer noch nach Sperma. Sie schnupperte die düstere Atmosphäre, sog den scharfen, animalischen Geruch in sich ein, wobei sich ihr der Magen umdrehte.

Sie begab sich zur Treppe, und ging hinauf auf die Brücke.

Schnarchen drang durch die halb geöffnete Tür der Kapitänskabine. Sie stieß die Tür weiter auf, wartete auf ein Quietschen und zumindest darauf, daß das Schnarchen aufhörte. Kein Quietschen, das Schnarchen ging weiter.

Sie schlüpfte hinein, schob, als sie hineinging, mit den Finger die Tür hinter sich ein wenig weiter auf, um sich mehr Licht zu verschaffen. Eine Suite, natürlich; eine weitere offene Tür. Sie wartete, bis sich ihre Augen an das Dämmerlicht gewöhnt hatten, näherte sich dann dem Schlafzimmer. Die Kabine roch nach Feuchtigkeit und Shampoo. Da lag ein Mann auf dem Bett, der Körper in einem Laken verheddert, Arme nach oben hinter den Kopf gezogen, das Gesicht in die Ecke der Spundwand dahinter und zur Seite des Bullauges abgewandt.

Sucre. Seine Brust war weich, fast haarlos; sehr dunkle Brustwarzen im Halbdunkel. Sie ging leise rüber zum Bett und fummelte an dem Holster an ihrer Hüfte.

Sie küßte ihn, das Haar streifte sein Gesicht an der

Seite, warf Schatten. Er zuckte und erwachte, die Augen weiß. Sie zog sich ein wenig zurück, damit er sie sehen konnte; er entspannte sich geringfügig, dann weiteten sich seine Augäpfel, und er schreckte hoch, die Hände klammerten sich am Laken unter ihm zusammen, bevor eine zu seinem Kopf hochfuhr, unter dem Kissen rumfummelte.

Aber es war zu spät; sie war bereits mit ihren Handballen am Pumpen, die Spitze des alten Cellodorns auf seiner Brust brach durch, als sie ihr ganzes Gewicht darauf legte, ihn zwischen seine Rippen und ins Herz trieb.

Er versuchte, sie ins Gesicht zu schlagen, aber sie wich aus, und wackelte mit einer Hand mit dem Dorn in seiner Brust, während sie sich nach vorne beugte, und mit der anderen die Pistole unter dem Kopfkissen hervorgleiten ließ. Er gurgelte einmal, wie jemand, der sich den Mund spülte und Schwärze breitete sich um seine Lippen und das Loch, das der Dorn in seiner Brust gebohrt hatte, aus; die mondweißen Laken wurden schwarz, wo sie mit seinem Blut in Berührung kamen.

Der letzte Laut, den er von sich gab, als seine Brust sich senkte, überraschte sie; dann begriff sie, daß er nicht aus seinem Mund kam, sondern von der Wunde um den Cellodorn. Sie betrachtete einen Moment lang die dunklen Blasen.

Sie steckte die Pistole – noch ein Colt – in eine Tasche in der Jacke des Kampfanzugs. Auf dem Nachttisch war ein Funkgerät. Sie stopfte es in die Hosentasche. Den Dorn ließ sie, wo er war. Sie hatte Angst, daß einer von ihnen wieder zum Leben erwachen würde, so preßte sie ihren linken Daumen auf Sucres rechtes Auge, während sie den Colt an sein Ohr hielt. Sie drückte fest zu, aber nichts geschah. Sie zog ihre Hand mit einem Zittern weg, hatte plötzlich Angst, das Auge würde zerplatzen und Flüssigkeit ihm über die Wange rinnen.

Sie sah, daß Sucre wirklich tot war. Sie nahm seine Kalaschnikow, weil die ein Nachtsichtgerät hatte und ließ die andere fallen. Eine Uzi lag auf dem Tisch; sie nahm sie, einen Schalldämpfer dafür und ein paar zusätzliche Magazine. Sie hatte langsam zuviel Gepäck und mußte vorsichtig gehen, als sie den Raum verließ, und jedes Geräusch vermeiden.

Die Brücke roch nach Tabakrauch, aber es war niemand da. Sie fühlte sich betrogen. Sie sah in alle Kabinen auf diesem Deck, sogar in die, wo Orrick den ersten Soldaten getötet hatte, aber nirgendwo war jemand.

Sie ging runter auf das nächste Deck.

Nichts. Sie sah hinaus durch die Jalousien vor den Fenstern der vorderen Lounge und sah jemanden am Bug; das Licht von der Brücke war gerade hell genug, um den Mann auszumachen. Sie kratzte sich am Kopf, ging zurück auf den Korridor und stand bei der Gangway, die nach oben und unten führte, hörte aber nichts. Sie ging zurück auf das Hauptdeck und hinaus aufs äußere Deck unter dem Überhang. Sie konnte den Mann immer noch sehen. Er schien ganz vorne am Vordersteven des Schiffs zu lehnen, seine Füße in den Cellosplittern, und in die Nacht hinauszusehen, wo die gedämpftem Lichter der entfernten *Nakado* auf dem Wasser schimmerten.

Sie nahm das Barett aus der Epaulette, schob das Haar, das nicht von dem Streifen des *yukata* zurückgehalten wurde, unter das Barett, und ging langsam über das Deck auf den Mann zu. Sie warf einen kurzen Blick hoch zur Brücke, sah aber nichts als Licht und Leere.

Er hörte sie nicht einmal, bevor sie weniger als fünf Meter von ihm entfernt war. Er drehte sich um, sah sie, drehte sich wieder weg, starrte raus über das Wasser, und sah sich dann mit verblüfftem Gesichtsausdruck um.

Sie war über ihm, während der Ausdruck der Verblüffung auf seinem Gesicht sich in Besorgnis zu verwandeln begann, und er nach seinem Gewehr griff. Sie hielt ihres bereits; es krachte gegen sein Kinn, schleuderte seinen Kopf zurück, und schlug ihn vom Schanzkleid. Er klapperte wie eine zerbrochene Puppe aufs Deck.

Er war keiner von denen, die sie vergewaltigt hatten, und sie brachte es nicht übers Herz, ihn einfach so zu töten. So zog sie ihn zum Kettenkasten des Steuerbordankers, nahm ihm seine Waffen ab, warf ihn rein, schloß behutsam das Schott und schob den Riegel vor. Es ermüdete sie, diese ganzen Schießeisen mit sich herumzuschleppen, also kippte sie seine gesamte Ausrüstung und einen der Colts über Bord. Die Klatscher klangen sehr leise und weit entfernt. Sie schlich weiter, zurück zum Hauptabschnitt des Schiffes.

Dort fand sie die übrigen.

Sie spielten unter Deck Karten, unter einem geöffneten Oberlicht, das genau vor dem vorderen Ende der Aufbauten ins Deck eingelassen war. Rauch trieb aus der Öffnung; Tabak und Hasch. Sie sah verstohlen über den Rand und erblickte einen Tisch, Dosen von San Miguel, einen dicken Joint, ein Kartenspiel und Männerhände.

Es war lange her, daß sie Dope geraucht hatte. Sie lag da, die Schulter am erhobenen Metallrand, der das Oberlicht einfaßte, und erinnerte sich, nahm dann leise eine Granate aus ihrem Klettverschluß, hielt den Griff fest, entfernte den Sicherungsstift, ließ den Griff wieder los, zählte Lautlos »wun-ih eriphantu, two-ri eriphantu, tri eriphantu, fori eriphantu, favi eriphantu«, und kicherte noch in sich hinein, als sie nach oben langte und die Granate durch das Oberlicht fallen ließ.

Sie hörte sie aufschlagen, hörte ein paar Atemzüge, hörte sie aber nicht losgehen, bevor das Deck unter ihr hochschlug, das Oberlicht in einer Wolke hellen Rauchs zurückklappte und zerbarst, und ein Lärm, als würden Planeten zusammenkrachen, sie wie ein wütender Schultyrann ohrfeigte.

Sie lag wartend da. In ihren Ohren sang es schon wieder, sie schwangen im Nachhall des ersterbenden Geräuschs. Sie zog den Colt aus dem Holster, stemmte sich hoch, sah durch den Rauch in die Kabine hinunter, konnte aber nicht viel erkennen. Sie beugte sich weiter nach vorne, steckte Kopf und Pistole, dann Kopf und Pistole und Oberkörper durch das Loch, blickte sich um und sah, daß sie alle tot oder sehr nahe dran waren. Sie ließ den Rauch noch ein wenig abziehen, horchte, so gut sie konnte, beobachtete die Brücke und die Seiten der Aufbauten auf dem Hauptdeck.

Dann schwang sie sich durch das Oberlicht hinein auf den Tisch. Er war fast entzweigesprengt worden; Streifen braunen Laminats standen hervor wie widerspenstige Haarbüschel. Sie mußte ihre Beine schwingen, um sicherzugehen, daß sie nahe des Bullauges landete, damit das, was vom Tisch übrig war, ihr Gewicht tragen würde. Sie ließ sich durch den beißenden Rauch nach unten fallen. Ihre Füße in den lose gebundenen Stiefeln knirschten auf Granatsplittern und verstreuten Spielkarten. Einer der Männer rührte sich und stöhnte. Sie wollte das Messer benutzen, konnte es aber irgendwie nicht, so hielt sie ihm die Pistole an den Kopf und drückte ab. Bei den anderen drei machte sie es genauso, auch wenn nur ein zweiter noch irgendwelche Lebenszeichen von sich gab. Blut verklebte den Boden, klebte die Karten ans Deck.

Unglaublicherweise war der Joint noch an und fast unbeschädigt, und brannte einen braunen Fleck in einen von Schrapnells durchlöcherten Plastikstuhl. Sie schnippte das Ende der Spitze weg, an dem ein kleines, schwarzes Stück Plastik hing und nahm einen Zug. Er schmeckte schlecht, und so begrub sie ihn unter dem Absatz. Es zischte.

Sie schlenderte aus der Kabine, erstaunt, daß niemand gekommen war, und erst dann kam ihr in den Sinn, daß sie vielleicht alle tot waren.

Sie glaubte es immer noch nicht und durchsuchte das

ganze Schiff. Sie fand ihre BLRs und im Kartenraum neben der Brücke ihre Ladungen mit Plastiksprengstoff, sah erneut nach Sucre, der in Schwarz und Weiß gehüllt war, den Dorn wie Amors Pfeil in seiner unbewegten Brust, fand die Blutflecken in der Kabine, in der sie kurzzeitig mit Orrick gewesen war (konnte aber die Leiche des Mannes nicht finden, den Orrick getötet hatte), fand die drei toten Funker und das tote Funkgerät (sie versuchte, es in Betrieb zu setzen, konnte aber noch nicht mal das Störsignal empfangen; leere Sicherungskästen machten sich über sie lustig), sah wieder in den Fernsehraum, wo sie sie vergewaltigt hatten, und wagte sich in die schattigen Tiefen des Hauptsalons, wo immer noch der Haufen Leichen verstreut lag, und sie konnte sich nicht überwinden, das Licht anzumachen, aus Angst, eine von ihnen zu erblicken. Sie tastete nach dem schweren Maschinengewehr, brauchte beide Hände dazu, und ließ eine Metallkiste voller Munition mitgehen. Sie ließ das Gewehr draußen im Korridor liegen, dann verfolgte sie ihren Weg zurück zur Werkstatt im Maschinenraum, wo der erste, der hatte sterben müssen, sein Blut über das halbe Deck unter den glänzenden, nüchternen Werkbänken verteilt hatte.

Eine Stunde, nachdem sie sich befreit hatte, war sie nach einem Rundgang zum Bug, wo der Soldat, den sie niedergeschlagen hatte, im Kettenkasten Krach schlug, zurück auf der Brücke. Bei ihrem ersten Besuch hatte sie die Brückenbeleuchtung auf Rot geschaltet und sie schritt durch das blutige Glühen zur Winden/Ankerkonsole. Sie legte einen Finger an die Lippen und inspizierte die Kontrollen, streckte die Hand aus und knipste einen Schalter an. Der Steuerbordanker fiel in den See und klatschte. Seine Kette rasselte wuchtig hinterher, Glieder peitschten durch den Kasten, in dem der Soldat sich befand.

Das Rasseln der herabfallenden Kette erstickte den Schrei des Mannes, auch wenn es sowieso schnell gegangen sein mußte. Wenn sie bis zur Morgendämmerung gewartet hätte, dachte sie, hätte sie gesehen, wie er in Form eines roten Sprühnebels durch die Öse der Öffnung des Kettenkastens ausgetreten wäre, aber sie zitterte bei dem Gedanken an sein Blut, das sich auf der Oberfläche des Sees ausbreitete.

Das Donnern der Ankerkette klang durch das Schiff, ließ das Deck unter ihr erzittern. Ungebremst fiel die Kette unter ihrem eigenen Gewicht weiter heraus. Mit einem Dröhnen kam sie zum Stillstand; sie konnte nicht sagen, ob sie sich abgetrennt hatte oder noch hielt. Sie rieb sich geistesabwesend eine Brust, verzog leicht das Gesicht, wenn sie eine der Stellen berührte, wo sie sie verbrannt hatten, und dachte darüber nach, daß Rache bemerkenswert fade schmecken konnte, wenn man aufgehört hatte, etwas zu fühlen.

Hisako Onoda kam zu dem Schluß, daß auf der *Nadia* so gut wie sicher niemand zum Töten übrig geblieben war. Sie beschloß Herrn Dandridge aufzusuchen, der wie niemand sonst einen Besuch verdient hatte.

Es war immer noch alles hoffnungslos, aber es war besser als Nichtstun.

Das eingeschrumpelte schwarze Schlauchboot, das Orrick mit dem Messer zerschnitten hatte, lag in Falten über einem Ende des Pontons. Sie untersuchte einen der massigen stillgelegten Motoren, fand heraus, wie man ihn entfernen konnte und zog ihn an die Stelle, wo das Schlauchboot der *Nadia* festgemacht war. Sie steckte die Schraube des Militärmotors ins Wasser, drückte auf den Anlasser. Der Motor erzitterte, rumorte; selbst im Leerlauf versuchte die Schraube, sich unter den Ponton zu schieben. Sie schaltete den Außenborder aus, löste ihn von der Heckplatte des Schlauchboots der *Nadia* und lies ihn in die schwarzen Fluten gleiten. Sie ersetzte ihn durch den großen Militärmotor, wobei sie im Licht des Schiffes über ihr arbeitete, vor Anstrengung schwitzte, und ihr die Arme weh taten. Der Ponton befand sich auf der den beiden anderen Schiffen zugewandten Seite der *Nadia*. Sie hatte des Walkie-Talkie angeschaltet und war etwas überrascht, daß es still geblieben war; es schien, als habe niemand auf den anderen zwei Schiffen irgend etwas gehört oder gesehen. Während sie arbeitete, wartete sie auf Gewehrfeuer, oder daß ihr aus dem Funkgerät etwas Unverständliches auf spanisch entgegenschallte, aber sie wartete – in einem perversen Sinn – vergeblich.

Sie mußte zweimal gehen, um sämtliche Waffen runter ins Boot zu bringen. Sie füllte den Tank des Außenborders bis zum Anschlag aus einem der großen Kanister auf dem Ponton, dann verstaute sie den Kanister mit den Raketenwerfern und Sprengstoffen auf dem Boden des Schlauchboots, und warf den Motor wieder an.

Sie schob das Schlauchboot weg vom Ponton. Das Schlauchboot schnurrte raus in die Nacht, nahm einen gebogenen Kurs auf die massige und rechteckige Silhouette der *Nakado*.

Ihre Mutter führte ein Sammelalbum. Es verschwieg die Zeit, die sie im Hospital verbrachte. Manchmal, wenn sie zu Hause war, sah sie das Sammelalbum durch, wenn ihre Mutter nicht da war. Die Seiten glitten ihr schnell durch die Finger; die eingeklebten Programme mit ihrem Namen drauf, die Zeitungsausschnitte, die sie namentlich erwähnten, ein paar Beilagen aus Kassetten, ein paar Zeitschriften-Interviews und -Features, und als die Seiten durch ihre Hände glitten, rasten und fielen, dachte sie, daß die Zeit, von denen die dicken Seiten berichteten, selbst genauso schnell, genauso unvermittelt und zwangsläufig abgelaufen war.

Die Jahre summierten sich wie eine Strafe. Sie spielte, und ihr bescheidener Ruhm wuchs. Sie versuchte noch ein paarmal, ein Flugzeug zu besteigen, von einmotorigen Cesnas bis zur 747, aber konnte es noch nicht mal ertragen, daß die Türen geschlossen wurden. Auf ein paar Urlaubsreisen kam sie bis Okinawa, fuhr nach Korea zu den Olympischen Spielen und ein paar Konzerten, aber die Arbeitsüberlastung hielt sie davon ab, weiter Seereisen zu unternehmen, die länger dauerten. Einmal war davon die Rede, seitens eines griechischen Reeders, der sich von ihrem Spiel beeindruckt zeigte, daß ihr Streichquartett auf einem Luxuskreuzfahrtschiff bis zu einem Jahr spielen sollte; Privatkabinen, gutes Geld und eine Weltreise … aber sie besuchte in Yokohama eines der Kreuzfahrtschiffe und kam zu dem Schluß, daß sie die Leute, das Dekor und die Vorstellung, daß von ihr verlangt wurde, diese harmlose, vorhersehbare Musik zu spielen, die man anscheinend von ihr erwartete, nicht besonders mochte. So wurde nichts daraus.

Langsam lernte sie Japan gut kennen; besuchte in ihren häufigen Ferien allein die Orte, die sie nicht mit dem Orchester bereiste. Herr Moriya machte sich Sorgen, daß sie ihre Möglichkeiten nicht voll ausnutzte, worunter sie verstand, soviel Geld wie möglich zu verdienen, aber andererseits wußte sie kaum, was sie mit dem Geld anfangen sollte, das sie schon besaß. Sie zahlte das Darlehen für die Stradivari zurück, kaufte in den Hügeln über Kamakura ein Haus, das ein Vermögen kostete, und hatte schon seit langem die Miete für das kleine Apartment ihrer Mutter bezahlt, wußte aber sonst nichts mit ihrem Geld anzufangen. Autofahren interessierte sie nicht; sie besaß zwar immer einen kleinen Honda, haßte aber die überfüllten Straßen, und war stets erleichtert, wenn sie aus dem Wagen rauskam. In sehr teuren Kleidern fühlte sie sich verlegen und auffällig, und sie sah keinen Sinn in Schmuck, über den man sich Sorgen machte. Sie sparte in Ermangelung einer besseren Verwendung für das Geld, und dachte vage daran, später mal eine Schule zu gründen.

Herr Moriya war der Meinung, daß sie recht damit hatte, mehr auf Qualität als auf Quantität zu achten, und handelte für sie einen neuen Vertrag mit dem Orchester aus. Sie begann ihre öffentlichen Auftritte zu beschränken, und nahm nur dann Platten auf, wenn sie unbedingt mußte. Westliche Musikkritiker, die sie hörten, zogen schmeichelhafte Vergleiche; sie dachte daran, nach Europa zu gehen, verschob es aber immer wieder. Sie freute sich auf die Reise mit der Transsibirischen Eisenbahn, aber sie dachte, daß sie nur einmal in jede Richtung fahren sollte (es alljährlich auf eine Art absurde Pendlerfahrt zu reduzieren, würde wie ein Sakrileg erscheinen), und es machte ohnehin nervös, tatsächlich in Europa zu spielen. Zuerst machte sie sich Sorgen, daß niemand sie würde hören wollen; dann, als klar wurde, daß sie wollten, darüber, daß man sie zu sehr hochgelobt hatte und daß die Zuschauer enttäuscht sein würden. Zu ihrer Überraschung versuchte Herr Moriya nicht, sie so unter Druck zu setzen, damit sie endlich ginge. Er schien damit zufrieden, daß sich die Angebote häuften, die Veranstaltungsorte an Größe zunahmen, und die Gagenangebote immer höher wurden.

Wann immer sie spielte, versank sie in der Musik. Sie war real, farbenprächtig. Ihr Leben erschien, trotz all der Freunde und Urlaubsreisen, und trotz all des Respekts anderer Musiker, und der Vergötterung durch das Publikum, wenn auch nicht tatsächlich monochrom, aber es schien, als fehle ihm ein lebenswichtiger Bestandteil; als ob eine Farbe fehlte, ein Gewehr im Zug fehlging, und damit das Bild durch seinen Mangel verdarb.

Eine Tages trottete sie durch den Wald nördlich des Fuji und nahm den alten Pfad, den sie das erste Mal gegangen war, da sie wenig mehr als ein Kind gewesen war, sich mit dem vom Wasser wellig gewordenen, salzbefleckten Cello und seinem Kasten abgemüht hatte.

Als sie auf dem kahlen Gipfel des Hügels angekommen war, wo sie Fuji in den Flammen, die sie entfacht hatte, tanzen gesehen hatte, entdeckte sie, daß es ein Picknickplatz geworden war; ein halbes Dutzend lachender, schwatzender Familien saß an kräftigen Holztischen, packte Kisten aus, verteilte Geschirr, öffnete Flaschen, brachte ihren Abfall zu heiter glänzenden Plastiktonnen, die »Danke« sagten, wenn man sie fütterte. Kinderlachen erfüllte den Ort, und der Rauch eines tragbaren Grills waberte wie ein aufsteigender Dschinni vor dem Anblick Fujis. Aus einem am Baum hängenden Ghettoblaster klirrte westliche Popmusik.

Sie drehte sich um und ging weg, und ging nie wieder dorthin.

Sie war auf halbem Weg über den Kilometer dunklen Wassers zwischen der *Nadia* und der *Nakado*, als das Funkgerät in ihrer Hosentasche zum Leben erwachte. Das Geräusch erschreckte sie. Sie ließ den Gashebel los und umklammerte ihren Oberschenkel, von wo das Sprechen kam. Sie zog das Funkgerät raus.

»... hey, Sucre ...?« Sie ließ den Motor des Schlauchboots im Leerlauf, blickte zurück zu den Lichtern des Schiffes. »Arturo, Arturo ... *La Nadia*, 'allo? Yo, *venceristas en La Nadia ... muchachos?*« Es war die Stimme von Dandridge, leise lachend. *»Despertad vosotros!«*

Im Hintergrund hörte sie weitere Stimmen. Mehr Spanisch, zu schnell für sie, als daß sie folgen konnte. Schließlich, »Sucre; irgend jemand. Hallo. Hallo? Gottverdammich, ihr Typen. Hallo. Hallo! Hallo! Menschenskind ...« Das Funkgerät verstummte. Sie sah sich nach den Lichtern der *Nakado* um.

Sie stellte den Motor ab. Es war sehr still.

Ihr fiel wieder das Nachtsichtgerät auf dem AK47 ein, das sie aus Sucres Kabine mitgenommen hatte; sie hob das Gewehr und sah durch.

Die Aussicht auf die Hülle der *Nakado* war schwach,

grau und körnig. Es gab keine Bewegung an Deck oder auf der Brücke, auch wenn das bei der Brücke schwer zu sagen war, weil das dortige Licht für das Nachtsichtgerät fast zu hell war. Sie setzte das Sichtgerät ab, beobachtete den Ponton und die Treppe dorthin. Immer noch nichts.

Sie beobachtete weiter, überprüfte weiter das Funkgerät, glaubte, sie hätte es irgendwie abgeschaltet. Dann hörte sie etwas, hinter sich.

Sie drehte sich um; verschaffte sich ruhige Sicht auf die *Nadia*. Sie suchte das Schiff vom Vordersteven bis zum Heck ab und entdeckte ein Schlauchboot, das von hinten um das Schiff steuerte, auf den Ponton zuhielt. Ein Mann; das war alles, was sie sehen konnte.

Sie legte das Gewehr ab, fuhr den Motor wieder hoch und wendete das Schlauchboot, in Richtung auf die *Nadia*.

Sie kontrollierte weiterhin durch das Nachtsichtgerät, für den Fall, daß egal, wer sich da in dem Schlauchboot dem Schiff näherte, irgendwelche Anzeichen zeigte, daß er sie gesehen – oder gehört – hatte, aber das Schlauchboot fuhr einfach weiter, bremste an dem Ponton ab, den sie ein paar Minuten zuvor verlassen hatte. Sie war ein paar hundert Meter von der *Nadia* entfernt, als das andere Bot anlegte. Ein Mann stieg aus. Sie sah, wie er einen Arm vors Gesicht hob.

»Hier«, sagte das Funkgerät. Der Mann nahm ein Gewehr, machte sich auf den Weg die Stufen hoch zum Deck der *Nadia*. Sie hielt weiter auf das Schiff zu. Sie beobachtete, wie die Gestalt zum Ende der Treppe emporstieg, wo sie anhielt. Der Mann blickte runter auf den Ponton. Ihre Sicht wurde durch das Vordringen ihres eigenen Bootes durch die Wellen verwackelt. Sie ließ den Gashebel los; das Schlauchboot fuhr im Leerlauf weiter, fiel dann ab und hielt an. Der Mann nahm etwas von der Hüfte. »Warte«, sagte das Funkgerät. »Das Schlauchboot; das andere. Hat irgend jemand …?«

Sie sah, wie er etwas vors Gesicht hob; vor die Augen; etwas, das wie ein Fernglas gehalten wurde. Er sah nach unten, dann nach draußen, ließ seine Augen wandern, sah genau in ihre Richtung. »Heilige Sch …, Arturo? Hallo? Wer ist …«

Sie mußte hinsehen, um die Sicherung zu finden, legte sie um und blickte erneut durch das Sichtgerät. Das Gewehr erfüllte die Welt mit Lärm; die Sicht wurde taghell vom Gewehrfeuer. »Heilige Sch …« kam wieder aus dem Funkgerät.

Sie hatte Eindruck fliegender und fallender Kugeln. Sie nahm das Gewehr hoch; fühlte den Rückstoß an ihrer Schulter.

Vom Schiff wurde das Feuer erwidert, auf halber Höhe der Treppe zum Deck. Sie ließ das Gewehr fallen, hörte entfernte, leise Echos des Feuers, die von hinter ihr zurückkamen, reflektiert von der kastenförmigen Hülle der *Nakado*.

Sie fand das schwere Maschinengewehr, hob es klappernd vom Boden des Schlauchbootes. Sie stützte es so gut sie konnte auf, feuerte.

Das Gewehr stieß gegen ihre Schulter, warf sie fast über das Heck des Bootes. Langsame Linien von Leuchtspurgeschossen schwenkten umher, hielten auf die *Nadia* zu, stiegen spiralförmig in den Nachthimmel. Das Schlauchboot drehte sich, angetrieben von der Wucht herausgeschleuderten Metalls, das sich von ihr im Bogen zu dem entfernten Schiff bewegte. Die Erwiderung des Feuers flackerte an der Schiffshülle.

Sie fluchte, warf sich nach vorne, hörte das plätschernde Ploppen von Kugeln, die irgendwo vor ihr im Wasser einschlugen. Sie brachte das große Maschinengewehr auf dem knolligen Bug des Schlauchboots zur Ruhe und dann das umgedrehte V seines Zweibeins auf dem straffen Gummi des Bugs in Stellung. Im Widerschein des Schiffes konnte sie genug von der Treppe und dem Ponton erkennen, um zu sehen, wohin sie zielen mußte. Da glitzerte Licht. In dem Moment, als der Schall sie erreichte, war sie am feuern.

Die Leuchtspurmunition half. Sie schwang die abgehackte Spur und zog sie hoch, bis die Spur endete, wo das Feuern hergekommen war. Der Patronengürtel klimperte und klapperte unter ihr wie eine Abfüllanlage; die Patronen wurden nach einer Seite ausgeworfen, zischten, als sie auf das Wasser des Sees trafen.

»Hey! Hol – ah! *Huren*sohn!« Das Funkgerät erwachte mit Dandridges Stimme wieder zum Leben. Sie machte eine Pause und hörte durch das Funkgerät Klirren und Schläge, die erstarben, und vermutete, daß diese Geräusche ihre Kugeln waren, die auf die Schiffshülle trafen. »Kommt her, ihr Arschlöcher. Ah! Scheiße!« Das Geräusch von etwas, das plumpste und klapperte.

Sie feuerte erneut. Die Patronenkette riß sich ihren Weg rauf in das Gewehr und war zu Ende. Sie drehte sich um, griff nach der Munitionskiste, fand das Ende des Patronengürtels und klappte das Gewehr auf, zerrte das Gewicht des mit Gelenken verbundenen Gürtels hoch, fummelte mit der ersten herum, bis sie an der richtigen Stelle einrastete und sie den Verschluß wieder schließen konnte. Sie feuerte noch einmal, mußte dann den Bug des Schlauchboots nach Steuerbord drehen, als es, vom Rückstoß herumgedreht, im Wasser kreiste. Sie legte den Gewehrschaft nieder, tastete nach dem AK47 und sah durch das Nachtsichtgerät. Vor der Hülle der *Nadia* humpelte eine Gestalt, fiel die letzten Stufen zum Ponton runter und warf sich hinter die luftleere Leiche des schwarzen Schlauchbootes.

»Hey! Hey!« kam aus dem Funkgerät. »Komm schon! Wer *ist* das?«

»Wir am kommen, *jefe*.«

Sie nahm das Funkgerät hoch, drückte den Knopf, der sich unter ihrem Daumen senkte. »Herr Dandridge?« fragte sie. Sie lehnte sich nach vorn, nahm das Maschinengewehr wieder hoch, legte es auf die Seite des

Schlauchboots und zielte auf den Ponton, den man schwach gegen die Hülle der *Nadia* erkennen konnte.

»Wa ...? Scheii-iße! Fräulein Onoda?« Dandridge hustete, lachte. »Unsere kleine gelbe Freundin? Sie da draußen mit den schweren Waffen?«

Sie drückte noch mal den Sprechknopf. »Hallo«, sagte sie.

»Menschenskind, und ob ich das glaube. Sie noch am Leben?«

»Nein«, sagte sie.

Das Schlauchboot trieb immer noch. Sie nahm wieder das AK47 hoch, suchte das graue Sichtfeld ab. Die *Nakado* zeigte immer noch kein Lebenszeichen. *Le Cercle* war hinter dem Heck der *Nadia* verborgen. Sie horchte auf Motorengeräusche.

»Ha, Fräulein Onoda.« Das Funkgerät brach ab, schaltete sich wieder ein. Dandridge keuchte. »Das blühende Sterben.* Wer, zum Teufel, hat Ihnen beigebracht, so gut zu schießen?« Sie antwortete nicht. Sie überprüfte noch mal das Maschinengewehr, legte es runter und ging zurück zum Heck des Bootes, warf den Außenborder wieder an. »Was haben Sie gemacht, meine Dame? Was haben Sie vor? Wie sind Sie an ein Funkgerät gekommen?« Sie richtete das Boot parallel zum Schiff aus, beförderte es in Richtung des Bugs der *Nadia,* weg von dem Kurs, den ein Boot von einem der anderen beiden Schiffe nehmen würde. Dandridge war von der *Le Cercle* gekommen, nicht von der *Nakado*. Das Sichtgerät des AK47 zeigte, daß nichts auf oder nahe der *Nakado* war.

»Fräulein Onoda, reden Sie mit mir. Sie vermasseln hier alles. Ich denke, ich verdiene eine kleine Erklärung. Lassen Sie uns reden.«

»Habe ich Sie getroffen?« fragte sie und legte das Sturmgewehr ab, um in das Funkgerät zu sprechen.

---

* Im Original: ›dead and kicking‹ (Wortspiel mit ›alive and kicking‹: gesund und munter) – *Anm. d. Übers.*

»Nur ein Kratzer, wie wir in der Branche sagen«, lachte Dandridge. »Sie hören nicht auf, mich in Erstaunen zu versetzen, Ma'am. Zum Teufel, was haben Sie gegen uns?« Er lachte wieder.

»Fühlen Sie sich gut, Herr Dandridge?« fragte sie.

»Zum Teufel, mir ging es nie besser. Wie ist es mit Ihnen?«

»Ebenso.« Sie war auf den letzten fünfzig Metern vor dem Backbordbug der *Nadia*. Sie wendete das Boot, bis es wieder auf den Ponton zeigte. Sie ließ den Gashebel los und den Motor absterben, und ging nach vorn, um das Maschinengewehr wieder auf den Bug des Schlauchbootes zu heben.

»Großartig, Also sehen Sie, wir scheinen hier eine kleinere Meinungsverschiedenheit zu haben, aber ich bin sicher, wir können das ausdiskutieren. Ich wollte Sie nur wissen lassen, daß ich persönlich Ihnen nichts nachtrage, verstehen Sie ...«, hörte sie ihn ächzen, stellte sich vor, wie er auf dem Ponton die Stellung wechselte. Sie warf einen weiteren Blick durch das Nachtsichtgerät. Keine Bewegung –, »... aber dies ist eine ziemlich blöde Art zu verhandeln, wissen Sie? Ich verstehe, daß Sie ihren eigenen Standpunkt haben und all das, aber ich möchte für einen Moment mit Ihnen reden, und ich hoffe, Sie erweisen mir die Ehre, zuzuhören, oder? Bei dem, was wir hier zu tun versuchen, gibt es Aspekte, die Sie, wie ich glaube, nicht ganz verstehen. Jetzt müssen Sie mir nicht erzählen, daß jede, hmm, Erscheinungsform des Benehmens dieser Typen alles erfüllte, was Sie unter der Genfer Konvention erwarten könnten und all das, aber ...«

Sie hielt eins der kleinen Metallbeine des Maschinengewehrs mit ihrer linken Hand unten am geschmeidigen Gummi fest, drückte mit dem Zeigefinger der rechten auf den Abzug.

Das Gewehr versuchte zu springen; es bellte und ratterte und zischte. Feuer zog über das Wasser, das ruhig genug war, um es an ein paar Stellen zu reflektieren, und warf um den Ponton Schaumkronen auf. Sie hörte Dandridge schreien, als sie eine Pause machte und neu anlegte. Das Gewehr pulsierte wieder gegen ihre Schulter, Leuchtspurgeschosse bogen sich und fielen. Sie sah Funken, dann einen Feuerball, als sich die Kanister auf dem Ponton entzündeten.

Sie sah nach oben. Der kleine Feuerpilz stieg wogend, wie ein Doughnut, gegen die dunkle Hülle, kräuselte sich durch und durch, wie eine Frau, die ihren Rock schürzt. Unter ihm pulsierte ein Flammenausschnitt, und Feuer ergoß sich über das Deck des Pontons, verteilte sich auf beiden Seiten in die Fluten. Sie nahm das Gewehr runter.

»Verdammt noch eins, Fräulein, gut geschossen!« rief Dandridge aus dem Funkgerät. »Hervorragend! Gerade als es anfing, mir kalt zu werden. Na denn vielen Dank, Ma'am.«

Sie tastete nach hinten in den Waffenstapel auf dem Boden des Schlauchbootes, fand, was sie suchte und hob es hoch. Sie drehte sich weg von dem fernen Licht des brennenden Pontons und benutzte das Feuerzeug aus ihrer Brusttasche, um das Gerät zu inspizieren.

»*Jefe* …«

»*Schnauze!* Ma'am, Sie sehen mich doch wirklich unglaublich beeindruckt. Sie sollten auf unserer Seite sein, und ich verstehe das als Kompliment. Und darüber möchte ich mit Ihnen sprechen. Sehen Sie, bei all dem gibt es Dinge, die Sie, wie ich glaube, nicht zur Gänze verstehen. Wir reden hier von der geopolitischen Situation. Was ich meine, ist, daß Sie tatsächlich auf unserer Seite *sind*, wenn Sie es nur wüßten. Das ist mein Ernst. Sie sind eine Handelsnation; hier geht's um etwas, das auch Sie angeht. Ach, zur Hölle, Fräulein Onoda, es geht immer nur um Handel; ja, *Handel*, und Einflußsphären und … und *Gelegenheiten*; die Möglichkeit zu Macht und Einfluß … hören Sie mir noch zu, Fräulein Onoda?«

»Reden Sie weiter«, antwortete sie abwesend und wünschte, sie verstünde mehr vom kyrillischen Alphabet.

»Gut. Wir müssen weiterreden. Das ist sehr wichtig. Ich glaube, daß das sehr wichtig ist. Halten Sie das nicht auch für wichtig, Fräulein Onoda?«

Sie hob das Gewicht auf ihre Schulter, probierte ein paar Schalter. Der Gerät heulte, aber das Sichtgerät blieb dunkel. Sie probierte verschiedene Abfolgen, fand einen Abzugsbügel, schob ihn hoch und nach vorne. Das Heulen änderte seine Tonlage.

»Na gut, ich bin sicher, Sie glauben das. Sie sind eine vernünftige Dame. Da bin ich mir sicher. Sehr vernünftig und sehr clever und sehr empfindsam. Ich hoffe, wir können als Gleichgestellte miteinander reden; und das ist genau das, was ich vorhabe. Sehen Sie, die Großen müssen manchmal krumme Dinger drehen, Fräulein Onoda. Um groß zu bleiben, muß man krumme Dinger drehen; da führt kein Weg dran vorbei. Man kann es versuchen und sich von denjenigen distanzieren, die die krummen Dinger drehen; ich meine, sich von der ausführenden Hand zu distanzieren, aber man bleibt doch verantwortlich. In einer schlechten Welt muß man schlechte Dinge tun, wenn man fähig bleiben will, gut zu sein. Verstehen Sie das? Ich meine, da sind alle diese Menschen, die glauben, Güte und Rechtschaffenheit seien irgendwie unsichtbar; sind sie aber nicht; können sie auch gar nicht sein. Es ist eine Rasierklinge, Fräulein Onoda; eine ganz reale Rasierklinge. Man muß die Balance halten; man muß immer daran arbeiten, wissen Sie. Versuch nur aufzuhören, glaub nur einmal, du hast alles so fest im Griff, daß du die Dinge sich selbst überlassen kannst, und du bist tot. Nicht am nächsten Tag, noch nicht mal nächstes Jahr, aber bald; und es beginnt, wenn man die Dinge sich selbst überläßt. Die Römer haben das erkannt; die Spanier und auch die Engländer. Man muß *dynamisch* bleiben, oder man scheitert;

man versinkt in seiner eigenen Nachgiebigkeit; man wird dekadent. Eine freie Gesellschaft ... eine freie Gesellschaft wie die Amerikas, diese Sorte Zeug brodelt ständig und jeder Zeit unter der Oberfläche; immer wollen die Menschen ein ruhiges Leben führen, Hippies sein, in dem leben, was sie für Frieden halten ... und verdammt noch mal, es vielleicht auch ist, für eine kurze Zeit, aber ...«

Sie drückte auf einen Knopf. Das Sichtgerät erwachte zum Leben; körniger als das Nachtsichtgerät des Gewehrs, aber die kochende Feuersäule zeigte sich hell, wie ein leuchtender Riß in der Nacht. Als sie es zentrierte, wurde das Heulen zu einem gutturalen, hustenden Geräusch, wie eine protestierende, beschädigte Uhr, die in ihrem Ohr trommelte. Rote Symbole leuchteten auf dem Display auf. Sie drückte ab.

Es gab einen Moment der Verzögerung und beinahe nahm sie den Raketenwerfer runter, bereitete sich darauf vor, ihn noch mal anzusehen.

Aber während sie noch wartete, gerade zu überlegen begann, was sie dieses Mal falsch gemacht hatte, und was sie tun mußte, um das Ding zum Funktionieren zu bringen, geschah es.

Die Röhre erbebte, hämmerte gegen ihre Schulter, trat gegen ihren Hals und die Seite ihres Kopfes. Das Geräusch war kein Geräusch, es war das Ende aller Geräusche, Zeichen eines Einschnittes, der sie vom Rest der Welt jenseits ihrer plötzlich abgetöteten Ohren abschnitt.

Feuer brach um sie herum aus. Es griff um sich, wurde schmaler, trichterförmig, während sie noch versuchte, mit dem Bild vor sich klarzukommen, das der Widerschein des Lichts vor sie projiziert hatte, über das graue Plastik des Bug des Schlauchbootes und den gekräuselten See dahinter.

Der Funke röhrte über das Wasser, wurde dunkler, schaukelte und drehte sich spiralförmig.

Er traf die Flammenblüte auf dem Ponton und zerbarst.

Die Explosion schien nicht zu beginnen; sie dachte, sie hätte geblinzelt und den Anfang verpaßt. Sie war plötzlich da; weiß, gelb, ein zerrissener, gespreizter Schaum von weißem Glühen; der schon wieder fiel, kollabierte, über Orange und Rot verblaßte.

Das Geräusch drang durch das Klingeln in ihren Ohren und wurde von seinem Echo gefolgt, einmal kurz, dann mehr dumpfe Versionen, die leiser wurden und verschwanden.

»*Jefe*«, hörte sie über Funk. Dann: »*Allá!*«

Das Wasser um das Schlauchboot stieg sprunghaft an. Das Schlauchboot rüttelte, als sie den BLR-Werfer wegwarf und das flackernde Leuchten von Gewehrfeuer zu ihrer Rechten erblickte. Das Schlauchboot erzitterte wieder und sie hörte ein zischendes Geräusch. Funken sprangen vom Motor ab und die absterbenden, pfeifenden Geräusche von Querschlägern erfüllten die Luft, als vor ihr mehr weiße Fontänen in die Luft sprangen. Das Schlauchboot bockte unter ihr und der Motor erstarb plötzlich. Sie hatte eine Hand an der Seite des Schlauchbootes und fühlte, wie es unter ihren Fingern schlaff wurde. Das flackernde Leuchten ging weiter; drei oder vier abgerissene Feuerpunkte.

Sie warf sich rückwärts aus dem Boot ins Wasser.

11

Oneiroid*

Das Wasser war merkwürdig und klebrig, drang langsam durch den Stoff des Kampfanzuges, bis das Material an ihrer Haut klebte. Sie nahm einen tiefen Atemzug, tauchte ab, kämpfte sich durch das schwarze Wasser weg vom Schlauchboot. Die Kugeln, die auf das Wasser trafen, erzeugten tiefe, klimpernde Geräusche, zu Beginn laut und heftig, dann schnell nachlassend. Das hohe Jaulen des Außenborders vom anderen Schlauchboot bohrte sich unter den wie ein Schlagzeug klingenden Treffern der Kugeln durch das Wasser.

Die Stiefel hielten sie zurück und zogen sie nach unten. Sie tauchte auf um Luft zu holen, drehte den Kopf, um zum Schlauchboot zurückzusehen, immer noch entmutigend nahe. Sie brachte erst einen, dann den anderen Fuß hoch, beförderte die losen Stiefel weg. Sie hyperventilierte, als sie Ausschau hielt: das andere Boot wurde von dem verdeckt, von dem sie gerade runtergesprungen war, aber das Feuer von Schüssen schwärmte über ihr durch die Luft. Wasser barst weiß um das Schlauchboot. Als sie sich umdrehte, zog sie die übrig gebliebene Granate von der Brust und schnallte den Gürtel auf, nahm einen letzten tiefen Atemzug und tauchte wieder unter, schwamm weg. Granate und Gürtel sanken ihr aus den Fingern in den dunklen See.

Sie schwamm unter Wasser, bis sie dachte, ihr Mund würde sich gleich von selbst öffnen, und die Dunkel-

* Traumähnlich – *Anm. d. Übers*

heit vor ihren Augen sich in ein traumähnliches, pulsierendes Purpur verwandelt hatte; dann tauchte sie auf, durchbrach die Oberfläche, so leise sie konnte. Immer noch kein Anzeichen des anderen Bootes, aber das Feuer war viel lauter, und das Schlauchboot, auf dem sie sich befunden hatte, war halb im Wasser kollabiert, schüttelte sich und wackelte, während sich die Schüsse hineinfraßen; Funken flogen vom Gehäuse des Außenborders, und während sie zusah, brach auf dem Schlauchboot Feuer aus; zuerst am Heck, als der Benzintank des Außenborders endlich nachgab, dann entlang der Längsseite des Bootes; der Kanister mußte aufgeplatzt sein. Sie wußte nicht, ob der Plastiksprengstoff explodieren würde oder nicht. Sie atmete hastig ein, tauchte ab und schwamm schräg weg, hörte und spürte dabei, wie ein paar letzte Schüsse ins Wasser trommelten. Dann hörte das Schießen auf. Der Klang des Außenborders wurde tiefer, langsamer. Sie wartete auf den Ausbruch und die Schockwelle der Explosion, aber sie kam nicht. Ihre Lungen brannten und sie durchbrach erneut vorsichtig die Oberfläche. Sie blickte zurück.

Das zweite Schlauchboot hob sich scharf gegen die Flammen ab, die an ihrem Schlauchboot von einem Ende zum anderen reichten; drei oder vier Männer. Der Außenborder heulte auf und das Schlauchboot machte einen Bogen weg von dem brennenden Boot, hielt in die Richtung, in die sie zuerst geschwommen war. Sie tauchte unter, gerade als die Munition des brennenden Schlauchbootes zu explodieren begann. Es gab eine Reihe wahnsinnig krachender Lärmausbrüche, die fast das Geräusch des Außenborders übertönten.

Sie schwamm, bis sie dachte, sie würde wegtreten, fast rechtwinklig zu der Richtung, die sie anfänglich eingeschlagen hatte. Der Außenborder klang weit entfernt, als sie ihn hören konnte.

Als sie das nächste Mal hinsah, hatte die Munition im brennenden Boot das Finale erreicht; Leuchtspurgeschosse explodierten wie Feuerwerk in den Nachthimmel. Es gab kein Anzeichen des anderen Schlauchbootes. Sie nahm einen weiteren tiefen Atemzug. Eine Explosion versetzte ihr einen Tritt, und sie glaubte, der Plastiksprengstoff wäre explodiert, aber dann erfolgte eine weitere, und noch eine, und das Geräusch des Außenborders heulte näher. Sie schlängelte sich davon, änderte den Kurs, als sie erkannte, daß sie Granaten benutzten.

Als sie auftauchen mußte, versuchte sie, keinen Laut von sich zu geben. Das Schlauchboot war zwanzig Meter entfernt und von Flammen erleuchtet. Vier Männer. Einer mit etwas, das wie ein gedrungenes Fernrohr mit Linsen von langer Brennweite aussah. Ein anderer warf an Backbord etwas nach vorne; etwas spritzte zehn oder fünfzehn Meter von ihr entfernt ins Wasser. Dann wollte sie tauchen, tat es aber nicht. Sie beobachtete wie der Mann mit dem Nachtglas sich in ihre Richtung umdrehte.

Die Granate explodierte, hämmerte auf sie ein, zerquetschte sie. Sie hörte sich vor Schmerz keuchen, aber das Geräusch wurde vom Röhren des Wassers übertönt, das über der Granate explodierte und im hohen Bogen aufspritzte. Gerade als der Mann, der die Fluten absuchte, sich in ihre Richtung drehte, tauchte sie ab, glitt unter die Oberfläche. Ganz nahe grummelte und spuckte der Außenborder. Dann heulte er erneut auf, röhrte an ihr vorbei. Noch eine Granate; nah genug, daß sie ihr in den Ohren dröhnte, aber nicht so schmerzhaft wie die vorige.

Als sie das nächste Mal auftauchte, waren sie hundert Meter weg. Das Licht des brennenden Schlauchbootes war im Schwinden begriffen; sie hörte das Geräusch des Feuers durch das Klingeln, das sich wie ein alter Freund wieder in ihren Ohren etabliert hatte.

Die vier Männer im Schlauchboot warfen noch ein paar Granaten, dann hörten sie auf und fuhren nachsehen, was vom Ponton der *Nadia* übriggeblieben war.

Sie kreuzten an diesem Teil der Schiffshülle auf und ab, leise Stimmen riefen: »*Jefe! Jefe! Señor Dandridge!*«

Sie schwamm etwas näher, wollte es selbst sehen. Die Laternen der *Nadia* und die Überreste der um das ausgebrannte Schlauchboot züngelnden Flammen beschienen den Ponton, auf dem sich Dandridge aufgehalten hatte. Dort brannte immer noch ein kleines Feuer, in den zerrissenen Fragmenten der Holzplanken des Pontons und in den leeren Ölkanistern. Einer der Männer im Boot suchte das Wasser mit dem Nachtglas ab; ein anderer leuchtete mit einer Taschenlampe. Hinter ihnen erhob sich die dunkle Hülle der *Nadia* wie ein Felsen, glitzernd im ersterbenden orangefarbenen Licht des untergehenden Schlauchbootes.

Sie riefen noch ein paarmal Dandridges Namen, dann zeigte einer von ihnen aufs Wasser und schrie. Der Außenborder war still, aber das Boot schoß nach vorne, weiß unter dem Bug, fiel zurück aufs Wasser, und hielt an. Einer der Männer zog etwas aus dem Wasser. Sie leuchteten mit der Taschenlampe darauf. Was auch immer es war, es war nicht sehr groß, und keiner von ihnen sagte etwas. Es platschte, als sie es wieder hineinwarfen. Das schwarze Schlauchboot warf weiße Falten auf die Seeoberfläche, kurvte herum, und brachte sie zurück zum Ponton; zwei nahmen den Weg über die Trümmer und gingen die Treppe hoch. Hisako sah zum brennenden Schlauchboot zurück. Erleuchtet von den Flammen dessen, was vom eingeschrumpelten Bug übrig geblieben war, glitt es mit dem Heck voran in die Fluten.

Sie trat Wasser, bewegte sich dabei immer ein wenig weiter, ließ die Wellen sich über ihr brechen, duckte ab und zu ihren Kopf unter Wasser. Das Licht der Taschenlampe schwang ziellos in der Nähe des am zerstörten Ponton wartenden schwarzen Schlauchbootes hin und her.

Die Männer auf dem Schiff blieben eine Zeitlang verschwunden.

Einmal saß sie in einem Zug unter dem Meeresgrund.

Die Bahnlinie von Honshu nach Hokkaido war schon lange fertiggestellt; der Tunnel verlief über dreißig Kilometer unter den Fluten des Tsugura-kaiyô, unter den Herbstnebeln und Winterstürmen, von einer Insel zur anderen. Zwischen Spätherbst und Frühling, und wenn schlechtes Wetter vorhergesagt war, nahm sie lieber den Zug. An einem Dezembertag hatte ihr Zug eine Panne, zehn Kilometer vom Festland entfernt, unterhalb einer tosenden See.

Die Leute unterhielten sich nervös. Über die Lautsprecheranlage hatte es geheißen, daß eine Ersatzlokomotive unterwegs sei; es bestünde keine Gefahr. Der Zugführer kam durch die Waggons, beruhigte die Menschen persönlich. Es begannen Unterhaltungen zwischen Fremden. Kinder spielten im Gang, aber sie saß ruhig da und sah aus dem Fenster in die steinerne Dunkelheit. Es war schwarz gewesen, als sie gefahren waren; es war jetzt schwarz, da sie angehalten hatten. Sie fand heraus, daß man die Spiegelungen ignorieren konnte, so lange sich niemand bewegte. Die Stradivari belegte den Platz neben ihr.

Sie hatte keine Angst; sie glaubte, daß einige Leute Angst hatten, nur weil sie nicht länger fuhren, weil etwas schiefgegangen war, und weitere Dinge schiefgehen könnten, und es alles im Desaster enden könnte, aber sie glaubte nicht, daß etwas Derartiges passieren würde; was passieren könnte, war ein langes, langweiliges Warten, dann würde die Reise weitergehen, einige der Unterhaltungen würden fortgesetzt werden, anderen würde man erlauben, aufzuhören. Schließlich jedermanns Ankunft, entlang der Strecke oder in Sapporo; einige würden lächeln und helfende Hände antreffen, andere schnell mit aus Mund und Nase dampfendem Atem weggehen, sich in Taxis, Autos, Busse und U-Bahnen zerstreuen.

Das Leben war nicht exotisch; selbst Unglücksfälle waren manchmal fast willkommen. Sie legte den Ellbogen auf den Tisch vor ihr, das Kinn in der Hand und studierte ihr dunkles Spiegelbild im Fenster.

Sie war froh über die Panne. Die Dinge konnten zu glatt laufen.

Dies war wie eine Auszeit; irgendwie, selbst wenn es Zeit zum Nachdenken gab, war nie Zeit zum Nachdenken. Ihr ganzes Leben war geregelt, jeder Monat, jede Woche, jeder Tag und jede Stunde einer bestimmten Funktion zugeschrieben; angefüllt mit Pflichten und Vorstellungen, oder präzise für den Teil ihrer Existenz frei gelassen, der nicht von der Musik eingenommen wurde; für Freunde, Entspannung und Ferien. Ferien. Die meisten Leute, die sie kannte, hatten kaum welche, aber sie nahm sich jederzeit Tage und Wochen frei, und konnte nicht verstehen, wie alle anderen mit so wenig auskamen. Sie sollte ihre Arbeit mehr als die meisten genießen, aber sie versuchte immer noch, ihr zu entfliehen.

Was auch immer, dieses Zwischenspiel, festgehalten in einem Tunnel in der Nacht, unter dem Meeresboden, während die kalten Wellen rollten und die Gischt den Sturm erfüllte, erschien wie ein Bonus, wie ein Abstellgleis. Nun konnte sie unerwarteterweise einen Schritt von ihrem Leben zurücktreten und richtig nachdenken. Sie hatte das Gefühl, daß sie das brauchte.

Sanae Naritomi wollte sie heiraten.

Das Wasser war warm, der Kampfanzug hielt die Hitze des Blutes in einer Beschichtung eingeschlossen. Sie fühlte sich stark und sie wußte, daß sie stundenlang Wasser treten konnte, es war praktisch wie Ausruhen. Die Männer auf dem Schiff kamen zurück zur

Reling; sie konnte selbst über diese Entfernung den Schock und die Wut in ihren Stimmen hören, selbst ohne die Worte zu kennen. »*Muerto*«, hörte sie immer wieder. Sie wußte, was das hieß, konnte es ganz klar verstehen. Muerto muerto muerto muerto muerto muerto muerto muerto.

Das kleine Feuer auf dem Ponton flackerte und ging aus. Die Männer kamen wieder auf das Schlauchboot und fuhren zurück zur *Le Cercle*; sie folgte.

Es war weit zu schwimmen.

Sie hatten sich bei einem Empfang kennengelernt, seinem Empfang, arrangiert vom Orchester zu Ehren seiner Rückkehr nach Japan nach zehn Jahren unterbrochenen Europaaufenthalts, zuerst als Student, dann als Komponist und Dirigent, dann steiler Aufstieg zu glanzvollem Ruhm als neuer Orchesterstar; von Paris, von Europa, der Welt. Das Cover von *Newsweek*; Einladungen nach überall hin; Fernsehdokumentationen; über seine Tour durch die Sowjetunion mit dem Hallé wurde ein Film gedreht, der überraschend komisch gewesen war, den Kritikern so gefallen hatte, daß er in Cannes Preise gewonnen und im Kino Geld gemacht hatte; Verabredungen mit Starlets und Models; eine Reihe von TV-Werbespots für teure Pariser Parfüms. Dazu eine Arbeitsbelastung, über die ihre dirigierenden Kollegen den Kopf schüttelten; so jung wie er war, würde er ausbrennen.

Sie hatte das *Newsweek*-Cover gesehen. San, wie sich die *gaijin* entschieden hatten, ihn zu nennen, sah aus wie ein Filmstar. Pechschwarzes Haar, lang und gelockt, geerbt von seiner eurasischen Mutter, wild um ein intelligentes, blasses, falkenähnliches Gesicht, selten ohne ein Schmunzeln, ein Grinsen, ein süffisantes Lächeln fotografiert. Wenn kein Lächeln auf seinem Gesicht lag, wirkte er nachdenklich romantisch. Er war erst dreißig, sah aber viel jünger aus. *Newsweek* hatte dafür gesorgt, daß eine Anzahl Popidole von den Wänden der Teenagerschlafzimmer gerissen wurden, um durch den herabgrinsenden San ersetzt zu werden, verwegen und schüchtern zugleich, den Kopf gesenkt, die Augen halb verborgen hinter einer wirren schwarzen Ponyfranse.

Sie war entsetzt gewesen. Die Aufführungen, die sie von ihm gehört hatte, waren gut; voll Feuer und Dramatik, ohne aufdringlich zu sein; innovativ, ohne die vorherigen Interpretationen zu verachten. Sicherlich, er konnte dirigieren, aber warum der ganze Rest? Solch willentliche Werbung in eigener Sache schien vulgär, egoistisch. Sie hatte bereits entschieden, nicht zu dem Empfang zu gehen, noch bevor die Einladung gekommen war. Die meisten anderen im Orchester waren begeistert von dem Gedanken an ein Treffen mit ihm – nur ein paar der älteren Männer schienen von der Idee nicht allzu beeindruckt –, aber sie würde nicht an seinen Hof gehen, sie würde dem Wunderknaben keine Hommage erweisen. Dreißig, dachte sie; das Kind. Sie erinnerte sich plötzlich daran, als ihr dreißig uralt erschienen war. Sie war sechsunddreißig und hatte sich bisher nie alt gefühlt.

Dann hatte sie nachgedacht; sie wäre auf jeden Fall hingegangen, wenn es jemand anders gewesen wäre, und außerdem war dort ein Musikjournalist, gerade aus den Staaten zurück, auf den sie schon seit einer Weile ein Auge geworfen hatte; dies wäre eine ideale Gelegenheit mit ihm ins Gespräch zu kommen … Sie *würde* gehen; sie würde einfach nicht darum bitten, dem *Newsweek*-Coverboy vorgestellt zu werden. Sie ging ihre halbe Garderobe durch, bevor sie sich für das passende entschied; nicht zu schlicht, aber nichts, das aussah, als wolle sie die Aufmerksamkeit des Medienstars erregen. Ein westlich aussehendes schwarzes Kostüm, mit hochgeschnittener Jacke wie die eines Flamencotänzers; ein enger Rock mit einem diskreten Schlitz, mehr der Beweglichkeit als der Erregung wegen. Weiße Seidenbluse und hauchdünne schwarze Strümpfe; flache schwarze Schuhe, weil der Journalist nicht sehr groß war.

Sie kam später, für den Fall, daß man zu Beginn eine Art formeller Empfangsreihe vorbereitet hatte. Der Journalist hatte eine schlimme Erkältung und ging, bevor sie zu mehr kam, als Höflichkeiten auszutauschen und sich zu vergewissern, daß er mit niemand anderem da war. Sie wäre beinahe gegangen, tat es aber nicht.

Sie wanderte ein wenig umher, probierte das Buffet, wurde verschiedentlich angesprochen. Sie beschloß, nach Hause zu gehen und ein Buch zu lesen, sobald sich der erste Langweiler auch nur näherte.

Herr Okamoto verbeugte sich vor ihr, als sie sich mit einem Papierteller in der Hand vom Buffet abwandte. Sanae Naritomi stand an seiner Seite, strahlte sie an, er war eher im Stil eines Spielers vom Mississippi gekleidet, dachte sie. Er streckte ihr eine lange, weiße Hand entgegen, als Okamoto sagte: »Naritomi-*san* bat darum, Ihnen vorgestellt zu werden ...«

Sie nahm den Teller von einer Hand in die andere. Er schüttelte ihre Hand, verbeugte sich ebenfalls. »Danke, Herr Okamoto. Fräulein Onoda, ich habe Sie schon seit Jahren kennenlernen wollen. Ich habe all Ihre Platten.« Er ließ weiße Zähne aufblitzen, schüttelte recht natürlich sein Haar und mit einem »Darf ich?« nahm er ein Lachsröllchen von ihrem Teller und steckte es sich in den Mund. Okamoto war gegangen; sie hatte es nicht bemerkt. »Köstlich«, sagte Naritomi. »Mhhm. Ich hoffe, wir können zusammen arbeiten. Ich hielte das für eine Ehre.«

»Also«, antwortete sie verunsichert und stellte den Teller hinter sich auf den Tisch; nahm ihn dann wieder hoch, für den Fall, daß er annähme, sie wäre unhöflich und hätte das nur getan, um ihn davon abzuhalten, noch mehr Speisen zu nehmen. Ihr war warm. »Also«, sagte sie wieder, fühlte sich idiotisch und so, als ob sie keinen Ton herausbrächte, was er vermutlich von allen Frauen in seiner Gegenwart erwartete. »Ich spiele mit dem Orchester. Da sie ein Gastspiel geben, sind wir dazu bestimmt, miteinander zu spielen.«

»Ah«, er schnippte mit den Fingern, schüttelte heftig den Kopf. »Ich meine etwas, das intensiver ist als das. Ich wäre geehrt, wenn ich Sie mal begleiten könnte; und ich habe ein paar Stücke … höchstwahrscheinlich nicht sehr gut, höchstwahrscheinlich nicht viel besser als mein wenig angemessenes Klavierspiel …« – sie hatte sein wenig angemessenes Klavierspiel gehört; er hätte höchstwahrscheinlich eine Karriere als Konzertpianist machen können, wenn er sich nicht fürs Dirigieren entschieden hätte –, »aber ich wäre einfach« – er schüttelte den Kopf, klatschte leise in die Hände. Sie fragte sich, ob der Duft, den sie riechen konnte, dasselbe Parfüm wäre, für das er Werbung machte – *»entzückt*, wenn Sie sie spielen würden. Ich habe das Cello immer geliebt und ihr Spiel besonders. Ich meine es ernst; ich hoffe wirklich, daß Sie das für mich tun werden. Aber heh«, er schlug sich mit einer Hand sanft vor die Stirn; machte sich mit einem Grinsen über das Theatralische der Geste lustig. »Ich sollte nicht so mit der Tür ins Haus fallen, oder? Was ist aus ›zuerst etwas small talk‹ geworden, huh? Ich sollte Ihnen mit beschämenderen Lob schmeicheln und Ihnen erzählen, wie gerne ich wieder in Japan bin, und ja, ich hatte einen guten Flug und ja, ich benutze das Zeug, für das ich im Fernsehen Werbung mache, und nein, die *gaijin* machen nicht wirklich – aber jetzt rede ich unzusammenhängendes Zeug, oder? Ich bin einfach nervös. Diese Lachsdinger schmecken wirklich gut, wissen Sie, hätten Sie was dagegen, wenn ich …?«

Er stand lächelnd und essend da.

Sie wurde inne, daß sie ebenfalls lächelte, sogar noch breiter, und überlegte, wie lange sie so ausgesehen hatte. Sie nickte, biß sich zur Unterstützung ihrer

Selbstbeherrschung leicht auf die Lippe. »Ich bin sicher, wir können etwas arrangieren«, sagte sie.

Sie unterhielten sich. Schließlich wurde er weggeschleift, um die hohen Tiere von Sony zu treffen, die einige Konzerte sponserten. »Versuchen Sie nicht abzuhauen, ohne Auf Wiedersehen zu sagen!« rief er zu ihr zurück. Sie nickte, die Kehle trocken, das Gesicht heiß, Augen geweitet und suchte nach einem kühlenden, beruhigenden Drink.

Am Ende bat er sie, eine zusätzliche halbe Stunde zu bleiben, als sie zu gehen versuchte. Es gab eine Party in seiner Suite im New Otani; er bestand darauf, bat darum.

Weitere Unterhaltung auf der Party; dann ging das übrig gebliebene halbe Dutzend am frühen Morgen in einen *gaijin*-Club in Roppongi. San spielte Blitz-Backgammon mit einem einarmigen Australier (ja, er war auf Haifischfang gewesen; nein, ein Autounfall) tauschte Späße mit einem riesigen Yakuza-Gangster mit tätowierten Augenlidern und spielte dann in der Bar Klavier; er borgte sich von einer Kellnerin die kleine Ledertasche und setzte sie sich auf den Kopf, um Chico Marx zu imitieren, klimperte mit einem Finger, den er wie eine Pistole ausgestreckt hatte, leicht auf der Tastatur.

Im Morgengrauen fuhr er mit dem gemieteten Mercedes runter zum Hafen von Yokohama; die beiden anderen Überlebenden im Rücksitz – ein früh kahl werdender Fernsehproduzent und eine glamouröse, langbeinige Werbemanagerin – waren während der Fahrt eingeschlafen und saßen zusammengesunken in dem braunen Leder, sein Kopf glänzte auf ihrer wattierten, mit Pailletten besetzten Schulter.

San wirkte leicht enttäuscht darüber, daß sie den Kampf ums Vergnügen aufgegeben hatten. Er zuckte die Achseln. Sie stiegen aus. San atmete in der Morgenluft, stand dann da, und sah mit einem breiten

Grinsen im Gesicht auf das schlafende Paar im Rücksitz des Benz. Es war das Lächeln, das Menschen normalerweise anlegen, wenn sie Babies betrachten. »Sehen sie nicht *süß* aus?« sagte er, dann drehte er sich um und ging zum Rand des Hafenbeckens, stand da und blickte über die Länge der nebligen Schiffe und Lagerhäuser dahin, wo die trübe rote Sonne über den Masten, Lade- und Montagekränen des Hafens aufging. Hupen ertönten, die Luft war kühl, und die leichte Brise roch nach Meer.

Er legte sein Jackett für sie über einen Poller und saß zu ihren Füßen, die Beine baumelten über den Rand des leeren Beckens, sah hinunter auf das träge Wasser, wo halb unter Wasser liegende Planken und graue, vom Wind angetriebene Klumpen Styroporschaums gemeinsam auf einem Ölfilm schaukelten.

Er nahm eine silberne Zigarettendose heraus. Sie hatte ihn nicht rauchen sehen. Dann roch sie das Hasch. »Sie auch?« fragte er, und bot ihr nach ein paar Zügen den Joint an. Sie nahm ihn.

»Ich habe sie wachgehalten«, sagte er.

»Das ist OK.«

»Spaß gehabt?«

»Uh-huh.« Sie reichte den Joint zurück.

»Denkst du, wir können miteinander auskommen.«

»Ich denke, das tun wir.«

»Wolltest mich zuerst nicht mögen, oder?« Er sah zu ihr hoch.

»Nein«, bejahte sie überrascht. »Aber ich habe nicht lange durchgehalten. Geben alle so schnell auf?«

»O nein«, erwiderte er. »Manche finden mich nie sympathisch.«

Für einen Moment herrschte Schweigen; sie hörte das Wasser plätschern, sah Rauch aus dem Schornstein eines Frachters quellen – eine halbe Meile entfernt, mit Kurs auf das Meer – und hörte dann seine Sirene, die von den Lagerhäusern und Schiffsrümpfen zurückgeworfen wurde, so seinen Abschied verkündend. Er gab ihr den Joint zurück. »Hast du mit all diesen Filmstars geschlafen?« fragte sie ihn.

Er lachte. »Mit ein paar.« Er sah zu ihr hoch. »Ich bin ein leichter Junge, Hisako.«

»Leicht vom rechten Weg abzubringen«, sagte sie mit einem Nicken durch den Rauch, und ihr wurde schwindlig.

»Ich fürchte, ja«, sagte er, reckte wie als Zeichen der Kapitulation die Arme hinter seinen Rücken hoch, faßte sich dann an den Nacken und kratzte sich energisch.

»Ja«, erklärte sie und studierte das Ende des Joints, »ich auch.«

Er stieß eine Art hustendes Lachen aus, sah sie an. »Wirklich?«

»Wirklich. Gefährlich heutzutage, aber ...« Sie gab ihm den Joint zurück.

»Ja, natürlich, aber ...« Er nickte, sah hinaus zu dem in der Ferne auslaufenden Schiff. Er atmete tief durch. »Ummm ...«

»Ja?«

»Glaubst du ...«

»Ja?«

»Ich könnte dich ...«

»Ja.«

»... in mein ...« Seine Stimme wurde leiser, als er sich zu ihr umdrehte.

»Ja.«

»... Hotel locken?« Er grinste.

»Ja.«

* * *

Sie umrundete das Heck der *Nadia*, hielt auf die *Le Cercle* zu. Das Wasser blieb warm und die Wellen niedrig. Sie schwamm stetig, versuchte einen Rhythmus zu finden, der ihrem Körper und dem Wasser angepaßt war, und kam sich fast wie hypnotisiert vor. Sie glaubte, ein paarmal Donner hören zu können. Schließlich wurde der Wind stärker und das Wasser unruhiger. Die *Nadia* fiel langsam hinter ihr zurück. Das Schiff, das Jahre zuvor, einen Ozean entfernt, an diesem diesigen Morgen aus dem Hafen von Yokohama in die offene See ausgelaufen war, war ein Stückgutfrachter gewesen.

Sie überlegte geistesabwesend, wie groß die Wahrscheinlichkeit dafür war, daß es die *Nadia* gewesen war.

Der Ponton der *Le Cercle* war hell erleuchtet; der Rest des Schiffes wirkte im Vergleich dazu dunkel. Ein Mann stand auf dem Ponton und suchte die Fluten mit einem Nachtsichtgerät ab. Sie schlug einen Haken in Richtung auf den Bug des Tankers. Ein Blitz leuchtete hinter den Hügeln im Nordwesten und über den dunklen See rollte Donner, vage und viel später. Als sie unter dem Kliff des Backbordbugs des Schiffes schwamm, der sich dunkel vom dunklen Hintergrund abhob, begann der Platzregen.

Märchen, sagte sie zu ihrem Spiegelbild in dem dunklen Zugfenster. Zu schön, um wahr zu sein. Brillant und schön, und jetzt, nach nur ein paar Monaten, wollte er, daß sie nur einander treu sein sollten, und heirateten, und zusammenlebten (er würde in Japan bleiben und nie wieder fliegen, wenn sie das wollte; sie sagte zu ihm, er solle nicht verrückt sein und hatte Angst, er hätte es doch ein wenig ernst gemeint), daß sie Kinder hätten, wenn sie wollte. Er liebte sie, wollte sie, sie ließ ihn zu sich selbst finden.

Manchmal fühlte sie sich halb so alt wie er, manchmal doppelt so alt. Manchmal fühlte sie sich in seiner Gegenwart wie ein Teenager, in der einen Sekunde beeindruckt von des anderen Possen, verstummt im Angesicht seiner Hingabe; in der nächsten, Leidenschaftlichkeit, tatsächlich. Zu anderen Zeiten erschien er so energiegeladen enthusiastisch und aufgeregt – und auch unschuldig, sogar naiv –, daß sie sich wie eine Großmutter vorkam, die angesichts der wilden Exzesse der Jugend den Kopf schüttelt, wissend, daß das kein gutes Ende nehmen wird, grummelnd, daß es in Tränen enden wird.

Sie hatte gesagt, daß sie ihre Mutter besuchen würde, um darüber nachzudenken, um sich darüber auszusprechen. Er wollte mitkommen, aber sie ließ ihn nicht. Am Bahnhof war er still und traurig gewesen, und war erst wieder fröhlicher geworden, als er einen Blumenverkäufer sah und so viele Rosen kaufte, daß sie sie kaum tragen konnte. Sie hatte alle bis auf eine beim Schaffner gelassen, es war ihr zu peinlich, sie mit sich durch den Zug zu schleppen. Die, die sie behalten hatte, lag vor ihr auf dem Tisch, ihr dunkles Abbild auf dem Tisch spiegelte sich in dem Fensterglas, durch das die Wand des Tunnels durchschien.

Sie rollte die Rose auf dem Tisch herum, hielt ihren Stiel und beobachtete, wie die seidenweichen Blütenblätter niedergedrückt wurden und zurückschnellten, wenn sie das Gewicht der Blume auf der Tischplatte trugen, ließ sie dann wieder los. Sie überlegte, was sie ihrer Mutter sagen sollte. Sie hatte die ganze Affäre vor ihr geheim gehalten, wie sie das immer tat. Sie wußte nicht, ob ihre Mutter durch die Klatschseiten etwas erfahren hatte oder nicht; normalerweise las sie die nicht, und Hisako glaubte auch nicht, daß irgendeine der Freundinnen ihrer Mutter das tat, aber ... Na gut, entweder wäre es eine Überraschung oder nicht, sie konnte jetzt nichts mehr daran ändern. Was würde ihre Mutter sagen? Bei dem Gedanken, daß ihre Mutter wahrscheinlich erfreut wäre und sie ermutigen würde, spürte sie eine Schwere in sich. Sie fragte sich, was diese Schwere zu bedeuten hatte.

Sie rollte die Rose weiter hin und her, hin und her.

Wie glücklich sie werden würde, dachte sie. Wie glücklich und erfüllt und zufrieden. Sie legte ihren Daumen auf einen Dorn und drückte, spürte den Schmerz und sah, wie sich auf der blassen Oberfläche eine kleine helle Perle von Rot formte. Sie hatte soviel Zeit damit verbracht, mit dem Gefühl Musik zu spielen, daß sie dazu diente, etwas zu kompensieren, überlegte sie, daß sie es tat, um dem Leben etwas zurückzugeben, als Entschädigung. Sie hatte ruhig, wenn auch nicht tugendhaft, gelebt, und wenn sie sich ein paar Tage frei nahm, wußte sie immer, daß sie danach besser spielen würde. Sie hatte sich geduckt; niemals zuviel Spaß jenseits ihres Vergnügens an der Musik gesucht; der gelegentliche Liebhaber und ein kleiner Freundeskreis. Sie sollte nicht zu viel aus ihrem Leben machen, ihre eigene Existenz nicht zu sehr, zu temperamentvoll auskosten.

Darum.

Nach einer Weile hörte sie auf, die Blume auf dem Tisch hin und her zu rollen, und schloß sie in den Cellokasten.

Sie hatte sich immer noch nicht entschieden, als entfernte klirrende Geräusche und eine einzelne bebende Erschütterung, die durch die Waggons pulsierte, die Ankunft der Ersatzlokomotive verkündeten. Das Leben begann wieder und ihre Gedanken drehten sich immer noch im Kreis.

Sie hatte es nicht verdient, aber andererseits, wie vielen Leuten geschah jemals das, was sie verdient hatten? Es würde die Hölle sein; er würde herumschäkern, schließlich war er jünger; er würde vorbeigehen, dieser plötzliche Ansturm von Begeisterung. Oder sie würden zusammenwachsen, und er würde immer lieben, was auch immer in ihr wäre, was er auf jeden Fall geliebt haben mußte, weil sie nicht halb so attraktiv war wie all diese Filmstars und Models. Nein, das war zuviel; es war eine Narretei ... aber das Leben war kurz, und *etwas* mußte geschehen.

Ihre Mutter war am Bahnhof, strahlend und voller Leben, wirkte jünger, als Hisako sich erinnern konnte. Sie war aufgeregt, erwähnte die dreistündige Wartezeit nicht. *Sie muß es wissen*, dachte Hisako lustlos.

Frau Onoda nahm den Arm ihrer Tochter. Sie wollte, daß Hisako die erste wäre, die es erführe. Ein neuer Freund, ein wunderbarer Mann; es täte ihr leid, daß sie es für sich behalten hätte, aber die Leute redeten, und sie hatte warten wollen, bis es offiziell wäre. Sie wußte genau, daß Hisako ihn auch mögen würde. Sie war so glücklich! Und, denk mal; jetzt bist du keine Halbwaise mehr!

Hisako lächelte, sagte, daß es sie für sie freuen würde.

Spülte an diesem Abend die Rose die Toilette runter.

Sie fand die Boje, kletterte daran hinauf. Der Regen fiel in großen, unsichtbaren Tropfen, kalt und hart. Sie ruhte sich für ein paar Minuten aus, sah hinauf zu dem umgekehrten V, das des Tankers Bug über ihr bildete. Sie stellte sich den Umriß eher vor, als daß sie ihn wirklich sah; darüber waren wenige und schwache Lampen. Der Regen fiel stärker, strich ihr übers Gesicht. Sie seufzte, sah hinab, zuckte die Achseln, stand auf der leicht schaukelnden, glatten Oberfläche am oberen Ende der Boje und griff nach der Trosse, die sich zum Schiff hochschwang. Sie ergriff sie; naß, aber nicht glitschig. Sie wickelte auch ihre Beine drum, umfaßte sie mit ihren Knöcheln. Indem sie ihre Beine spannte, reichte sie nach oben und zog mit ihren Armen. Kein Problem.

Sie setzte ihren Aufstieg fort.

Als sie oben ankam, krachte der Regen wie Kieselsteine von der Ladefläche eines Lasters; in den Bergen brüllte Donner. Sie spähte durch das Klüsenrohr, sah nur mattes, grauschwarzes Deck und prasselnden Regen. Sie steckte den Kopf hindurch, erinnerte sich an die Kameras. Sie zeigten zum Heck, weg von ihr. Sie krabbelte aufs Deck und fand Deckung hinter einem Winschengehäuse. Um sie herum klatschte der Regen. Sie hob den Kopf, sah der Länge nach über das von Rohren überspannte Deck zur Insel der Aufbauten.

Sie fragte sich, was sie jetzt tun sollte. Warum machte sie das?

Darum. Weil ihr nichts Besseres einfiel.

Sie lachte leise in sich hinein und zitterte in dem an ihr klebenden Kampfanzug.

Auf der Brücke hatten sie das Rotlicht an. Sie konnte erkennen, wie sich jemand darin bewegte, in der trockenen roten Wärme. Ein Blitz erleuchtete die Steuerbordseite des Schiffes und warf eisblaue Schatten auf das weiße Kliff der Aufbauten.

Völlig unbewaffnet, dachte sie. Nichts zum zuschlagen. Selbst das Messer war verschwunden, als sie den Gürtel ausgezogen hatte.

Sie nahm eine Bewegung wahr, und eine Uniform erschien in einigem Abstand undeutlich im Regen, kam die Treppe zum Ponton herauf, aus dem leuchtenden Regenfächer im Licht in den Schatten des Unterdecks. Sie beobachtete den Soldaten, als er einer anderen kleinen Gestalt begegnete; sie verschwanden ins Schiff. Kurz danach ging überall auf dem Tanker das restliche Licht aus, und nur die rote Nachtbeleuchtung auf der Brücke blieb an.

Sie war zuerst überrascht, und dachte, wenn sie wirklich Angst vor irgend einer Art Angriff hatten, müßten sie das Schiff mit Flutlicht bestrahlen ... aber dann erinnerte sie sich an die Nachtsichtgeräte. Vielleicht machte es schließlich doch Sinn; jedenfalls auf den ersten Blick.

Sie wartete, bis ihre Augen sich an die Dunkelheit gewöhnt hatten. Sie konnte sie weit entfernt auf der Brücke erkennen. Es waren mehrere, alle sahen durch ihre Nachtsichtgeräte. Sie entdeckte ein Versteck unter einem nahen Rohrkreuz, so daß sie sich verbergen konnte, wenn sie das Licht wieder anmachten und die Kameras benutzten, oder herauskamen und nachsahen. Nach einer Weile hielten zwei Soldaten Wache, dann nur noch einer, der auf einem Hocker in Mittschiffsnähe auf der Brücke saß, das Schiff von einer Seite zur anderen absuchte und hin und wieder zu jeder Seite der Brücke heraussah.

Über ihr krachte der Donner, und Blitze flackerten, die die Schiffe und die Inseln erleuchteten. Nach einem Blitz, und als der Mann mit dem Nachtsichtgerät nach Backbord sah, sprang sie über den ersten Wellenbrecher.

Sie wartete auf die nächste Konjunktion, bevor sie den nächsten Wellenbrecher in Angriff nahm, schlängelte sich dann über das regennasse Deck zu dem Unterstand der Hauptleitungen. Unter den Rohren fühlte sie sich relativ sicher und hatte freien Lauf – oder freies Krabbeln – über das halbe Deck zur mittschiffs liegenden Gruppe der Ventilklappen, wo die Pumpen und die Schaltvorrichtung angebracht waren, die die Fracht be- und entluden. Blitze warfen blaue Abbilder des Rohrnetzes über ihr aufs Deck, fingen eine Million fallender Regentropfen in einem Moment des Fallens ein. Sie begann, sich vorsichtig vorwärts zu bewegen.

Sie schabte, schlitterte und rollte über das nasse Deck, blinzelte den Regen aus den Augen. Sie zog mit Händen und Ellbogen, drückte sich mit den Füßen ab. Sie versuchte darüber nachzudenken, was sie tun müßte, aber es bot sich nichts an. Sie hatte den Verdacht, daß sie diese Nacht bereits ihren Anteil am Glück gehabt hatte, und daß diese geschockten, nervösen Soldaten nicht so einfach fallen würden wie die auf der *Nadia*. Das waren erfreuliche Jagdgründe gewesen, dies hier kam ihr falsch vor.

Ihr Geschlecht juckte; sie hielt an und kratzte sich. Rauh, und trotz allem hätte sie sich die Zeit nehmen müssen, ein richtiges Bad zu nehmen. Na also; sie hatte keine Zeit gehabt, und …

Plötzlich übergab sie sich.

In ihrem Magen war wenig genug, und so war das meiste Galle, aber sie beobachtete, was da herauskam, und versuchte es so leise wie möglich zu tun, fühlte derweil größte Überraschung. Das war unerwartet. Ihr war nicht übel gewesen. Sie erzwang das letzte Würgen, spuckte, rollte sich dann unter einen Schweißbund zwischen zwei Rohren über ihr, wo der Regen so fest und schnell tropfte, daß er einen fast ununterbrochenen Strom bildete. Sie ließ das Wasser in ihren Mund spritzen, spülte und spuckte, spülte und spuckte und schluckte, schluckte.

Huh, sagte sie bei sich.

Sie kam wieder auf den Bauch und kroch weiter. Der Regen würde die Kotze bald wegspülen; es bliebe kein Beweis, den sie finden könnten. Der grelle Schein der Blitze brach durch die Rohre über ihr und warf schwarze Streifen über ihren Rücken.

Sie gelangte zur Gruppe der Ventilklappen und machte eine Pause, sah durch die Linien des hämmernden Regens wieder zur Brücke hoch. Sie beobachtete eine Weile. Nur ein Mann. Dann kamen von hinten noch zwei Männer. Sie trugen etwas, das wie ein BLR-Werfer aussah. Einer von ihnen nahm das Nachtsichtgerät, blieb stehen, und suchte das Deck ab; sie mußte sich hin und wieder ducken, sah aber hin, so oft sie konnte. Es sah aus, als ob einer von ihnen dem Mann auf der Brücke erklärte, wie man den Werfer bedienen mußte; er hielt ihn hoch, sah hindurch, ließ den anderen Mann den Vorgang wiederholen. Sie duckte sich bei jedem Blitz. Die Blitze waren jetzt näher, der Donner lauter.

Sie blieb nach einem Blitz geduckt hocken und dachte nach. Sie sah um sich, suchte nach den Bugkameras, konnte aber durch den strömenden Regen nicht erkennen, in welche Richtung sie zeigten. Sie zitterte wieder in dem kühlen Wasserüberzug, der den durchnäßten Kampfanzug an ihre Haut klebte, und fuhr mit ihrer Hand über die rauh gestrichene Oberfläche der Kontrollen für die Ventilklappen. Ihre Hand hielt inne.

Sie betastete den metallenen Lukendeckel.

Die Verschlüsse gingen leicht auf, und die Luke schwang auf. Sie wartete.

Dunkelheit für eine lange Zeit, dann ein heller Blitz, der ein Nachbild hinterließ. Es war schwer zu entscheiden, ob die Kontrollen hier gleich ausgelegt waren wie die auf der Brücke, an die sie sich glaubte ungefähr erinnern zu können.

Ihr fiel noch etwas anderes ein, und sie kam zu dem Schluß, daß sie von den hohen, dicken Rohren des Ventilkreuzes ausreichend vor der Brücke verborgen war. Sie holte das Feuerzeug aus der Brusttasche des Kampfanzugs. Es spuckte und klickte. Sie blies drauf, schüttelte es kräftig, und versuchte es dann noch mal, wobei sie ihre andere Hand als Schirm benutzte. Das Feuerzeug zischte, gab im selben Moment eine Reihe klickender Geräusche von sich, und ging dann an. Die klickenden Geräusche hörten auf. Während sie das Feuerzeug immer noch abschirmte, hielt sie die kleine gelbe Flamme vor den offenen, weißen Hohlraum der Pumpenkontrollen. Die Flamme wurde kleiner, schrumpfte, und das Zischen erstarb. Sie schüttelte das Feuerzeug, aber das Licht nahm weiter ab, ging aus. Egal; sie hatte alles gesehen, was sie sehen wollte.

Sie klappte das Feuerzeug zu, spähte zur Brücke. Kein Anzeichen von Besorgnis; nur der eine Mann, der alles absuchte. Der Regen dröhnte auf dem metallenen Deck und den Rohren um sie herum. Sie wartete. Der Blitz ging dem Donner um zehn Sekunden voraus, dann um zwei, dann um eine oder zwei. Sie legte ihre Hände auf die Schalter.

Um das Schiff herum flackerten Blitze und brüllte

Donner; wahrscheinlich wurde es getroffen, vermutete sie. Sie betätigte die Schalter. Die Echos des Donners waren noch im Absterben begriffen, als die Pumpen unter ihren Füßen anliefen, das Deck erbeben ließen. Vor ihren Augen erschienen rote Lichter.

Sie hörte Zischen und Gurgeln, dann über dem Geräusch des Regens, das Rumpeln des dickflüssigen Öls, das durch die Rohre und in den See strömte.

Sie überlegte, wie lange es dauern würde, bis sie es bemerkten. Sie beobachtete ein paar Sekunden lang die Brücke. Nichts. Selber Mann, selbe Abfolge. Ziemlich ungerührt. Sie fühlte das Deck zittern, als die Pumpen das Öl aus den Tanks saugten und in den See schleuderten. Sie beobachtete für längere Zeit den Mann auf dem roten Abschnitt der Brücke, ihre Augen zogen sich zusammen, versuchten ihren Blick durch die Regenfluten zu bohren. Nichts; *nada*. Hatte noch nicht mal das verdammte Zeug gesehen, das sich an den Seiten aus dem Schiff ergoß. Hatte die Leuchtanzeigen auf der Frachtsteuerungskonsole der Brücke nicht bemerkt. Sie sah auf das Feuerzeug in ihrer Hand, dachte darüber nach, ob sie versuchen sollte, den aus den Pumpen über die Seite des Schiffes in die See quellenden Ölstrom in Brand zu setzen, sah dann mit offenem Mund hoch in die Nacht, und steckte das Feuerzeug mit einem letzten hastigen Blick darauf weg, hockte sich auf den Hintern, und dachte nach. Sie nickte, verbrachte dann eine ganze Zeit damit, durch den Regen zu spähen, durch einen schmalen Zwischenraum zwischen zwei Rohren, der sie, wie sie glaubte, vor dem Nachtsichtgerät und den Blitzen verbergen würde, und beobachtete den Mann auf der Brücke. Sie begann sich Sorgen wegen der Blitze zu machen.

Nach einer Weile wurde ihr schwindlig vor Müdigkeit. Das Gewitter war im Abziehen begriffen; der Regen gab sich mit einem beständigen Wolkenbruch zufrieden; die Blitze waren weniger dramatisch und hartnäckig geworden, der Donner weniger unmittelbar und krachend.

Sie spürte, wie das Deck unter ihr hallte, und legte sich im strömenden Regen nieder, nur halb von den dicken Rohren über ihr geschützt.

Sie rollte sich zusammen und schlief.

Hisako Onoda träumte von einem See voller Blut und einem Himmel voller Feuer. Sie sah aus den Tiefen des Raums zu und sah, wie eine große Brechstange die Welt traf; sie klang falsch und zersprang, löste sich in all die separaten Staaten und Glaubensbekenntnisse, Überzeugungen und Vorurteile auf, die sie über die Jahre gespalten hatten, und wie Blumensamen aufblühten.

Sie wurde wieder wach, dachte, sie hätte Schritte gehört, oder Stimmen. Oder vielleicht glaubte sie nur, wieder aufzuwachen, dachte sie später.

Blut und Feuer, die Träume warteten immer schon auf sie, wenn sie wieder wegduselte.

Als sie dann endlich richtig wach wurde, war der Regen vorbei, das erste Tageslicht versuchte, sich unter dem dunklen Lid des Himmels auszugraben, das Deck unter ihr erzitterte immer noch, die Luft roch schlecht, und der See war voller Blut.

12

Der Mittelpunkt der Welt

Ihr Vater starb drei Monate, bevor sie geboren wurde; sie war nie von ihm gehalten worden. Sie sagten zu ihr, sie hätte dennoch Glück gehabt; sie hätte mit einer Behinderung geboren werden können. Es war Jahre nach der *Pikadon*, und vielleicht wäre er sowieso an Krebs gestorben. So lief es, statistisch gesehen. Es lief auf Wahrscheinlichkeiten hinaus, ein Bild der gefährdenden Unwägbarkeiten auf zellularem Niveau, die unterhalb der faßbaren Welt lagen und ihre absoluten – aber absolut unsicheren – Fundamente bildeten. So tötete ihn am Ende vielleicht die Bombe, vielleicht auch nicht.

Sie öffneten ihn mit der Aussicht, sich mit dem Tumor in seinem Bauch zu befassen, aber als sie sahen, was in ihm war, schlossen sie den Einschnitt einfach wieder. Er blieb im Krankenhaus, ging für eine Zeit nach Hause, um bei seiner schwangeren Frau zu sein, aber nach ein paar Wochen wurde der Schmerz so stark, daß sie ihn noch einmal ins Krankenhaus zurückbrachten.

Als die *Pikadon* kam, war er mit seiner Einheit in Kaita gewesen, einer Stadt ein paar Kilometer von den Vororten der Großstadt entfernt. Sie hatten den einsamen Bomber von der Kaserne aus gesehen; winzig am Himmel. Einer der Männer behauptete sogar, er habe die Bombe gesehen, ein fallendes Pünktchen. Sie hörten die Sirenen aus der Stadt, wandten sich wieder dem Reinigen ihrer Gewehre zu.

Dann erleuchtete eine zweite Sonne den Truppenübungsplatz und die Kaserne. Sie beschirmten die Augen, spürten die Hitze, und sahen stumm zu, während das Licht langsam erlosch, und die riesige Wolke lautlos in den Himmel emporstieg, wie das Bein eines gigantischen Stiefels, der auf die Stadt gestampft war. Der Krach kam viel später, wie ununterbrochener starker Donner.

Auf dem Weg in die Stadt trafen sie die verbrannten Menschen, und einmal gingen sie an einer Gruppe von Soldaten vorbei; junge Männer wie sie, die aber wie Schwarze aussahen, die in Zweierreihen die staubige Straße entlangstolperten und ihrem Anführer folgten, jeder Mann hatte eine Hand auf der Schulter des Vordermanns. Der Soldat an der Spitze der fremdartigen, stillen Kolonne, hatte noch ein Auge übrig; die anderen waren alle blind. Sie waren keine Neger. Sie waren Japaner. Sie waren näher dran gewesen und hatten die Bombe die ganze Zeit beobachtet, bis sie über der Stadt in der Luft explodierte, und das war das letzte, was sie je zu sehen bekommen sollten; das Licht hatte ihre Augen aus den Höhlen geschmolzen. Die Flüssigkeit auf ihren holzkohleschwarzen Wangen war noch feucht.

Durch die zunehmende Zerstörung und die rauchenden Ruinen, zum völlig zerstörten Zentrum, wo die Gebäude fast alle verschwunden, wie von einer riesigen Scheuerbürste vom Grundriß der Stadt hinweg gefegt waren.

Auf den Wänden sah er Schatten, die Menschen gewesen waren.

Seine Einheit blieb einige Tage in Hiroshima, in den Ruinen und dem Staub. Sie taten, was sie konnten. Zehn Jahre später war ein Viertel der Männer, die mit ihm dagewesen waren, tot. Elf Jahre später war er es auch.

Seine Witwe bekam die Wehen genau einen Korridor

entfernt von dem, in dem er gestorben war. Hisako verhedderte sich in ihrer Nabelschnur, steckte fest und hatte ihre liebe Not und mußte durch Kaiserschnitt herausgeholt werden; wurde vom selben Chirurgen aus dem Bauch ihrer Mutter gezogen, der eine Jahreszeit zuvor den metastasierenden Schatten des Todes in ihrem Vater entdeckt hatte.

Sanae war der erste Liebhaber, dem sie all das jemals erzählte. Sie erzählte es ihm an dem Abend, als sie ihm sagte, daß sie ihn nicht heiraten würde, und sie weinte, als sie es ihm sagte, dachte an ihren Vater und den Mann, den sie getötet hatte und an etwas anderes, von dem sie Sanae nichts erzählt hatte. Er wirkte verletzt und duldsam und flehend, wie ein geschlagenes Kind, ein geprügelter Hund. Sie konnte es nicht ertragen, ihn anzusehen, und so sagte sie, was sie zu sagen hatte, in die Kaffeetasse vor sich. Sie saßen in einem kleinen *kissaten* in Roppongi, und er wollte sie anfassen, ihre Hand halten, sie in den Arm nehmen, aber sie ließ ihn nicht, konnte nicht riskieren, daß er das tat und sie zerfloß, nachgab. So schüttelte sie ihn ab, nahm ihre Hand weg, schüttelte den Kopf. Er saß in sich zusammengesunken und niedergeschlagen auf dem Hocker, während sie es ihm sagte, es aber nicht erklären konnte. Es fühlte sich einfach nicht richtig an. Sie war nicht bereit. Sie würde ihn aufhalten. Er dürfe sich nicht von seiner Karriere ablenken lassen. Sie – hier mußte sie schwer schlucken, kämpfte wieder gegen die Tränen an, biß sich fest auf die Lippe, blinzelte erhitzt und wütend in den braunen Bodensatz in der kleine weißen Tasse –, sie wollte keine Kinder.

Es war die Wahrheit, aber es war das Härteste, was sie hatte sagen können, gerade damals.

Sanae ging schließlich leidend und verzweifelt weg, konnte es nicht verstehen. Ihre Tränen sammelten sich am Boden der Kaffeetasse, machten den dicken braunen Bodensatz wieder flüssig.

Sie hatte die Rückkehr aus Sapporo und das Treffen mit ihm und ihre Mitteilung für ihn bis zu dem Tag verschoben, bevor er für einen Monat zu Studioaufnahmen nach Los Angeles fuhr.

Sie ließ die Abtreibung durchführen, während er weg war, und die Welt drehte sich weiter.

Hisako Onoda erwachte durch Rufen und allgemeinem Aufruhr und war verärgert, daß sie im Schlaf gestört worden war. Das Deck war hart, der Morgen kalt, und sie gähnte sich wach, hatte Schmerzen, zitterte, und fühlte sich beschissen, es juckte, und sie war erfüllt von Schmerzen, und hatte wie nach einem Kater das Gefühl, daß sie sich würde sehr bald an etwas sehr Schreckliches erinnern, dem sie sich stellen müßte.

Die Luft stank nach Öl. Nebel hielt sich in den Bergen, schwebte in einzelnen kleinen Wolken über den Inseln. Woanders gab es auch Nebel; über den breiten Fluten des Sees.

Aber nicht in der Nähe, außer auf dem Schiff selbst. In der Nähe war der See dickflüssig, und braun, und perfekt totenstill. Vom breiten, mit Rohren übersäten Deck des Tankers stiegen immer noch kleine Dunstwölkchen auf, entfernten sich gerade weit genug, um den Ölstrahl aus dem Ventilkreuz zu enthüllen, der sich zu einem schmutzigen braunen Bogen spannte, während er in den See fiel. Das Schiff lag unter einer Röhre aus Dunst in einem Kessel der Klarheit, umgeben von Wolken. Sie setzte sich auf, gleichzeitig erfreut und entsetzt.

Das Öl erstreckte sich bis zu den näheren Inseln, bis zur *Nakado*, fast so weit sie sehen konnte; der nicht verschmutzte See war nur ein blaues Glitzern unter dem Dunst in der Ferne. Eine Scheibe dachte sie; eine große, schmuddelige braune Münze aus dickflüssigem, glänzendem, stinkendem Öl, die wie eine große, feuchte Eiterbeule auf den Fluten des Sees trieb.

Sie blickte zur Brücke. Schwerer zu erkennen, jetzt, da die Sonne aufgegangen war. Undeutliche Bewegungen hinter dem schrägen Glas; zwei Soldaten lehnten gestikulierend und rufend aus den offenen Fenstern am Steuerbordflügel der Brücke.

Sie überprüfte wieder die Bugkamera, aber sie war von ihr weg gerichtet. Die Pumpenkontrollen standen noch so, wie sie sie verlassen hatte, und waren von der Brücke nicht abgestellt worden. Sie inspizierte sie, dabei streckte sie sich und gähnte. Nein, da war nichts was sie tun konnte, um es schlimmer zu machen; sie hatte getan, was sie konnte. Sie überprüfte das Feuerzeug, aber es war leer; kein Zischen von Gas und selbst das leise Klicken klang jetzt verbraucht. Sie steckte es wieder in ihre Brusttasche.

Sie sah zum Himmel. Zu viel Dunst und Wolken, um sagen zu können, wie der Tag werden würde. Vielleicht bewölkt, vielleicht klar; beides war möglich. Sie begriff, daß sie eine Wettervorhersage gehört hatte, gerade mal einen Tag zuvor.

Ein Tag. Kam ihr vor wie eine Woche, ein Jahr, eine Ewigkeit.

Was auch immer, sie konnte sich nicht an die Vorhersage erinnern. Abwarten und Tee trinken. Sie zitterte wieder. Wie blöd Bazillen waren. Sie würde wahrscheinlich in den nächsten Stunden auf die eine oder andere Weise sterben, und hier stand sie und bekam eine Erkältung. Wo lag da der Sinn?

Der Verurteilte aß ein herzhaftes Frühstück. Festmahl vor *seppuku*.

Sie reckte sich wieder, streckte ihre Arme raus, Fäuste in Schulterhöhe, nahm dann die Hände in den Nacken und kratzte sich energisch.

Ihr Bastarde, dachte sie. Ich erinnere mich an Sanae und ich erinnere mich an Philippe, aber der letzte Akt, den ich mitnehmen werde, ist eurer; entwürdigendes Stoßen, aufgeheizt werden und bedienen, höhnische Bemerkungen des Sieges, versuchen, den Level von Schmerz und Geräusch zu beurteilen, den sie damit erreichen wollten, weder zu hysterisch noch zu ruhig; ein finales Schauspiel, ein Vortäuschen, wo sie in ihrem ganzen Leben nie *vorgetäuscht* hatte, und das als Stärke, als Ehrensache betrachtet hatte und sie hatten alles beschmutzt; ein rückwirkender Akt, der einen Schatten ganz weit zurück warf bis zu … zu … verdammt noch mal, das war wirklich schlimm, dieser arme Schwede; sie hatte seinen Namen vergessen; Werner? Benny? Sie glaubte, daß man niemals den Namen des Mannes vergessen sollte, mit dem man zum ersten …

Sanae war energiegeladen und wild, wie ein Sturm über ihr, unter ihr, um sie herum, nur Gesten und Geräusche; immer noch wie ein Kind in diesem erwachsenen Akt, so mit sich selbst beschäftigt, abgelenkt und ablenkend, fast komisch.

Philippe tauchte, Haut an Haut in Haut, mitreißend und eintauchend und in solch sanfter Einkreisung, konzentrisch bei seinem zum Ursprung zurückgekehrten Eintauchen; still, fast traurig gewissenhaft in seiner hingebungsvollen Aufgabe.

Aber wenn ihr Leben vor ihr vorbeizöge, würde es mit einer Gruppenvergewaltigung enden, und der Applaus wäre das Krachen brechender Knochen und das Spritzen vergossenen Blutes, Zeichen ihrer Rache.

Na gut, es hätte kaum schlimmer sein können*, dachte sie und lachte laut auf, bevor sie verstummte.

Sie fühlte sich nahezu glücklich, resigniert, aber seltsam erfüllt, und zumindest in Frieden mit sich, wenn sie an die Träume dachte, und an den See aus Blut.

In der Vergangenheit war sie immer damit klar ge-

---

* Im Original: ›Worse things happen at sea‹; stehende Redewendung – *Anm. d. Übers.*

kommen, hatte sich damit abgefunden, mit ihnen. Träume waren Träume und nahmen ihre Stichworte aus dem, was geschehen war, Zubehör nach dem Geschehen. Sie hatte die, die sie kürzlich gehabt hatte, genauso abgetan wie die, die sie immer gehabt hatte. Aber jetzt sprachen sie von einem See aus Blut und ihr fiel ein, daß der braune Ölteppich, das große, flache, abgeworfene Plättchen, das sie über die Fluten gebreitet hatte, eine Art Blut war. Planetenblut, Blut der menschlichen Welt. Das Ölblut schmierte die Weltmaschine; das Blutöl brachte Energie für das Funktionieren der Staaten und Systeme. Es quoll heraus und wurde herausgesogen, blutete an die Oberfläche, wurde übertragen und transportiert. Es war der Bote von Schmutz und Fortschritt; die raffinierte Lektion seiner Herkunft.

Jetzt ein Blutsauger, sie hätte ihn gelassen. Sie erzeugte den Traum.

Sie hatte nicht vorgehabt, Anspruch auf eine derartige Macht zu erheben.

Hisako setzte sich schwerfällig auf ihren Hintern, starrte zu dem braunen Ölhorizont hinaus. Na gut, dachte sie, zu spät jetzt. Sie sah in den Himmel hinauf. Sie hörte die Rufe der Soldaten über dem Donner der Pumpen, stand dann wieder auf und spähte zwischen den Röhren hindurch, beobachtete die Aufbauten.

Sie sah eine Bewegung hinter dem Brückenfenster.

Plötzlich hörte sie zu ihrer Linken Klicken und Summen, und sprang mit hämmerndem Herzen weg vom Pumpenkontrollgehäuse, schwindlig vor Furcht und wartete auf die Schüsse.

Keine Schüsse. Die Kontrollen klickten wieder und das Heulen der Pumpen erstarb; das Deck beruhigte sich. Sie war versucht, die Pumpen wieder anzuschalten, um zu prüfen, wer an den Kontrollen das Sagen hatte. Aber dann könnten sie vermuten, daß sie da war. Sie ließ die Kontrollen in Ruhe und machte sich wieder daran, durch das rechtwinklige Wirrwarr des Rohrwerks zu beobachten.

Nach ein paar Minuten erschienen drei Männer am oberen Ende der Treppe, die zum Ponton herunter führte. Selbst aus einiger Entfernung wirkten die Soldaten nervös und gequält; einer zog noch seine Kampfanzughose an. Sie alle trugen Taschen und Rucksäcke, waren überladen mit Gewehren und Raketenwerfern. Sie sahen aus, als ob sie sich stritten; zwei verschwanden die Treppe zum Ponton herunter. Der dritte schien zurück ins Schiff zu rufen. Er ließ sein Gewehr fallen, sprang, nahm das Gewehr schnell wieder auf, sah sich dabei um, als erwartete er, jeden Moment angegriffen zu werden. Er rief wieder durch den Eingang, dann lief auch er zu den Stufen.

Der vierte Mann folgte eine Minute später, sogar noch schwerer beladen als die anderen. Er sah das Deck Richtung Bug hoch, und für einen Moment war sie davon überzeugt, daß er sie direkt ansähe. Er verharrte in dieser Position, und ihr Mund wurde trocken. Sie wollte sich ducken, tat es aber nicht; der Soldat war zu weit weg, und das Loch, durch das sie schaute, zu schmal, als daß er sie hätte klar sehen können; sie müßte höchstens ein leicht seltsamer blasser Fleck in der Mitte des Rohrwerks sein. Er konnte nicht sicher sein, daß der Fleck ein Gesicht war. Nur Bewegung würde das für ihn aufklären, so verharrte sie ruhig. Wenn er ein Fernglas hätte, bräuchte sie nur zu versuchen, sich zu ducken, wenn er es vor die Augen nähme. Er ging weiter, wandte sich zum Dollbord und rief hinunter, ging dann schnell zur Treppe und verschwand nach unten. Ihr Atem ging stoßweise.

Sie fragte sich, ob sie den Außenborder benutzen würden. Wahrscheinlich war die Verwendung eines Militärmotors auf dem Öl ungefährlich, aber sie war sich nicht sicher, ob sie ihr Leben darauf verwetten würde. Sie krabbelte unter und durch das Rohrwerk in Richtung auf die Backbordreling. Dort angekommen, hob sie den Kopf gerade hoch genug, um einen kurzen Blick darüber zu werfen. Kein Anzeichen des Schlauchbootes. Sie war verwirrt, dann ängstlich und warf einen Blick zurück zum oberen Ende der Stufen, wo sie in fünf Metern Entfernung durch das Dollbord führten. Aus dieser Richtung kamen Rufe, aber von unten, wo sich der Ponton befand. Sie bewegte sich vorsichtig näher zur Reling, reckte den Kopf darüber.

Da waren sie; das Schiff hatte sich so sehr angehoben, daß die Treppe, die über Monate praktisch auf Wasserhöhe geendet hatte, jetzt vier oder fünf Meter über dem Ponton hing, der selbst fast am Ende der Reichweite der Leinen war, die ihn am Schiff befestigten; er war in einem Winkel von dreißig Grad oder mehr geneigt, die Kante an der Seite der Schiffshülle zeigte nach oben zur baumelnden Treppe. Die Soldaten waren am Fuße dieser Treppe und ließen eine Strickleiter aus Draht zum Ponton hinab.

Sie bewegte sich vorsichtig von der Reling zurück, kroch zur Mitte des Rohrwerks und stand auf der anderen Seite auf. Sie blieb geduckt und lief zum Heck auf die Aufbauten zu. Ihre nackten Füße klatschten leise; das Metall, das die halbleeren Tanks unter ihren Sohlen bedeckte, fühlte sich kühl an, noch naß vom Morgennebel.

Die Soldaten waren auf der Backbordseite; sie betrat die Aufbauten von Steuerbord. Relative Stille. Das Hilfsaggregat der *Le Cercle* lief noch, schuf dieses kaum hörbare, subtil beruhigende Heulen, an das sie sich in den Nächten an Bord gewöhnt hatte. Sie kroch horchend und sich nach allen Seiten umsehend zum nächsten Niedergang.

Die glänzenden Flächen der Kombüse waren mit offenen Dosen und ungewaschenen Tellern übersät. Lekkas hätte einen Anfall bekommen, dachte sie.

Sie nahm das größte Küchenmesser, das sie finden konnte und fühlte sich etwas wohler.

Auch das Deck darüber war ruhig und das Deck darüber. Sie warf einen kurzen Blick in ein paar Kabinen, konnte aber keine Waffen erblicken. Sie hatte gehofft, daß sie ein paar zurückgelassen haben könnten.

Sie näherte sich langsam und vorsichtig dem Brückendeck, stahl sich dann da entlang. Die Brücke war ruhig, ein bißchen unordentlich und roch nach Zigarettenrauch. Aus dem Backbordflügel der Brücke sah sie auf die Seeoberfläche hinunter.

Da waren sie; ruderten langsam durch die klebrige braune Ölmasse davon, ein Mann an jedem der zwei kurzen Ruder. Die anderen beiden schrien; vielleicht zur Anfeuerung. Sie waren noch nicht sehr weit gekommen. Zwei von ihnen – einer am Ruder – mußten hineingefallen sein; sie waren braun von dem anhaftenden Öl. Sie erübrigte ein paar Sekunden für den Anblick, überprüfte ihre Arbeit; Hektare – vielleicht ein Quadratkilometer, das war bei den Inseln und den anderen beiden Schiffen, die die Sicht versperrten, schwer zu sagen – von schmutzig braunem, vollkommen flachem, glitzerndem Öl.

Die Jungs in dem Naturschutzgebiet auf Barro Colorado hätten ihr dafür wahrscheinlich den Hals umgedreht.

Sie nahm die Leuchtpistole aus dem Kartenraum, lud sie und spannte den Hahn, stopfte noch ein paar Schuß in ihre Taschen und ging zur Funkkabine. Keine Sicherungen, kein Strom. Auch die Funkgeräte auf der Brücke waren hinüber. Sie durchsuchte schnell die Kabinen, keine Gewehre oder Granaten. Eine weitere Überprüfung des Fortschritts, den die Männer durch den Ölschlamm erzielten; kaum aus dem Schatten des Schiffes raus.

Sie ging raus, um das Rettungsboot an Steuerbord zu überprüfen, fühlte dabei ein höhnisches Lachen im

Gesicht, als sie an die Dummköpfe dachte, die im Schlauchboot Zuflucht gesucht hatten.

Jedes der Rettungsboote des Tankers konnte die gesamte Crew aufnehmen; sie waren groß, von hellem Orange, und vollkommen geschlossen. Sie waren dafür konstruiert, hohe Temperaturen überstehen zu können und würden auch funktionieren – und ihre Besatzung kühl genug halten –, wenn das Meer durch das ausgelaufene Öl in Flammen stünde, so es dazu käme.

Sie kam neben dem Steuerbordrettungsboot auf das von der Sonne bestrahlte Deck.

Es war total zerstört worden.

Sie mußten es mit Maschinengewehren beschossen haben.

Sie sah auf das ausgefranste Loch im Bug des Rettungsbootes, auf die um die Haupteinstiegsöffnung verstreuten Einschußlöcher und auf die Fetzen der orangefarbenen Hülle, die auf dem Deck lagen. Sie lief zurück ins Schiff und über die Brücke, duckte sich runter – das Schlauchboot war immer noch weniger als fünfzig Meter durch das Öl entfernt – und sah, was vom Backbordrettungsboot übrig war. Zerschmettert; eine Granate, vermutete sie.

Hisako ging zurück über die Brücke, raus zu dem Deck am Steuerbordrettungsboot, und kletterte durch die Bugschleuse hinauf in das zerstörte Boot. Sie hielt das Küchenmesser zwischen den Zähnen und konnte nicht anders, als über sich zu lachen. Im Innern des Rettungsbootes fand sie den grauen Plastikbehälter für die Leuchtraketen, drehte die dicke rote Plastikspitze ab, und durchwühlte die großen Rauchbomben und die Handleuchtraketen, bis sie fand, wonach sie suchte. Sie nahm zwei, nur um sicher zu gehen.

Sie stopfte die Pistole aus dem Kartenraum unter einen Arm, ging zurück auf die Brücke, las die Instruktionen auf den Leuchtkugeln mit Fallschirmen.

Durch die Brücke, durch die Tür zum Deck am

Backbordrettungsboot. Das Schlauchboot war weitere zehn Meter weggerudert worden. Sie nahm die Kappe am Boden der Leuchtkugel ab, hängte den Abschußmechanismus wie einen Hochleistungsdosenring aus. Sie stand hinter einem Rettungsfloßautomaten, ein schräges Regal mit drei hellen, weißen aufblasbaren Plastikcontainern. Sie zog das orangefarbene Klebeband von der roten Spitze des Gehäuses der Leuchtkugel ab und entfernte die Plastikkappe. Sie sah über die Rettungsflöße hinweg und konnte so gerade das Schlauchboot und die vier Männer darin sehen, die immer noch vorsichtig durch den braunen Schlamm ruderten, die Ruder klebten und tropften. Sie hatten sie nicht gesehen. Sie legte das Küchenmesser runter auf das Deck.

»Heh!« schrie sie und stand auf ihren Zehenspitzen. »Heh, ihr Scheißkerle! Kommt doch, wenn ihr euch traut! Das is' aber nich' nett, daß ihr jetzt lacht!«

Sie blickten hoch; die Ruder tauchten ein, pausierten. Zwei sahen sie direkt an, das Paar im Heck des Schlauchbootes drehte sich um, starrte zurück.

Hisako winkte mit der vorbereiteten Leuchtkugel. »Uncle *Saaam!*«

Einer der Ruderer griff nach hinten, erhob sich und nahm sein Gewehr hoch; sie hörte Schreien, als sie sich duckte, sich die Leuchtpistole schnappte, als sie aus ihrer Achselhöhle fiel, wobei sie die Leuchtkugel mit dem Fallschirm in der anderen Hand hielt. Sie spähte um den Stapel Rettungsflöße. Das Schlauchboot schaukelte, einer der Männer im Heck war aufgestanden; er rang mit dem Soldaten, der das Gewehr hielt.

Sie legte die Leuchtpistole aufs Deck, stand auf, steckte ihren Finger durch den Dosenring. Die Soldaten schrien. Sie richtete die Leuchtpistole gen Himmel und zog den Ring.

Ein Augenblick des Zögerns; im Zeichentrickland genug für sie, um verwirrt dreinzuschauen, die Leuchtkugel umzudrehen und in die Austrittsöffnung der Röhre zu starren.

Sie wartete.

Die Dose sprang zurück gegen ihre Hand und explodierte. Echos erklangen von den Metallwänden hinter ihr. Die Leuchtkugel schoß wie eine Rakete in den diesigen blauen Himmel, stieg unter einem Zischen wie von einem Feuerwerkskörper in einer Spirale auf und beschrieb einen Bogen.

Sie duckte sich, sah aber weiter hin.

Die Männer im Schlauchboot waren wie ein Stilleben; standen und saßen, sauber, und ölverschmiert; alle vier starrten nach oben, als die Leuchtkugel über ihnen aufstieg und in den Himmel knisterte. Sie warf den verbrauchten, rauchenden Behälter weg, er klapperte aufs Deck.

Die Rakete wurde langsamer und geriet ins Schwanken. Sie hatte gerade begonnen zu fallen, als sie eine Rauchwolke ausstieß, eine kleine weiße Wolke zum oberen Ende ihres Bogens schickte, und plötzlich aufloderte, weiß glühte, und wie ein Pendel unter einem Minifallschirm schwang.

Schreie, als sie es begriffen.

Sie ließ sich aufs Deck fallen, sah über den kleinen Metallflansch unter der Decksreling.

Einer der Soldaten begann verzweifelt zu rudern, und schrie dabei die anderen an. Derjenige, der das Gewehr hielt, schüttelte den Mann aus dem Heck ab, ließ ihn taumelnd zurück. Das Gewehr feuerte. Sie preßte sich flach ans Deck, hörte Rufen und Schreien durch das trommelnde Klappern der Maschinenpistole. Binnen weniger Sekunden erklangen die Aufbauten über ihr vom Geräusch der aufprallenden Kugeln. Das Deck klirrte auf einer Seite; auf der Brücke zersplitterte ein Fenster. Das Feuern hörte auf. Sie tauchte für einen Blick auf. Jetzt zwei beim Rudern, aber das Schlauchboot bewegte sich immer noch im

Kreis. Ein Soldat fuchtelte am Außenborder herum und versuchte, ihn anzuwerfen, der vierte ... der vierte war über Bord, im See, an der Heckseite des Schlauchboots; eine braune, schreiende Gestalt, die innerhalb der dickflüssigen, braunen Ölmasse zappelte. Die Leuchtkugel am Fallschirm fiel sanft, bewegte sich in langsamen Spiralen nach unten auf das Öl zu, ein weißes Loch im Himmel.

Der Soldat im Heck stand auf und schrie den Außenborder an, versetzte ihm einen Schlag. Er kauerte sich zusammen, begann an dem Sicherheitsschalter zu zerren, der ihn anwerfen sollte, selbst wenn der elektrischer Starter es nicht tat. Zog und zog. Der Mann im See war nur ein paar Meter hinter dem schwarzen Schlauchboot, langte danach, versuchte durch den öligen Matsch zu schwimmen. Die beiden anderen ruderten mit aller Kraft, warfen, während sie das taten, kurze Blicke hinter sich gen Himmel, schrien dabei wirr. Die Leuchtkugel schwang hin und her, beschrieb, während sie fiel, träge, helle Kreise in der Luft.

Dann rief einer der Ruderer etwas – während der Mann am Außenborder an der Leine des Außenborders zerrte und zog – und hob ein Gewehr auf. Er stand auf und schoß auf sie; sie duckte sich wieder, legte sich flach auf den Boden, hörte und spürte, wie die Schüsse auf die Gehäuse der Rettungsflöße aufprallten und in sie einschlugen, wobei verbogene weiße Plastikfetzen auf sie regneten, die übers Deck sprangen, wie schwere Schneeflocken auf ihren Rükken prasselten, wobei sie trotz der relativen Schwäche jedes Aufschlags zusammenzuckte.

Das Feuern ging weiter, veränderte sich im Ton, und der Lärm um sie verstummte. Sie riskierte einen weiteren Blick.

Der Mann feuerte auf die Leuchtkugel.

Der andere Ruderer versuchte ihn aufzuhalten, als der Mann wieder am Außenborder zog, die Leine zerriß und nach hinten über die beiden anderen fiel und der Mann im See heftig auf das stilliegende Schlauchboot zuplanschte.

Die drei Männer fielen im Knäuel in den Bug, das Gewehr feuerte noch, brach dann ab.

Die Leuchtkugel war getroffen worden.

Der durchlöcherte Fallschirm sank durch die Luft; zerrissen und flatternd. Der weiße Schein der Magnesiumladung stürzte auf die braune Seeoberfläche herab.

Sie hörten wieder auf. Von der aufziehenden Hitze wie ein Foto eingefroren; drei drängten sich beim Versuch, sich wieder aufzurappeln im Boot zusammen; der Mann im Öl auf dem Wasser wie eine schmutzige brauen Statue, ein Arm erhoben. Alle auf die Leuchtkugel starrend.

Die Leuchtkugel sank, tauchte ein; traf auf das Öl – und verschwand. Die zerfetzten Überreste des Fallschirms fielen in die graue Oberfläche, als sich das Öl entzündete.

Sie stand da und sah zu.

Das Feuer breitete sich rasch aus, blühte von seinem Ursprungsort nach außen in einen sich stetig ausweitenden Kreis wie eine langsame Welle auf dieser dickflüssigen braunen Flut. Die Flammen waren gelb und orange und rot, der Rauch dicht und schwarz.

Ein Soldat ging zurück zum Außenborder und fummelte wieder daran herum. Der Mann im See machte, was aussah wie Butterfly-Schläge in Richtung auf das Bootsheck. Einer sah nur auf das sich ausbreitende Flammenmeer, der vierte nahm ein Ruder wieder auf, schrie den Mann an, der noch stand und zusah, und trat mit einem Fuß Gewehr und Raketenwerfer raus aus dem Schlauchboot, so daß sie über die Seite sprangen und lautlos in die braune Oberfläche eintauchten.

Sie fuhr sich mit der Hand durchs Haar und dachte, wie fettig es geworden war.

Die kochende Masse gelber, brausender Flammen

dehnte sich aus, der Rauch schnitt die Sicht zu den näheren Inseln ab. Die dicken, schwarzen Schwaden wirbelten bis zur Höhe der Brücke des Tankers, dann bis zu den Masten. Der Mann im See streckte die Hand aus, fand ein kegelförmiges Ende des Doppelhecks des Schlauchbootes; glitt ab.

Sie waren wahrscheinlich noch am Schreien und Rufen, aber das Geräusch des Brandes begann Oberhand zu gewinnen; grollend. Ganz allmählich stieg der Pegel.

Der Rauch war weit höher.

Sie nahm die Leuchtpistole auf, lehnte sich über die Seite und feuerte direkt nach unten, wobei die Pistole in ihrer Hand zuckte.

Die Leuchtkugel traf am Heck des geneigten Pontons auf das Wasser, entfachte Feuer um den Aufschlagsstelle.

Der Rauch begann den Horizont auszulöschen, während das Feuer begann, den Abstand zwischen sich und dem schwarzen Schlauchboot aufzufressen. Der Mann im Wasser griff zwischen die Heckhüllen des Bootes, grapschte nach dem Außenbordmotor, als der gerade ansprang. Er wurde herumgewirbelt, Öl spritze meterhoch braun in die Luft; wenn er einen Laut von sich gegeben hatte, hatte sie ihn nicht gehört.

Der Außenborder erstarb; der Mann im Wasser trieb zerfetzt hinter dem Boot, während der Soldat im Heck des Schlauchboots wieder am Motorgehäuse rumfummelte, und die beiden anderen ruderten, versuchten das Boot im Winkel von den Flammen zu entfernen. Aber das Feuer fegte schnell um sie und an ihnen vorbei, schloß sich um ihren Bug, und die zweite Wellenfront bewegte sich vom Schiff auf das Schlauchboot zu, trieb Schwaden von beißendem, stechendem Rauch vor sich her, die die Sicht auslöschten.

Sie ging zum Heck des Decks mit den Rettungsbooten, um zuzuschauen.

Als das Feuer fast über ihnen war, nahm einer der Ruderer eine Pistole aus dem Gürtel und steckte sie sich in den Mund; sein Kopf schleuderte nach hinten, und er fiel über den Bug des Schlauchbootes, gerade als die Flammen es erreichten.

Der Rauch trieb vor ihr hoch und verbarg die Männer. Es war jetzt heiß und windig, selbst da oben, wo sie sich befand und Feuer war nahezu überall, wohin sie blickte.

Sie ging übers Deck zurück, tauchte unter den schwarzen Rauchwolken hindurch zur Brücke.

Philippes Kabine; nichts.

Der Lagerraum, wo sie das Gerät sonst zurückließen; nichts.

Ganz benommen, schwitzend, rennend und die Niedergänge runterpolternd, stürzte sie in den Maschinenraum, durch ihn hindurch in die Werkstatt.

Bin ich am Beten? überlegte sie; *Nein, bin ich nicht,* entschied sie.

Die Werkstatt.

Da.

Sie hob das Gerät an. Voller Tank.

Zu dem Zeitpunkt, als sie auf das Steuerborddeck herauskam, schloß sich das Feuer unter dem Heck der *Le Cercle,* wendete wie eine strahlende Welle Kavallerie, die zum finalen Angriff einschwenkte. Sie wand sich hinein, überprüfte die Ventile und Meßgeräte.

Blickte hinunter. Es ging tief hinab.

Sie sah hinauf zu dem, was an Himmel noch unbefleckt war, wartete darauf, daß ihr Leben an ihr vorbeizog und beschloß, daß das warten konnte, kletterte dann auf und über die Reling.

Dort hing sie für einen Moment, sah nach unten auf die matte, finstere Oberfläche des ölbedeckten Sees. Sie legte sich die Maske über Augen und Mund und hielt sie dort fest.

Ach, zur Hölle damit, dachte sie und ließ los.

Sie fiel, zusammengekrümmt wie ein Fötus. Sie hörte den Wind immer lauter pfeifen. Der Aufprall machte sie fertig. Sie dachte schon, sie sei irgendwie von der falschen Seite abgesprungen und auf etwas Festes geprallt; den Ponton; ein Boot; einen Felsen. Das Mundstück sprang ab, als ihr Atem rausgepreßt wurde. Sie war plötzlich nirgendwo; mühte sich ab, ohne alles und ohne Luft, fuchtelte auf der Suche nach dem Metall und dem Gummi mit den Armen, umgeben von Kühle und Druck, der *tic tic tic* machte.

Sie richtete sich auf, schlug um sich, fand das Mundstück, stieß es sich hinein, saugte und spuckte, saugte noch einmal und bekam Luft; öffnete ihre Augen. Die Maske war noch da, aber die Aussicht war schwarz.

Na klar, was sonst?

Tic tic tic. Sie sank und sammelte sich.

Licht von einer Seite, das sich langsam ausdehnte. Sie drehte die Luft im Mundstück an, begriff dann, daß das nicht ihr erster Atemzug war. Sie beruhigte sich, schluckte etwas Wasser, schmeckte Öl, stieß danach aber auf frische, saubere Luft. Sie sank immer noch, und so schwamm sie ein bißchen nach oben, legte sich wieder in die Waagerechte, und zog los, wobei sie sich Schwimmflossen wünschte.

Das Licht dehnte sich über ihr aus. Sie hielt ihre Höhe mit Hilfe der Klickgeräusche in ihrem Schädel, konnte die Oberfläche nicht sehen, abgesehen von dem schwach brennenden, orangefarbenen Schein darüber, und sie hatte keine Taschenlampe, um damit den Tiefenmesser zu inspizieren. Der Luftstrom aus den Zylindern auf ihrem Rücken war stark und zuverlässig und das Wasser zog vorbei; langsamer als mit Schwimmflossen, aber es zog … und das Feuer bedeckte die Seeoberfläche über ihr.

Sie erwartete daß das, was auch immer an dem Gerät kaputt gewesen war, als Philippe es zuletzt verwendet hatte, um es reparieren, sie aufhielt und erstickte – ha ha; nach alledem nur eine fehlerhafte Nadel; stell dir das mal vor –, aber es geschah nicht. Das Feuer glühte über ihr, und sie schwamm unter ihm. Einmal rollte sie sich sogar herum und sah das oben brennende Öl, und hätte lachen können.

In der Nähe des Randes – wo das normale Tageslicht wie ein großer, gazeartiger, gebogener Vorhang, der irgendeine riesige und unsichtbare Bühne verbarg, nach unten schimmerte – sah Hisako Onoda zurück und erblickte den blinden Fleck, das schwarze Loch, das Auge des Sturms im Mittelpunkt der Welt.

Das Feuer war zu Ende; es hatte alles erfaßt, was es innerhalb seiner Reichweite erfassen konnte (das Wasser um sie herum pulsierte und sie vermutete, daß auf der *Le Cercle* ein Tank explodiert war, oder etwas von der Munition, die noch im Innern des Schlauchbootes der Soldaten übrig war), und als die alles umfassenden Arme der Flammen aufeinandergetroffen waren, und die ganze braune Ölmünze in Flammen stand, war in der Mitte und deren Umgebung keine Luft mehr vorhanden, die dort irgendein Feuer hätte speisen können, nur der Sauerstoff am Rande des Ölteppichs ... und so brannte es selbstverständlich nur an den Rändern; nur der Rand des großen Kreise konnte in die klare Isthmusluft von Panama ausbrennen; ein kilometerbreiter Feuerring, der ein dunkles und lebloses Inneres umfaßte und einschloß.

Hisako Onoda sah für einen Moment zu, wandte sich ab und schwamm unter einem brennenden Himmel in Richtung der entfernten Lichtfälle.